Jonas Boets
Spy School 4

cbj

© privat

DER AUTOR

Jonas Boets war immer schon ein großer Fan der Bücher von Anthony Horowitz. Diese und die James-Bond-Filme sowie »Mission Impossible« haben ihn zu seiner Serie *Spy School* inspiriert. Jonas Boets hat darüber hinaus etliche erfolgreiche Thriller für Jugendliche veröffentlicht.

Von Jonas Boets ist bei cbj bereits erschienen:

Spy School – In geheimer Mission
(Band 1, 22322)
Spy School – Diamantenfieber
(Band 2, 22347)
Spy School – Giftige Dosis
(Band 3, 22504)

JONAS BOETS

Spy School 4

Operation Schwarzer Regen

Aus dem Niederländischen
von Claudia Van Den Block

cbj

cbj
Kinder- und Jugendbuchverlag
in der Verlagsgruppe Random House

MIX
Papier aus verantwortungsvollen Quellen
FSC® C014496
FSC
www.fsc.org

Verlagsgruppe Random House FSC®-N001967
Das für dieses Buch verwendete FSC®-zertifizierte Papier *Pamo House* liefert Arctic Paper Mochenwangen GmbH.

1. Auflage
Erstmals als cbj Taschenbuch April 2015
Gesetzt nach den Regeln der Rechtschreibreform

Die Originalausgabe erschien unter dem Titel »Sam Smith – En Operatie Zwarte Regen« bei Uitgerverij Manteau, Antwerpen
Übersetzung: Claudia Van Den Block
Lektorat: Andreas Rode
Umschlagkonzeption: © init|Kommunikationsdesign, Bad Oeynhausen, unter Verwendung zweier Fotos von © Thinkstock by getty images (Konrad elazowski, RTimages)
MP · Herstellung: ReD
Satz: EDV-Fotosatz Huber/
Verlagsservice G. Pfeifer, Germering
Druck: GGP Media GmbH, Pößneck
ISBN 978-3-570-22516-5
Printed in Germany

www.cbj-verlag.de

Inhalt

Wer ist wer? Was ist was?

Sam Smith
Stinknormaler Junge, dem eines Tages eine Ausbildung zum Geheimagenten angeboten wird.

Spy School
Der Ort, an dem diese Ausbildung stattfindet.

Schüler
Die *Spy School* sucht Jungen und Mädchen, deren Talent es ist, nicht aufzufallen. Wer auf die *Spy School* gehen will, muss allerdings alles aufgeben. Die Eltern des Schülers werden hypnotisiert, damit sie nicht mehr wissen, dass sie je einen Sohn oder eine Tochter hatten. Diese Grundregeln sind für die Sicherheit des zukünftigen Geheimagenten unabdingbar.

Ausbildung
Die *Spy School* hat vier Jahrgänge: die A-Klasse, die B-Klasse, die C-Klasse und die D-Klasse. In jeder Klasse sind fünf Jungen und fünf Mädchen. Wer am Ende des

Jahres (das Schuljahr beginnt im Januar) eine gute Bewertung bekommt, darf in die nächste Klasse aufsteigen.

Personal

Die Lehrkräfte der *Spy School* sind allesamt nach einem Monat benannt. Die wichtigste Jahreszeit ist der Winter. Die Bedeutung einer Lehrkraft lässt sich daran ablesen, wie nahe ihr Name an den Wintermonaten ist.

- **January:** Lehrer für *Technische Tricks* und zerstreuter Professor.
- **November:** Lehrerin für *Bomben entschärfen*, streng, aber gerecht.
- **April:** Lehrer für *Maskieren* und Sekretär der Schule.
- **July:** Lehrer für *Wie man sich aus misslichen Situationen befreit.*
- **Portman:** Der Portier der Schule, Liebhaber von allem, was ess- oder trinkbar ist.
- **Spyro 42:** Roboter, der zugleich Sekretär und Hausmeister der *Spy School* ist.

Schulleitung

Besteht aus drei Mitgliedern:

- **Autumn:** Präsident-Generaldirektor.
- **Summer:** Hilft bei der Leitung der Schule, sofern er keinen Auslandsauftrag hat. Rekrutierte Sam.

- **Spring:** Hat in etwa denselben Job wie Summer, steht jedoch etwas weiter unten in der Hierarchie. Hypnosespezialist par excellence.

Essen

In der *Spy School* gibt es keine Cafeteria. Wenn die Schüler hungrig sind, können sie ihr Essen aus Spezialluken in den Wänden holen. Jede Mahlzeit ist frisch zubereitet und wird durch gesundes Gemüse ergänzt. Hier ein Auszug aus der Speisekarte:

- **Mafia:** Spaghetti
- **U-Boot:** Hamburger in einer Pfütze aus Pfeffersoße
- **Verwundeter:** Steak (je nachdem, wie blutig man es gerne hätte, mit einer, zwei oder drei Kugeln)
- **Kugelsichere Weste:** Würstchen im Speckmantel
- **Granaten:** Kroketten
- **Pfeile:** Pommes
- **Landkarten mit Blut:** Toast mit Marmelade
- **Landkarte mit Schlamm:** Toast mit Schoko- oder Haselnusscreme
- **Halbmond:** Wassermelone
- **Eier mit Speck:** Eier mit Speck

1

Im Hause Smith?

»Wie war's heute in der Schule?«

»Normal.«

»Lief die Prüfung denn einigermaßen gut?«

»Ja, war ganz okay.«

»Viel zu tun für morgen?«

»Ziemlich.«

»Na, dann fang mal schnell an, wir essen in einer Stunde.«

Sam seufzte, schulterte seine Tasche und polterte die Treppe zu seinem Zimmer hinauf. So war es jeden Tag: Seine Mutter bekundete Interesse an den schulischen Aktivitäten ihres Sohnes und er antwortete immer mit denselben nichtssagenden kurzen Sätzen.

Jetzt würde Sam bis zur Essenszeit einfach noch eine Stunde in seinem Zimmer auf dem Bett liegen und Comics lesen. Dann würde seine Mutter fragen, ob er seine Hausaufgaben schon gemacht habe. Er würde wie immer Ja sagen, woraufhin seine Mutter ihrem Mann wieder einmal mitteilen würde, was für einen schlauen Sohn sie doch hatten. Dann würde sie das Essen austeilen und Herrn Smith fragen, wie sein Tag gewesen sei. Der würde seinerseits einige der seiner Meinung nach besten Anekdoten des Tages erzählen – »Ruft diese Friseurin mich an, um mir zu sagen, ich hätte einen Karton in ihrem Laden vergessen! Musste ich noch einmal ganz zurückfahren, man macht schon was mit!« –, wonach die Mahlzeit stillschweigend beendet werden würde. Jeden Tag, jede Woche, jedes Jahr aufs Neue.

»Sam! Essen ist fertig!«, rief die Mutter zu ihm herauf.

Sam wurde es ganz anders zumute. Irgendetwas stimmte nicht. Er wollte nicht zum Essen gehen. Dieses langweilige Leben ödete ihn an.

»Sam!«

Wie kam es nur, dass er hier auf seinem Zimmer war? Hatte er sein altes Leben nicht aufgegeben?

»Sam!«

Sam schloss die Augen und hielt sich die Ohren zu. Das konnte doch nicht wahr sein. Er hatte absolut keine Lust auf das stinknormale Leben seiner Eltern.

»Sam!«

Sam öffnete die Augen. Verblüfft blickte er in Daphnés Augen.

»Was? Wie? Wo bin … ich?«

Daphné lächelte. »Mannomann. Das muss ja ein verrückter Traum gewesen sein!«

Sam rieb sich die Augen und sah sich um. Er saß auf einer Bank in einem großen Park. Offenbar war er eingenickt.

»Ich habe geträumt, ich sei wieder zu Hause«, sagte er. »Alles war wie früher. Mutter hat genau dieselben Fragen gestellt, mein Zimmer hat wie früher ausgesehen ...«

»Puh, das muss ja wirklich ein Albtraum gewesen sein!«, sagte Daphné. »Jetzt bist du sicher froh, dass du aufgewacht bist.«

Sam lachte. »Ja, ich bin wirklich ganz schön erleichtert! Wie lange habe ich denn geschlafen?«

»Gar nicht so lange«, antwortete Daphné. »Aber lange genug. Ich habe mir schon Sorgen gemacht.«

»Sorgen?«

»Ja, sicher! Du musst doch gleich deine Prüfung für die Winterspiele ablegen!«

Sam schlug sich an die Stirn. Wegen des Traums hätte er beinahe seine Prüfung vergessen.

Jedes Jahr reisten die Schüler der *Spy School* über den Atlantik und statteten ihren Kollegen von der CIA einen Besuch ab. Während ihres Aufenthalts in Amerika wurden die sogenannten Winterspiele abgehalten. Die vier Klassen der *Spy School* traten gegen die jeweils parallelen amerikanischen Klassen an. Jeder Schüler musste eine Prüfung ablegen. Am Ende wurden die Ergebnisse zusammengezählt, um den Sieger zu ermitteln.

Die diesjährigen Winterspiele waren jedoch anders als sonst. Die Schüler der *Spy School* wohnten nun schon beinahe eineinhalb Jahre in Amerika, weil im Jahr zuvor einer ihrer Mitschüler ihr Schulgebäude in England in die Luft gejagt hatte.

Überall war über die Explosion berichtet worden. Für eine Geheimagentenschule war das definitiv zu viel öffentliche Aufmerksamkeit. Präsident-Generaldirektor Autumn hatte darum beschlossen, die *Spy School* an einen anderen Ort zu verlegen. Irgendwo außerhalb von London hatte man schnell mit den Bauarbeiten für einen neuen Komplex begonnen.

Glücklicherweise hatte sich die CIA bereit erklärt, der *Spy School* so lange Unterschlupf zu gewähren, bis ihr neues Gebäude fertiggestellt war.

Das Hauptquartier der amerikanischen Geheimagentenschule lag in Langley, im Staat Virginia. Genau genommen hieß die Ortschaft schon seit 1910 eigentlich McLean, nach einem Mann, der damals die Entwicklung des Städtchens maßgeblich geprägt hatte. Trotzdem hatte sich aus unerfindlichen Gründen der Name Langley für den Standort der CIA gehalten.

Bisher hatte die *Spy School* bei den Winterspielen nicht glänzen können. Sams Klasse, die D-Klasse, hatte einen Rückstand von 2 zu 5. Sollte Sam nun auch noch verlieren, wäre die Niederlage für die gesamte Klasse bereits besiegelt.

»Wo muss ich hin?«, fragte er Daphné.

Daphné zeigte zur anderen Seite des Parks.

»Siehst du die Leute dort warten?«

Sam sah hinüber. »Ja.«

»Tja, die warten alle auf dich!«

Sam lief vor Verlegenheit rot an und rannte los. Zusammen mit Daphné zwängte er sich durch die Menge zu einem Tisch mit zwei Stühlen, auf dem zwei mit Wasser gefüllte Gläser standen. Dort saß schon ein kräftiger Junge mit kurzem, dunklem Haar und dem Anflug eines Bartansatzes.

Jimmy Mortimer von den CIA-Schülern war Sams Gegner bei der Hypnoseprüfung. Jimmy war ein Neuling bei der CIA. Er gehörte nicht zu einer bestimmten Klasse, sondern nahm je nach Fach in unterschiedlichen Klassen am Unterricht teil. Das hieß aber nicht, dass Jimmy kein ernst zu nehmender Gegner war. Er hatte einen Blick in den Augen, der die meisten Schüler schon von vorneherein zum Aufgeben brachte. Es kursierte sogar das Gerücht, dass er einmal einen Mitschüler buchstäblich mit Basiliskenblick zu Boden gebracht habe. Doch Sam hatte keine Angst, dass es ihm wie den anderen ergehen könnte. Er eilte zu dem freien Stuhl und setzte sich.

Herr Spring sollte die Hypnoseprüfung leiten. Er war der mit Abstand wichtigste Hypnoseexperte auf der *Spy School,* kannte die neuesten Techniken und erfand selbst immer wieder neue. Die Aufgabe war schon seit acht Jahren immer gleich: Die Teilnehmer mussten mit einer kurzen Hypnose ihren Gegner dazu bringen, sich ein Glas Wasser über den Kopf zu gießen. Gerade wegen dieser Schlichtheit war die Prüfung ein fester Bestandteil der Sommer- und Winterspiele.

»Wie freundlich von Ihnen, dass Sie uns noch die Ehre geben, Herr Smith«, sagte Spring mit angesäuertem Gesicht. Wie alle Lehrkräfte der *Spy School* konnte er Unpünktlichkeit nicht ausstehen. Pünktlichkeit war eine wichtige Eigenschaft eines Geheimagenten.

»Sagen Sie Bescheid, wenn Sie anfangen möchten«, fuhr Spring fort. »Herr Mortimer und ich haben alle Zeit der Welt. Gerade wollten wir besprechen, wie wir unsere Zeit noch totschlagen könnten. Wie wäre es zum Beispiel damit, einen Toaster anzustarren, bis das Brot herausspringt? Oder die Grashalme in diesem Park zu zählen?«

Sam stieg die Schamesröte ins Gesicht.

»Entschuldigen Sie bitte, Herr Spring. Ich war eingeschlafen ...«

»Eingeschlafen? Na, zum Glück wollen Sie nur Geheimagent werden. Die können ja jederzeit unbekümmert ein Nickerchen machen!«

Spring blickte auf seine Armbanduhr.

»Aber gut. Wir haben schon genug Zeit vergeudet, fangen wir an. Meine Herren, sind Sie bereit?«

Sam und Jimmy nickten.

»Dann wünsche ich Ihnen viel Erfolg. Sie dürfen beginnen!«

Sam und Jimmy sahen sich an. Diese Prüfung erforderte höchste Konzentration. Man musste den Widerstand des Gegners brechen und dann zuschlagen.

Doch Sam konnte sich nur schwer konzentrieren. Der Traum von vorhin spukte ihm noch durch den Kopf. Bedeutete er, dass er seine Eltern vermisste? Oder war gerade das Gegenteil der Fall?

Plötzlich spürte Sam, wie Jimmys mächtiger Wille sich ihm aufzwang. Sein Arm näherte sich dem Glas. Die Zuschauer hielten überrascht den Atem an.

Sam konzentrierte sich wieder und konnte Jimmy aus seinem Kopf verdrängen. Sein Arm zog sich von dem Glas zurück. Nun versuchte er seinerseits anzugreifen, scheiterte aber an Jimmys stählernem Willen. Da gab es kein Durchkommen.

Erneut ließ Sams Aufmerksamkeit nach. Was bedeutete es, dass er plötzlich wieder mit dem Trott seines alten Lebens konfrontiert worden war? Er hatte zwar schon früher ab und an von zu Hause geträumt, doch dann war immer etwas Aufregendes passiert. Dieses Mal nicht, dieses Mal war es einfach nur das stinknormale Leben von früher gewesen. Vielleicht bedeutete das ja, dass ihm bald wieder ein langweiliges Leben drohte. Vielleicht hatte es aber auch gar nichts zu bedeuten und war einfach nur ein Albtraum, sonst nichts.

Sam fragte sich, warum er sich von seinem Traum so verunsichern ließ. Es war schließlich nicht das erste Mal, dass er an zu Hause dachte. Allerdings war es das erste Mal, dass es sich so echt anfühlte.

Im nächsten Moment spürte Sam etwas Nasses. Wasser tropfte an seinem Gesicht herunter. Sein Arm schwebte über seinem Kopf, das Glas in der Hand. Jimmy hatte seine Gedankenabwesenheit ausgenutzt und ihn hypnotisiert!

»Herr Mortimer gewinnt die Hypnoseprüfung!«, hörte er Herrn Spring rufen. »Es steht nun 6 zu 2 für die CIA-Schüler!«

Die Amerikaner jubelten und gratulierten Jimmy. Ihre Klasse hatte die D-Klasse erst einmal geschlagen. Sollten auch die anderen Klassen gewinnen, hätten sie den Titel.

Herr Spring war über Sams Niederlage alles andere als glücklich. Während die Zuschauer sich enttäuscht zurückzogen, stellte er sich neben Sam.

»Gehetzt zur Hypnoseprüfung zu erscheinen, ist meist schon der erste Schritt zur Niederlage, Herr Smith!«, sagte er tadelnd.

Sam blickte nach unten. »Ja, ich weiß, Herr Spring.

Ich hatte mich so gut vorbereitet und dann war da dieser Traum …«

Spring sah ihn forschend an. »Was für ein Traum?«

Sam zuckte mit den Schultern. »Ich habe geträumt, ich sei wieder zu Hause. Alles war haargenau so wie früher. Und ich konnte diesen Traum nicht aus dem Kopf bekommen.«

Spring sah ihn verständnisvoll an. »Selbst nach drei Jahren haben die meisten Schüler ihr früheres Zuhause noch nicht vergessen. Das ist völlig normal, Herr Smith. Und vielleicht hat der Traum ja tatsächlich etwas zu bedeuten.«

»Meinen Sie?«, fragte Sam überrascht.

»Ein Geheimagent muss alles berücksichtigen. Und nicht nur das, was er sehen kann. Vielleicht will Ihnen der Traum etwas sagen, vielleicht auch nicht. Das werden Sie nach einer Weile schon herausfinden.«

Mit diesen geheimnisvollen Worten ging Spring davon. Sam sah ihm nach. Nun wusste er noch immer nicht, was er von dem Traum halten sollte. War er nun wichtig oder nicht?

Daphné unterbrach seine Grübelei.

»Du warst vorhin nicht ganz bei der Sache, was?«

»Nein, das stimmt. Aber ich hätte sowieso keine Chance gehabt. Jimmy war wirklich stark. Es war fast, als wären seine Gedanken von einem schweren, eisernen Tor geschützt.«

Daphné lachte. »Das hast du schön gesagt, Herr Smith, aber davon kannst du dir auch nichts kaufen! Wollen wir was essen gehen?«

»Aber nur, wenn es nichts kostet«, sagte Sam. »Denn kaufen kann ich mir ja nichts.«

»Ja, natürlich kostet es nichts«, antwortete Daphné. »Ich lad dich ein.«

Daphné neckte ihn öfter damit, dass sie ihn einladen würde. Tatsächlich konnte man in der *Spy School* sein Essen einfach aus einer Luke in der Wand holen und in Amerika war das nicht anders. Als Sam das zum ersten Mal gesehen hatte, hatte er seinen Augen nicht getraut. Man drückte auf ein Knöpfchen und schon stand das Essen vor einem.

Inzwischen war er diese und andere Besonderheiten der *Spy School* schon seit mehr als drei Jahren gewohnt. So lange war es her, dass er sein altes Leben für die *Spy School* aufgegeben hatte. Sam konnte es selbst kaum glauben.

Er hatte dreimal gute Beurteilungen bekommen und war nun schon im vierten Jahrgang. Damit gehörte er zu den Ältesten. Oder zumindest zu den erfahrensten Schülern, denn die Klassen an der *Spy School* wurden nicht nach Alter eingeteilt. Allerdings wurden vor allem

Jugendliche eines bestimmten Alters für die *Spy School* rekrutiert. Infolgedessen war der Altersunterschied zwischen den einzelnen Schülern nicht allzu groß.

Obwohl Sam nun schon seit drei, beinahe vier Jahren auf der Schule war, genoss er noch immer jeden einzelnen Tag. Er hatte seine Entscheidung noch nie bereut.

Auch dass sie nun schon so lange in Amerika waren, fand er nicht schlimm. Für ihn war es wie ein langer Urlaub. Ein Urlaub mit Unterricht zwar, aber trotzdem ein Urlaub.

Irgendwie war alles genauso wie in England, aber gleichzeitig doch ganz anders. Sam fand es nur schade, dass er die Schule in Amerika beenden würde und nicht in den vertrauten Gebäuden der *Spy School*.

»He, Döskopf!«, sagte Daphné plötzlich. »Nimm dein Essen aus der Wand, bevor es kalt wird!«

Sam schreckte aus seinen Gedanken auf. In Daphnés Gesellschaft konnte man wirklich nicht ins Träumen verfallen.

»Aber ich habe doch noch gar nichts bestellt«, sagte Sam.

»Das hab ich für dich erledigt.«

»Woher weißt du denn, was ich essen möchte?«

»Sam, selbst wenn du so unergründlich wie der Mars wärst, würde ich wissen, was du essen möchtest! Besonders weil du gerade verloren hast.«

»Da bin ich aber gespannt!«

Sam wandte sich der Luke zu. Darin stand ein dampfendes *U-Boot*. Genau das hatte er sich tatsächlich bestellen wollen, auch wenn er wenig Lust hatte, das zuzugeben.

»Genau darauf habe ich eben *keine* Lust«, sagte er, klang dabei aber wenig überzeugend.

Daphné zog die Augenbrauen hoch. »Ach wirklich? Was wolltest du dann bestellen?«

»Hm, na ja, ähm, ich ... wollte ...«, stammelte Sam. »Ich wollte nämlich ... ähm ...«

Ihm fiel auf die Schnelle einfach nichts ein.

»Ein *U-Boot*?«, fragte Daphné grinsend.

Sie gingen mit ihren Tellern zu einer Bank im Park. Sam gab noch nicht auf.

»Nein, ganz bestimmt nicht«, antwortete er. »Das wollte ich auf keinen Fall!«

»Aber Hamburger mit Pfeffersoße ist dein Lieblingsessen, Sam.«

»Das stimmt schon, aber das heißt ja noch lange nicht ...«

Dank Daphné hatte Sam seinen Traum und die Niederlage bei der Hypnoseprüfung schnell vergessen. Sie stritten noch eine Weile herum, obwohl von vorneherein feststand, dass Daphné letztlich recht behalten würde. So lief es zwar nicht immer, aber doch sehr oft.

2

Vollgas voraus

Es war ein kühler Tag im Spätherbst in Langley. Sam sah aus dem Fenster seines Zimmers auf die gelb gefärbten Blätter eines Baumes im Park. Das Fenster war einer der großen Vorteile des Schulgebäudes. In London hatten die Schüler gar keine Fenster gehabt. Da die *Spy School* sich mitten in der Stadt befand, hatte man das Gebäude nach außen besonders nüchtern gestaltet. Fenster gab es so wenige wie möglich, damit man möglichst nicht hineinschauen konnte. In Langley war das nicht nötig. Der Komplex war weit genug von der Außenwelt entfernt und Neugierige wurden vom Wachpersonal auf Abstand gehalten.

Es war kurz vor neun Uhr morgens. Sam machte sich auf den Weg zu seiner ersten Stunde. Das war noch ein Unterschied zur *Spy School:* Der Unterricht begann eine Stunde früher. Eine ganze Stunde! Sam hatte eine Weile gebraucht, bis er sich an das frühe Aufstehen gewöhnt hatte. In der *Spy School* hieß es, ein Geheimagent müsse gut ausgeschlafen sein, während die Amerikaner fanden, dass man als Geheimagent schon früh auf den Beinen sein sollte. Man konnte es so oder so sehen.

Sam ging zu einem der Nebengebäude. Die CIA-Schule bestand, anders als die *Spy School,* nicht aus einem großen Gebäude, sondern verteilte sich auf mehrere Häuser. Daher mussten die Schüler immer erst einen kleinen Spaziergang machen, wenn sie zum Unterricht wollten. Es war ein kühler Morgen, und Sam genoss die frische Luft, als er zu Herrn Januarys Klassenzimmer schlenderte. Sein Atem stieg in Form von Wölkchen in den Himmel auf.

Ein Stück entfernt sah er vier Schüler aus der B-Klasse auf sich zukommen. Sie wirkten müde. Wahrscheinlich hatten sie eine nächtliche Übung hinter sich. Davon hatte er auch schon einige mitgemacht. Sam hob die Hand zum Gruß und die B-Klässler, drei Mädchen und ein Junge, winkten zurück. Ihre Gesichter waren dreckverschmiert und ihre Kleider zerrissen. Es musste ganz schön zur Sache gegangen sein.

Plötzlich knallte ein Schuss. Die vier sahen erschrocken auf. Zehn schwarz gekleidete Gestalten stürmten auf sie zu. Auf wen sie es abgesehen hatten, war mehr als deutlich. Die vier Schüler rannten wieder los und verschwanden im Wald hinter dem Park, die Verfolger blieben ihnen dicht auf den Fersen.

Sam beobachtete die Szene mit einem Lächeln. Eine Operation auf der *Spy School* war nie zu Ende.

»Die sind noch eine Weile beschäftigt«, sagte jemand hinter ihm.

Sein Mitschüler Richard James hatte sich zu ihm gesellt.

»Ich kann mich noch an eine Freilandoperation in der B-Klasse erinnern, die drei ganze Tage dauerte.«

»So lang?«, fragte Sam überrascht. Eine Freilandoperation dauerte im Allgemeinen nicht länger als einen Tag und eine Nacht.

Richard nickte. »Ja, die Operation hätte eigentlich nicht so lange dauern dürfen. Aber anscheinend habe ich mich zwei Tage lang in einem Maisfeld versteckt, weil ich dachte, dass dort Wachen wären.«

»Anscheinend?«

»Ja, ich weiß es nicht mehr so genau. Sie haben gesagt, ich hätte eine Unterkühlung gehabt. Es war damals ziemlich kalt, weißt du.«

»Und die Wachen haben dich dann gefunden?«

»Nein, Julia. Sie hat meinen Gegner gespielt und sich Sorgen gemacht, weil ich nicht mehr aufgetaucht bin. Die Wachen waren offenbar nur Vogelscheuchen.«

Sam sah Richard verwundert an.

»Da musst du wirklich ganz schön neben der Spur gewesen sein!«, lachte er.

Inzwischen waren sie in ihrem Klassenzimmer angekommen. Sam freute sich schon auf die Stunde.

Herr January hatte versprochen, ihnen seine neueste Erfindung vorzustellen.

Nach und nach kamen auch die anderen Schüler der D-Klasse. Um Punkt neun Uhr erschien January in der Tür. Er zeigte auf die Schülerin, die ihm am nächsten saß, Jill Roberts.

»Frau Roberts, könnten Sie mir bitte kurz helfen? Die neue Erfindung steht im Gang.«

»Natürlich, Herr January!«

Jill sprang auf und lief auf den Flur. Dort stand ein großer Wagen, über den eine blaue Decke gebreitet war. Zusammen mit January versuchte sie, den Wagen durch die Türöffnung zu schieben, doch es ging nicht. Der Wagen war zu breit.

January kratzte sich am Kopf und dachte nach.

»Hm, im Gang ist nicht genug Platz. Ich fürchte, diese Unterrichtsstunde muss im Freien stattfinden. Frau Roberts, schieben Sie den Wagen bitte nach draußen? Herr Cole wird Ihnen helfen.«

Sam und seine Mitschüler standen auf und folgten Jill und John. Inzwischen zog Herr January ein Verlängerungskabel hervor. Dieses diente gleichzeitig als Adapter, denn die Steckdosen in den USA waren anders konstruiert als die in England. January steckte den Stecker in die Dose und rollte das Kabel nach draußen ab.

Die Schüler stellten sich um den Wagen und diskutierten eifrig, worum es sich bei der Erfindung wohl handelte. Ann Jones meinte, es sei ein wie ein Rucksack umschnallbarer Motor, mit dem man fliegen konnte. Sam hoffte sehr, dass sie recht hatte. Fliegen wollte er schon immer gerne. James Richards wiederum überlegte, ob es wohl ein Apparat wäre, mit dem man Träume aufzeichnen konnte. Er vergaß immer, was er geträumt hatte, und fand das höchst bedauerlich. Doch Julia Stevenson behauptete, das sei nicht möglich, weil man so ein Gerät nicht erfinden könne. Sie meinte, January wolle ihnen eine Apparatur zeigen, die einem automatisch einen neuen Haarschnitt verpasste. Darauf protestierten die Jungs sofort, dass die *Spy School* doch keine Ausbildungsstätte für Friseure sei. Julia verteidigte sich mit dem Hinweis, dass so ein Gerät durchaus nützlich wäre, wenn man sich schnell maskieren müsste. Und so wurde weiterdiskutiert, bis January erschien. Sofort verstummten sämtliche Gespräche.

»Meine Damen und Herren«, verkündete er feierlich, »heute präsentiere ich Ihnen eine neue Erfindung. Ein Gerät, das in der Welt der Geheimagenten für Furore sorgen wird. Eine einzigartige Maschine, die sich zum Schrecken aller Kriminellen entwickeln wird.«

Mit einem Ruck zog er das Laken vom Wagen. Mit offenem Mund starrten die Schüler das Gerät an, eher überrascht als bewundernd. Es war eine große schwarze Kiste aus Metall. An der Oberseite waren allerlei Schalter und Lämpchen zu sehen, ansonsten wirkte die

Apparatur eher unscheinbar. Sie glich ein wenig einem großen Sicherungskasten.

»Sie scheinen noch nicht besonders beeindruckt zu sein«, sagte January lächelnd. »Das wird sich gleich ändern, wenn Sie sehen, was man mit der Maschine alles machen kann.«

Januarys Stimme wurde plötzlich von einem lauten Brummen übertönt. Sam blickte in die Richtung, aus der das Geräusch kam. Auf einem Areal nicht weit von ihnen bekam der Abschlussjahrgang der CIA gerade Fahrstunden. In Amerika durfte man schon mit sechzehn Auto fahren. Doch anders als normale amerikanische Teenager lernten die Schüler hier das Fahren mit etwas spezielleren Gefährten. Sie mussten nicht nur Einparken lernen und im Slalom zwischen Verkehrshütchen hindurchfahren, sondern sie mussten auch in der Lage sein, beim Fahren eine Rakete abzufeuern oder eine Ölspur zu hinterlassen. Die Autos waren mit den allerneuesten technischen Spielereien ausgestattet, was die Sache nicht gerade einfacher machte.

January musste die Stimme erheben, um sich trotz des Lärms Gehör zu verschaffen.

»Ich werde die Maschine nun einschalten«, rief er.

Er schloss das Stromkabel an die Maschine an und drückte auf ein Knöpfchen. Einen Augenblick später leuchtete ein Lämpchen auf und erlosch genauso schnell wieder. Die Maschine verrichtete ihre Tätigkeit offenbar in äußerster Stille. Und das sollte der Schrecken aller Verbrecher werden? Das Gerät würde ihnen nur dann einen Schreck einjagen, wenn es vom Himmel direkt auf ihre Köpfe fiel. Sam nahm stark an, dass January sich das etwas anders vorgestellt hatte.

Der Lehrer starrte seine Erfindung stirnrunzelnd an und kratzte sich dabei am Hinterkopf.

»Wie ist denn das möglich?«

Er drückte nochmals auf den Knopf. Erneut leuchtete das rote Lämpchen auf und erlosch sofort wieder. January zog das Stromkabel aus der Maschine und steckte es wieder ein. Noch einmal drückte er auf das Knöpfchen – mit demselben Ergebnis.

Die Schüler beobachteten ihn gelangweilt. Ihr Lehrer war zwar ein genialer Erfinder, aber sie wussten auch, dass er ein ziemlich zerstreuter Professor sein konnte. Sicher hatte er etwas vergessen. Aber was?

January nahm das Verlängerungskabel in die Hand, folgte ihm bis zur Steckdose und kehrte dann unverrichteter Dinge wieder zurück. Der Stecker war gut eingesteckt, daran konnte es also nicht liegen.

»Herr January?«

Anne Johnson meldete sich und trat einen Schritt nach vorne.

»Ja, Frau Johnson? Ist Ihnen kalt? Dann wärmen Sie sich an Ihren Mitschülern, denn meine Erfindung kann jederzeit funktionieren.«

January drückte auf ein paar Knöpfen herum, aber ohne Erfolg.

»Nein, Herr January, mir ist gar nicht kalt. Aber mir ist da ein Gedanke gekommen. Früher war ich mit meinen Eltern mal im Urlaub in Amerika.«

»Wie schön für Sie, Frau Johnson«, kommentierte January leicht irritiert. »Aber könnten Sie Ihre Reiseerlebnisse bitte nach der Stunde zum Besten geben? Ich sehe mir auch gerne Ihre Fotos an, aber erst will ich doch meine Maschine zum Laufen bekommen.«

Er beugte sich wieder über die schwarze Kiste und drehte wütend an einer Schraube herum. Doch Anne gab nicht auf.

»Herr January, als wir hier im Urlaub waren, haben einige unserer Geräte ebenfalls nicht funktioniert. Meine Eltern meinten, dass man in Amerika ein anderes Stromnetz hat oder so. Die Geräte hier brauchen weniger Strom.«

Sam erinnerte sich, auch einmal etwas in der Art gehört zu haben. Aber warum hatte er davon bisher noch nichts bemerkt? Wahrscheinlich weil die Schüler und die Lehrer so gut wie keine englischen Geräte mitgebracht hatten. Die *Spy School* war ja durch die Explosion fast komplett vernichtet worden. Alles, was sie hier verwendeten, stammte aus den USA.

January unterbrach seine Schrauberei und hörte Anne aufmerksam zu.

»Ich meine ja nur«, fuhr Anne fort, »wann haben Sie denn mit Ihrer Erfindung begonnen? Noch in England oder erst hier?«

January legte sich die Hand an die Stirn und dachte angestrengt nach. Dann streckte er den Zeigefinger in die Luft.

»Das ist es! Ich habe die Maschine hier tatsächlich noch nie getestet. Das muss es sein! Vielen Dank für Ihren Hinweis, Frau Johnson.«

Sam lächelte. Das war wieder typisch January. Er wollte seinen Schülern eine Erfindung vorführen, hatte sie aber noch nicht einmal getestet. Er ging einfach davon aus, dass alles, was er konstruiert hatte, funktionierte.

»Aber wie lösen wir jetzt das Problem? Frau Johnson, haben Sie eine Idee?«, murmelte January.

Anne zuckte mit den Schultern. Sie hatte das Problem zwar benennen können, aber eine Lösung dafür fiel ihr auf die Schnelle auch nicht ein.

Ein lautes Motorgeräusch näherte sich. Die D-Klasse sah auf. Ein Auto war vom Verkehrsübungsplatz abgekommen und bretterte nun mitten durch den Park. Hinter dem Wagen rannte laut schreiend Herr Lincoln, der Fahrlehrer.

»Herr Foster! Herr Foster! *Rechts* ist das Gaspedal, *links* ist die Bremse! Nein, *links!*«

Nach diesen Anweisungen fuhr das Auto noch schneller und konnte gerade noch einem Baum ausweichen. Dann scherte es nach links aus und raste geradewegs auf den kleinen Springbrunnen in der Mitte des Parks zu. Am Steuer saß Joe Foster.

»Die Handbremse, Herr Foster! Dann bremsen Sie von selbst ab!«, brüllte Lincoln.

Statt langsamer zu werden, fuhr das Auto mit unvermindertem Tempo weiter und feuerte gleichzeitig eine Rakete aus seiner Motorhaube ab, die mit einem Affenzahn in Richtung Brunnen sauste. Ob die zwei steinernen Seejungfrauen, die dort als Wasserspeier saßen, die Gefahr kommen sahen? Jedenfalls konnten sie sich nicht von der Stelle rühren. Es gab einen Riesenknall und der Brunnen war weg.

Zum Glück für Joe Foster, der nun mit dem Auto einfach über die Reste des Brunnens fahren konnte, anstatt mit voller Wucht dagegenzuknallen. Er riss sein Steuer herum und drehte sich schleudernd um 180 Grad. Unterdessen öffnete sich langsam das Dach, während aus dem Kofferraum ein Maschinengewehr zum Vorschein kam. Offenbar drückte Joe auf alle Knöpfe zugleich.

»Herr Foster! Nichts mehr anfassen, sonst schießen Sie am Ende noch!«, rief Lincoln mit allmählich heiserer Stimme.

Doch Joe hatte Wichtigeres zu tun, als auf seinen Lehrer zu hören. Zum Beispiel, seine Freunde von der *Spy School* nicht über den Haufen zu fahren.

Die Schüler der D-Klasse erstarrten, als das Auto plötzlich auf sie zuraste.

»Weg hier!«, rief January.

Er riss ein paar Schüler mit sich fort. Die anderen rannten in die andere Richtung davon. Joe tat nichts, er fuhr einfach geradeaus weiter.

»Herr Foster ... Stopp!!!«, war alles, was Lincoln noch herausbrachte.

Mit angehaltenem Atem sahen Sam und seine Klassenkameraden zu, wie Joe auf das Schulgebäude zuraste. Der Junge drückte panisch auf alle Knöpfe. Das Auto raste haarscharf an dem Wagen mit Januarys Erfindung vorbei. Im selben Moment schoss Joe wie ein Pfeil in die Höhe. Er hatte den Knopf für den Schleudersitz gerade noch rechtzeitig gefunden.

Während das Auto mit einem lauten Knall gegen die Mauer krachte, flog Joe immer höher. Dann wurde aus dem schwarzen Punkt am Himmel plötzlich ein großer, weißer Fleck. Der Fallschirm öffnete sich zum Glück automatisch, denn wer weiß, was passiert wäre, wenn Joe selbst den Knopf dazu hätte finden müssen.

Sam musterte das Auto. Es war völlig eingedellt und vermutlich nicht mehr fahrtauglich. Und doch schien es Sam, als wäre es einigermaßen glimpflich davongekommen, denn eigentlich hatte er damit gerechnet, dass nur noch ein paar Fetzen von dem Fahrzeug übrig sein würden.

Langsam, aber sicher trudelte Joe nach unten und hielt sich dabei kampfhaft am Autositz fest. Seine Klassenkameraden starrten besorgt in den Himmel, als fürchteten sie, dass er auch jetzt noch etwas verkehrt machen könnte. Sobald Joe wohlbehalten gelandet war, stieß Lincoln einen tiefen Seufzer aus. Er lief zu seinem Schüler und befreite ihn aus dem Sitz.

»Es ist ein wunderbares Auto, aber ich glaube, ich nehme es doch nicht«, witzelte Joe, als er aufstand. Offenbar hatte er sich von seinem Schock schon wieder erholt.

Im gleichen Moment kamen vier Ärzte angerannt und nahmen den protestierenden Joe auf einer Trage mit. Herr Lincoln hielt es für angebracht, dass sein Schüler doch noch kurz durchgecheckt wurde. Anschließend setzte er mit den übrigen Schülern die Fahrstunde fort. Allerdings stand nun nur noch Theorie auf dem Programm, denn ein geschrottetes Auto am Tag war nach Ansicht des Lehrers mehr als genug.

»Wir machen auch weiter mit unserer Stunde, meine Damen und Herren«, sagte January. »Nach dieser tollen Einlage von Herrn Foster ist es Zeit für ein wenig ernsthafte Arbeit.«

Er nahm den Wagen und schob ihn zu den Schülern. »Ich möchte Ihnen nämlich etwas zeigen. Eine Erfindung, die in der Welt der Geheimagenten für Furore sorgen wird. Eine einzigartige Maschine, die sich zum Schrecken aller Kriminellen entwickeln wird.«

Januarys Arme fuchtelten in Richtung seiner Erfindung, die er nun zum zweiten Mal vorstellte. Die Geschehnisse von vorhin hatten ihn leicht verwirrt. Der Kopf dieses Lehrers war so vollgestopft mit Ideen und komplizierten Gleichungen, dass gerne auch mal das ein oder andere in der Versenkung verschwand.

Dieses Mal war es die Erinnerung an den Beginn der Unterrichtsstunde.

»An Ihren Gesichtern sehe ich, dass Sie nicht besonders beeindruckt sind«, lachte January. »Aber das wird sich gleich ändern.«

»Herr January?«

Anne Johnson meldete sich und trat nach vorne.

»Einen Moment, Frau Johnson. Wenn Ihnen kalt ist, müssen Sie sich nächstes Mal wärmer anziehen. Erst will ich Ihnen diese Maschine vorführen.«

Triumphierend schritt January zu der schwarzen Kiste.

»Meine Damen und Herren, bitte sehr!«

Voller Überzeugung drückte er auf den Knopf. Das rote Lämpchen verweigerte seinen Dienst nun vollständig und leuchtete nicht einmal mehr kurz auf.

3

Änderung im Flugplan

Der Flughafen von Glascock war nicht weit vom CIA-Schulungsgelände in Langley entfernt, in direkter Linie kaum zwanzig Kilometer. Der Flugplatz lag verlassen da. Ein kühler Wind blies den Staub von der Landebahn, auf der schon seit Tagen kein Flugzeug mehr gestartet war. Glascock war ein privater Regionalflughafen, den durchschnittlich nicht mehr als fünfzig Flugzeuge pro Monat nutzten.

Diese Ruhe sollte bald vorbei sein. Um 10.05 Uhr bereitete sich eine Boeing 737 auf die Landung in Glascock vor. Der Pilot bat um Landeerlaubnis.

Ein kleiner, untersetzter Mann namens Michael Bulcane empfing den Funkspruch des Piloten, setzte seine Brille auf und blätterte in einer roten Mappe. Er überprüfte, ob der Pilot seine Ankunft auch angekündigt hatte. Als er sah, wer das bearbeitet hatte, zog er die Augenbrauen hoch.

»Herr Washington, CIA«, stand auf seinem Blatt.

Schnell nahm Michael Bulcane das Mikrofon und erteilte dem Piloten die Landeerlaubnis.

Michael Bulcane arbeitete schon seit drei Jahren auf dem Flughafen von Glascock. Er regelte den täglichen Ablauf, was meist lediglich einen kurzen Spaziergang durch die Hallen erforderte. Daher war er meistens alleine auf dem Flughafen, so wie an diesem Tag auch.

Besuch von der CIA hatte er noch nie gehabt. Hierher kamen ganz normale Fluggäste, die einen Kurzstreckenflug gebucht hatten, oder Menschen, die zum Vergnügen Rundflüge machen wollten, aber der Geheimdienst ... Hatten die CIA-Leute keine größeren Flughäfen für ihre Flüge?

Michael Bulcane zuckte mit den Schultern. Jedenfalls setzte in diesem Moment ein Flugzeug mit möglicherweise hohem Besuch auf der Landebahn auf.

Er blickte nach draußen. Der Pilot lenkte das Flugzeug mit ruhiger Hand zu der großen Halle, in der sich auch das Büro von Michael Bulcane befand.

Auf einem größeren Flughafen wäre nun ein Auto mit der Leuchtschrift *Follow me* gekommen und hätte das Flugzeug zu seinem Platz geleitet. Auf dem Flughafen von Glascock gab es so etwas jedoch nicht. Zu teuer. Langsam kam das Flugzeug zum Stillstand. Michael setzte sich auf. Falls es hoher Besuch war, sollte er wohl besser nach draußen gehen und die Gäste begrüßen.

Doch gerade als er aufstehen wollte, wurde Bulcane grob daran gehindert. Jemand drückte ihn nach unten. Hastig drehte er sich zu seinem Widersacher um: Eine kleine Frau lächelte ihn an. Sie hatte halblanges, blondes Haar und trug einen schwarzen Anzug. In der Hand hielt sie eine Pistole mit einem Schalldämpfer.

Michael öffnete den Mund und wollte um Hilfe schreien, aber die Frau legte einen Finger auf ihre Lippen, woraufhin er sofort schwieg. Ihr Blick hatte etwas Hypnotisierendes, etwas, das ihn zu lähmen schien. Außerdem wäre Schreien ohnehin zwecklos gewesen, schließlich war niemand sonst im Gebäude.

»Lassen Sie mich am Leben, bitte«, flehte Michael.

Tränen stiegen ihm in die Augen, aber die Frau kümmerte das nicht.

»Die Papiere«, befahl sie.

Michael verstand nicht, was sie wollte. »Welche Papiere?«

»Die Papiere«, wiederholte die Frau und deutete mit dem Kopf zum Tisch.

Michael begriff, dass sie die Mappe mit den Daten der Flugzeuge meinte. Zitternd nahm er sie und hielt sie der Frau hin. Die ließ seine Schulter los und riss ihm die Mappe aus den Händen.

»Bitte nicht schießen, ich flehe Sie an«, schluchzte Michael.

Noch nie hatte er eine solche Angst gehabt. Er wollte sich verteidigen, konnte aber nicht. Er war unfähig, aufzuspringen und die Frau anzugreifen. Sein Körper streikte.

»Bitte, ich habe ein Kind.«

Das waren seine letzten Worte.

Sam schlug die Augen auf und war sofort hellwach. Heute würden sie auf Wunsch der Schüler eine Klassenfahrt machen. Sam und seine Klassenkameraden fanden es schade, dass sie so lange in den USA waren und nichts vom Land zu sehen bekamen. Darum hatten sie um eine Klassenfahrt gebeten. Nach langem Zögern hatte Autumn zugestimmt.

Geplant war eine zweitägige Rundreise. Erst ging es nach Arizona zum Grand Canyon, den der Colorado River tief ins Gestein gegraben hatte. Sam hatte schon oft davon schwärmen gehört, wie beeindruckend es sei, inmitten bizarrer Felsformationen am Rand der gewaltigen Schlucht zu stehen.

Am zweiten Tag stand Los Angeles im Bundesstaat Kalifornien auf dem Programm. Die Schüler der *Spy School* hatten schon viel von Hollywood gehört und wollten unbedingt dorthin.

Die Abschlussklasse der CIA würde sie begleiten. Einige kannten den Grand Canyon und Hollywood bereits, fanden es aber nicht weiter schlimm, beide noch einmal zu besuchen. Auch sie wollten gerne einmal aus dem Schultrott heraus.

Um Punkt elf Uhr standen die Schüler der D-Klasse und ihre amerikanischen Kollegen auf dem Parkplatz des Areals und warteten. Sam hatte nur einen kleinen Koffer dabei. Sie waren ja nur zwei Tage unterwegs. Außerdem besaß er schlicht nicht so viele Sachen, um einen großen Koffer damit zu füllen. Das galt offenbar nicht für alle. Daphné zerrte eine gigantische Reisetasche hinter sich her, mit der sie ohne Probleme einige Monate hätte verreisen können.

»Wohin fährst du denn?«, fragte Sam lachend. »Zum Nordpol?«

»Haha, Sam!«, erwiderte Daphné mit einem säuerlichen Lächeln. »Ich wusste nicht, was ich mitnehmen soll. Ist es am Grand Canyon eher kühl oder warm? Die Wetterseiten im Internet geben gewaltige Temperaturschwankungen für diese Gegend an. Also habe ich einfach meinen ganzen Kleiderschrank eingepackt.«

»Verstehe«, antwortete Sam. »Deshalb ist deine Tasche so groß. Da ist ein ganzer Schrank drin! Solltest du den nicht lieber hierlassen?«

»Sehr witzig«, sagte Daphné gereizt. »Wart's nur ab! Wir werden schon sehen, wer zuletzt lacht, wenn sich herausstellt, dass es im Grand Canyon minus zehn Grad sind!«

Sam setzte gerade zu einer spöttischen Erwiderung an, als Präsident-Generaldirektor Autumn auf der Bildfläche erschien.

Autumn, der noch ein paar Worte an die Klasse richten wollte, kletterte auf eines der grauen Autos auf dem Parkplatz, damit ihn alle gut sehen konnten.

»Meine Damen und Herren, gleich kommt der Bus, der Sie zum Flughafen bringen wird. Frau May fliegt mit Ihnen zusammen. Wenn Sie in Arizona landen, werden Sie von Herrn Summer und Herrn Kennedy empfangen. Ich wünsche Ihnen viel Vergnügen, aber denken Sie daran, Augen und Ohren offen zu halten. Selbst bei einer Klassenfahrt kann man etwas dazulernen. Vergessen Sie das nicht!«

In dem Augenblick kam Frau Roosevelt angelaufen. Sie winkte Autumn mit großen Bewegungen zu.

»Herr Autumn!«

Autumn wartete geduldig auf dem Autodach, bis Frau Roosevelt bei ihm war. Er zeigte gerne allen, wer der Boss war.

»Frau Roosevelt? Sie müssen ja etwas Wichtiges zu erzählen haben, wenn Sie wie eine aufgezogene Vogelscheuche hier angerannt kommen.«

»So ist es, Herr Autumn. Es geht um Frau May.«

Autumn zog die Augenbrauen hoch.

»Hat es Frau May die Stimme verschlagen? Oder warum kommt sie nicht selbst, um es mir zu erzählen? Ein Geheimagent, der nicht sprechen kann, ist wie eine Kaffeemaschine, die keinen Kaffee kochen kann: verdammt unpraktisch, aber zu gut zum Wegwerfen.

Nicht, dass ich Frau May wegwerfen wollte. Ich kann mir eine Million Dinge vorstellen, die ich lieber wegwerfen würde. Ach, was sage ich, eine Milliarde!«

Frau Roosevelt war mit Autumns wirrer Logik noch nicht so vertraut. Sie sah ihn erstaunt an und sprach dann einfach weiter.

»Frau May ist krank. Sie liegt mit hohem Fieber im Bett. Ich fürchte, sie wird nicht mitreisen können.«

»Hm.«

Autumn rieb sich mit Daumen und Zeigefinger über das Kinn und sah seine Schüler an.

»Das ist ärgerlich, weil ich auf niemanden verzichten kann, aber keine Katastrophe. Da Summer und Kennedy in Arizona warten, können wir unsere Schüler auch alleine fliegen lassen.«

Er wandte sich erneut an die Schüler.

»Sie haben es gehört! Frau May ist unpässlich, also müssen Sie alleine fliegen. Ich gehe davon aus, dass das kein Problem darstellt, Sie sind schließlich alt genug. Informieren Sie Summer darüber, dass May krank ist, und nochmals: Viel Vergnügen!«

Autumn sprang mit einem sportlichen Satz vom Autodach, warf den Schülern noch einen letzten Blick zu und eilte dann zu seinem Büro. Er hatte noch viel zu erledigen für die neue Schule in England.

Kurz darauf kam ein großer Doppeldeckerbus angefahren. Am Steuer saß Portman, der Portier der *Spy School*, der mangels Schulgebäude allerlei andere Aufgaben übernehmen musste. Unter anderem die des Chauffeurs, die ihm großen Spaß machte. Das Fahren gab ihm das Gefühl, er würde Sport treiben, was er auf der *Spy School* nie geschafft hatte. Dass der Bus die meiste Anstrengung übernahm und er eigentlich die ganze Zeit bewegungslos hinter dem Lenkrad saß, übersah er dabei geflissentlich.

Flugkapitän Niles Bastian und sein junger Kopilot Will Dyson schalteten die Motoren der Boeing 737 aus. Sie waren genau im Zeitplan, die Passagiere sollten erst um zwölf Uhr an Bord kommen. Sie würden noch genügend Zeit haben, sich ein wenig die Beine zu vertreten, bevor sie den Flug nach Arizona antraten.

Aus der Flughalle fuhr ein Auto mit einer Treppe darauf auf sie zu. Bastian legte seine Karten zurecht und überprüfte noch einmal sämtliche Instrumente. Gemeinsam mit seinem Kopiloten bereitete er alles für den nächsten Flug vor. Dadurch waren sie beim Abflug vor bösen Überraschungen gefeit. Zu Bastians Zufriedenheit hatte sein Kopilot an alles gedacht. Dyson war ein talentierter Flieger.

Durch das Fenster sah Bastian einen Tankwagen auf das Flugzeug zufahren. Mussten sie für den relativ kurzen Flug zum Grand Canyon wirklich noch tanken? Der Hinflug war schon recht kurz gewesen, sicher reichte der Treibstoff noch. Aber wahrscheinlich wollte die CIA kein Risiko eingehen.

Der Pilot ging zur Tür. Durch das kleine Fenster sah er, dass die Treppe beinahe angedockt hatte. Geduldig wartete Bastian, bis die Treppe das Flugzeug berührte, dann drehte er an den Griffen und öffnete die Tür. Kopilot Dyson folgte ihm.

Unten an der Treppe stand ein großer, hagerer Mann mit einer roten Mappe in Händen. Sein braunes Haar war modern nach oben frisiert, und er wirkte jünger, als er war. Er trug einen schwarzen, gut sitzenden Anzug, darunter ein bordeauxrotes Hemd mit einer grauen Krawatte. Herzlich begrüßte er die beiden Piloten.

»Guten Morgen, meine Herren, ich bin Michael Bulcane, der Fluglotse des Glascock-Flughafens.«

Er reichte den Piloten die Hand. Sein Händedruck war kräftig und strahlte Selbstbewusstsein aus.

»Niles Bastian«, antwortete Bastian und erwiderte die Begrüßung. »Und das ist mein Kopilot Will Dyson.«

»Angenehm«, sagte der Mann und musterte die Piloten aufmerksam. »Meine Herren, es gibt eine kleine Änderung im Flugplan.«

Eine Änderung? Davon wusste Bastian nichts. Er flog regelmäßig für die CIA, und wenn sich etwas änderte, wurde er immer umgehend informiert. Aus den Augenwinkeln sah der Pilot, wie eine kleine, blonde Frau in einem Overall aus dem Tankwagen stieg. Sie bereitete alles vor, um Kerosin in das Flugzeug zu pumpen.

»Wohin soll der Flug denn gehen?«, fragte Bastian und richtete seine Aufmerksamkeit wieder auf den Mann vor ihm. Will Dyson stand gleichmütig daneben. Er wollte in erster Linie so viel wie möglich fliegen, wohin, war ihm eigentlich egal.

»Nach San José, Costa Rica«, antwortete der Mann.

»Warum ausgerechnet dorthin?«, fragte Bastian argwöhnisch.

»Das ist streng geheim«, gab der Mann zurück, und sein Gesicht sah auf einmal viel weniger freundlich aus. »Und die CIA würde es zu schätzen wissen, wenn Sie nicht zu viele Fragen stellen.«

Bastian traute der Sache nicht.

»Entschuldigen Sie mal, ich bin der Kapitän dieses Flugzeugs. Bei Änderungen des Flugplans muss ich den Grund dafür wissen. Alles, was mit diesem Flugzeug geschieht, untersteht meiner Verantwortung.«

Der Mann lächelte und sah von Bastian zu Dyson.

»Aber natürlich, Herr Bastian. Ich gebe Ihnen gerne einen Grund für den Flug nach Costa Rica.«

Er schob die Hand in die Hosentasche und zog eine Pistole heraus. Erschrocken blickten die Piloten auf die Waffe.

Der Mann richtete sie auf Dyson.

»Übrigens wird Ihr Kopilot nicht mitfliegen, Sie bekommen einen anderen Kopiloten.«

Bastians Gesicht lief rot an.

»Was? Das ist nicht möglich. Ich fliege nur mit ...«

Ein gedämpfter Schuss ließ ihn verstummen. Ängstlich drehte er sich zu seinem Kopiloten um. Dysons Gesicht verkrampfte sich, er fasste sich an die Brust und sank langsam zu Boden.

»Wollten Sie noch etwas sagen, Herr Bastian?«

Der Bus mit den Schülern der *Spy School* und der CIA fuhr direkt auf den Flugplatz. Portman hatte den Befehl bekommen, die Schüler direkt am Flugzeug abzusetzen, und er kam sämtlichen Anweisungen stets pflichtbewusst nach.

Die Schüler blickten neugierig auf das Flugzeug, mit dem sie fliegen sollten. Es war eine große Maschine. Sam schätzte, dass mindestens hundert Passagiere hineinpassten. Platz würden sie also zur Genüge haben.

Die Schüler stiegen aus dem Bus und scharten sich um den Kofferraum, um ihr Gepäck in Empfang zu nehmen. Dann stutzten jedoch die Ersten. Vor dem Flugzeug stand zwar eine Treppe, doch die Tür war verschlossen. Chandler Sterling ließ sich davon allerdings nicht abhalten. Er schwang seine Tasche auf den Rücken und stieg nach oben. Als er auf halber Höhe war, öffnete sich die Tür des Flugzeuges.

»Halt!«

Chandler blieb sofort stehen. Die anderen Schüler sahen neugierig zu dem Mann oben auf der Treppe. Er war groß und schlank und hatte einen dunklen Anzug an. War das der Pilot oder ein Flugbegleiter?

»Guten Tag, meine Damen und Herren. Willkommen auf diesem Flug. Ich bin Jerome und werde Sie begleiten.«

Also ein Flugbegleiter, dachte Sam.

»Darf ich Sie bitten, Ihr Gepäck mit ins Flugzeug zu nehmen? Dann müssen wir nicht alles im Laderaum verstauen. Kommen Sie ruhig die Treppe herauf und geben Sie mir gleich Ihre Handys. Aus technischen Gründen dürfen sie während des Fluges nicht benutzt werden. Dann können Sie sich einen Platz im Flugzeug suchen. Viel Vergnügen an Bord.«

Einer nach dem anderen stiegen die Schüler die Treppe hinauf und händigten ihre Mobiltelefone an Jerome aus. Eigentlich brauchten sie die ja ohnehin nur, falls einer von ihnen verloren gehen sollte, und die Wahrscheinlichkeit, dass das in einem Flugzeug passierte, war recht gering. Es war tatsächlich ein sehr großes Flugzeug, jeder Schüler hätte mindestens fünf Plätze für sich haben können. Dennoch setzten sie sich alle dicht zusammen nach hinten.

Mark Van Ham, einer der CIA-Schüler, zog sofort ein Kartenspiel aus der Tasche und begann mit einigen Klassenkameraden ein Spiel. Jill Roberts und Anne Johnson vertieften sich in ihre Bücher, wieder andere hörten Musik, um sich die Zeit zu vertreiben. Sam sah sich im Flugzeug um und musterte die Mitreisenden.

Bei den CIA-Schülern hatte sich einiges geändert in den letzten Jahren. Von den zehn Schülern, die Sam in seinem ersten Jahr kennengelernt hatte, waren nur sieben übrig.

Catherine Beech, Sams Gegnerin in seiner ersten Prüfung bei den Sommerspielen, hatte sich während des Praktikums Hals über Kopf in einen Australier verliebt. Das war an sich nicht so schlimm, doch offenbar hatte sie ihm alles über ihre Ausbildung erzählt. Sie wurde auf der Stelle der Schule verwiesen, nachdem sie sich einer Hypnose unterzogen hatte, die ihre Erinnerungen teilweise auslöschte.

Tibo M. Squad ging so in seiner Begeisterung für Bomben auf, dass er alles, was verkabelt war und einen Zünder besaß, entschärfen wollte. Als er eines Tages irrigerweise den Sicherungskasten der Schule auseinanderbaute, hatte ihn der Schock seines Lebens getroffen. Mit fatalen Folgen: Der Schlag hatte einige seiner Muskeln so beeinträchtigt, dass der Arzt ihm verboten hatte, die Ausbildung fortzusetzen.

Annie Morgan schließlich war vor ihrer Rekrutierung für die CIA in einem Waisenhaus aufgewachsen. Während eines längeren Auftrags hatte sie einen alten, reichen Politiker kennengelernt. Sie hatte einen Narren an dem Mann im Rollstuhl gefressen, und auch er war hin und weg von ihr und bot an, sie unter seine Fittiche zu nehmen. Nach langem Nachdenken hatte sie sich für das entschieden, was sie niemals gehabt hatte: einen Vater. Sam konnte diese Entscheidung noch immer nicht nachvollziehen.

Die Plätze der drei Schüler waren allerdings rasch wieder gefüllt worden: Für die beiden Mädchen waren Katie Lynn und Ann Dent gekommen und zuletzt war noch Jimmy Mortimer dazugestoßen. Die anderen sieben Schüler waren Joe Foster, Chandler Sterling, Vera Wilson, Sarah Sawyer, Dana Cooperfeld, Mark Van Ham und Quentin Mills. Die Schüler der *Spy School* und die CIA-Schüler kamen gut miteinander aus. Zusammen waren sie eine tolle Truppe.

Sam machte die Augen zu und ließ den Kopf zurück gegen die Kopfstütze sinken. Das Flugzeug fuhr die Startbahn entlang und war kurz vor dem Abheben. Sam mochte das Kribbeln in seinem Bauch, wenn die Räder den Boden verließen.

Im Cockpit lief Pilot Bastian der Schweiß von der Stirn. Die Pistole, die die Blondine auf ihn richtete, machte ihn nervös. Seine Gedanken waren bei Will Dyson. Warum hatte er sterben müssen? Er war noch so jung gewesen.

Als das Flugzeug in der Luft war, kam Jerome ins Cockpit. Die blonde Frau sah auf.

»Und? Sind sie brav?«

»Kann nicht klagen. Die kleinen Ekelpakete vertreiben sich die Zeit. Wie macht sich unser Pilot?«

Die Frau lachte. »Der ist auch brav. Er tut, was ich sage. Stimmt's?« Sie bohrte Bastian die Pistole in die Rippen.

Der nickte. »Ich kann dich nicht hören. Ich sagte: ›Stimmt's?‹«, wiederholte die Frau streng.

»Ja, ja«, murmelte der Pilot widerwillig.

»Provozier ihn nicht, Eve«, sagte Jerome. »Vergiss nicht, dass wir ihn noch brauchen. Na ja, es ist ein guter Deal für beide Seiten: Er tut, was wir sagen, und im Gegenzug lassen wir ihn am Leben!«

»Ein sehr guter Deal«, stimmte Eve zu. »Findest du nicht auch?«

Wieder stieß sie die Pistole in Bastians Seite.

»In der Tat«, antwortete der Pilot hastig. Er wollte Eve nicht verärgern.

»Du siehst, wir sind gar nicht so schlimm«, sagte Eve. »Solange du kooperierst, natürlich.«

Sie fasste in die Tasche zu ihren Füßen und holte ein Stück Schokolade heraus. Ein Laster, das sie nicht aufgeben konnte. Jerome sah auf die Uhr.

»Wann soll ich es ihnen sagen?«

»Warte noch. Sonst sind sie den ganzen Flug über so aufgeregt«, sagte Eve mit vollem Mund.

Jerome nickte nachdenklich. »Gute Idee. Auf halber Strecke werde ich ihnen unsere Pläne mitteilen.«

Nach einigen Stunden spazierte Jerome durch den Gang des Passagierraums. Als er die erste Reihe mit Schülern erreichte, blieb er stehen.

»Meine Damen und Herren, darf ich um Ihre Aufmerksamkeit bitten?«

Die Schüler sahen Jerome neugierig an.

»Sie haben sich auf ein Wochenende am Grand Canyon und in Los Angeles eingestellt.«

Hier und da war zustimmendes Nicken zu sehen.

»Hollywood, wir kommen!«, rief ein übertrieben enthusiastischer Quentin Mills.

Sofort ging das Geschnatter der Schüler los. Der Gedanke an die Filmstadt beflügelte ihre Fantasie. Jerome wartete geduldig, bis wieder Ruhe eingekehrt war.

»Allerdings ...«

Sämtliche Köpfe drehten sich zu ihm. Was kam denn nun?

»Allerdings fliegen wir überhaupt nicht zum Grand Canyon und auch nicht nach Los Angeles.«

Erneut kam Unruhe bei den Schülern auf. Was hatte das zu bedeuten? Jerome musste seine Stimme erheben, um in dem Getuschel gehört zu werden.

»Wir sind auf dem Weg nach Costa Rica, wo Sie ein Trainingslager besuchen. Dieses Praktikum ist der Höhepunkt Ihrer Ausbildung. Schon sehr bald werden Sie echte Geheimagenten sein. Deshalb genießen Sie das Lager in vollen Zügen, aber vergessen Sie nicht, dass es sich in erster Linie um ein Praktikum handelt, bei dem Sie etwas lernen sollen.«

Die Überraschung unter den Schülern war groß. Von einem solchen Trainingslager hatten sie noch nie gehört. Allerdings war das auch irgendwie logisch: Die Schüler, die schon dort gewesen waren, waren mit der Schule fertig und hatten ihnen nicht mehr davon erzählen können.

»Sobald wir im Ausbildungszentrum sind, bekommen Sie noch weitere Informationen«, beendete Jerome seine Ansprache. Er drehte sich um und ging zurück zum Cockpit.

Sam sah ihm grinsend hinterher. Autumn war doch echt ein Teufelskerl! Natürlich war er ihrer Bitte um eine Klassenfahrt nachgekommen. Normalerweise würde er so etwas nie gestatten, aber diesmal hatte es genau in seinen Plan gepasst. Die Schüler hatten selbst für ein perfektes Ablenkungsmanöver gesorgt, Autumn musste sich gar keine Geschichte zur Tarnung ausdenken.

Sam schloss wieder die Augen und legte den Kopf auf Daphnés Schultern. Auf der *Spy School* war man nie vor Überraschungen sicher.

4

Code 7500

Die Boeing 737 flog mit Kurs auf San José über Costa Rica. Pilot Bastian sah zur Seite. In der letzten Stunde hatte Eve sich deutlich weniger darum gekümmert, was er tat. Sie gähnte immer wieder und spielte gelangweilt an ihrer Pistole herum.

Bastian hingegen war aufmerksamer denn je. Eine Pistole an der Schläfe schärft die Sinne. Ständig schossen dem Piloten Ideen durch den Kopf, wie er die Entführer überwältigen könnte. Richtig überzeugend war jedoch keine davon – lauter unausgegorene, riskante Fantasien, die ihm nicht weiterhalfen. Denn nicht nur sein Leben stand auf dem Spiel, sondern auch das der Schüler. Sollte ihm etwas zustoßen, würde das Flugzeug abstürzen. Er musste also erst dafür sorgen, dass sie sicher landeten, dann würde er weitersehen.

Plötzlich knackte es in seinem Funkgerät. Ein Fluglotse wollte Kontakt mit dem Flugzeug aufnehmen, das sich dem Flughafen näherte. Das brachte Bastian auf eine Idee. Vielleicht konnte er die Leute im Tower warnen.

Im Tower des Flughafens sahen die Fluglotsen alle näher kommenden Flugzeuge als Punkte auf ihrem Radar. Sobald ein Flugzeug sich näherte, bekam der Pilot einen Code für den Transponder. Wenn der Pilot den Code am Transponder eingestellt hatte, konnte der Fluglotse diesen neben dem Flugzeug auf dem Schirm sehen und wusste, welcher Punkt welches Flugzeug war.

»C-AIR 2409, Squawk 1212«, ertönte es durch das Funkgerät.

»Squawk« war ein bestimmter Code, mit dem der Transponder gemeint war. In Notsituationen konnte der Pilot auch selbst die Initiative ergreifen und einen Code durchgeben. »Code 7600« wies beispielsweise auf ein Kommunikationsproblem hin, »Code 7500« verwendete man bei einer Entführung. Und die Sache hier war eindeutig eine Entführung!

Das war auch der Grund für das Codewort: Der Pilot konnte den Fluglotsen heimlich warnen, ohne dass es der Entführer mitbekam, weil »Squawk« und »Code 7500« für einen Laien überhaupt keine Bedeutung hatten.

»C-AIR 2409, Squawk 1212«, krächzte es erneut über Funk. Bastian lief der Schweiß herunter. Das war seine Chance! Doch er zögerte. Was, wenn sie ihn erwischten? Dann müsste er sich auf das Schlimmste gefasst machen.

Aber was denn nun? Was hatte er zu verlieren? Er dachte an Will Dyson. Bastian war es ihm schuldig. Und den Schülern im Flugzeug ebenfalls.

»C-AIR 2409, Squawk 7500«, sagte er mit zitternder Stimme. Er schielte zu Eve, doch die kümmerte sich mehr um ihre Fingernägel als um ihn. Mit ihrer Pistole versuchte sie, die Kanten glatt zu feilen. Am Funkgerät herrschte für einen Augenblick Stille.

Bastian fühlte, wie sein Herz schneller schlug. Er hoffte, dass sie ihn richtig verstanden hatten.

»C-AIR 2409, bestätigen Sie Ihren heutigen Squawk«, ertönte es nach einer Weile über Funk.

Das war das Standardprozedere. Der Fluglotse bat um eine Bestätigung, um Missverständnisse zu vermeiden. Bei einer positiven Antwort oder gar keiner Reaktion wurde das Flugzeug wie ein gekapertes Flugzeug behandelt. Bastian brauchte den Squawk nur noch zu bestätigen.

»C-AIR ...«

Weiter kam er nicht. Die Kehle wurde ihm zugedrückt und er spürte einen kalten Pistolenlauf im Nacken.

»Keine Spielchen, Bastian«, zischte Jerome. »Glaubst du denn, wir sind auf den Kopf gefallen?«

Er drückte Bastians Kehle noch fester zu, woraufhin dieser einen erstickten Schrei von sich gab.

»Du bestätigst nun den ursprünglichen Code, verstanden?«

Bastian nickte ängstlich. Jerome kannte dieses Vorgehen! Damit hatte er nicht gerechnet.

»Der Fluglotse wird denken, dass er dich nicht richtig verstanden hat und dass alles in Ordnung ist.«

Jerome beugte sich über Bastian und sah ihm eiskalt in die Augen.

»Das hoffe ich zumindest für dich.«

Er ließ den zitternden Piloten los und stieß ihn nach vorne.

Bastian musste ein paarmal schlucken, bis er wieder richtig bei Sinnen war. Er hatte auf Risiko gespielt und verloren. Aber zumindest hatte er es versucht.

»C-AIR 2409, Squawk 1212«, sagte er mit mutloser Stimme in sein Mikrofon.

Obwohl es beinahe Winter war, herrschten in San José noch angenehme Temperaturen. In Costa Rica gab es keine richtigen Jahreszeiten, es war eigentlich das ganze Jahr über schön warm. Das fiel den Schülern dann auch als Erstes auf, als sie mit ihren dicken Jacken und Pullis aus dem Flugzeug stiegen: Es war ihnen viel zu heiß. Schon bald trugen alle die Jacken über dem Arm.

Jerome hatte Eve als Begleiterin des Projekts vorgestellt. Gemeinsam geleiteten sie die Schüler durch den Flughafen. Am Ausgang standen eine Menge Fahrer und warteten auf die frisch angekommenen Touristen. Einige besaßen offizielle Taxis, andere fuhren mit ihren eigenen Autos und wollten so Geld verdienen.

Die Schüler konnten sich an dem Trubel gar nicht sattsehen. Sie mussten sich an die Aufdringlichkeit der Taxifahrer erst gewöhnen. Obwohl sie ganz offensichtlich als Gruppe unterwegs waren und unmöglich in ein Taxi passten, wurden sie doch angequatscht.

»Taxi, *Chicos?*«

Jerome war das offenbar gewohnt und behandelte die Taxifahrer wie Luft.

»Weitergehen, meine Damen und Herren! Der Bus wartet auf uns!«

Die Schüler folgten ihm auf dem Fuß, froh, dass jemand sich auskannte. Jerome und Eve blieben bei einem klapprigen orangefarbenen Bus stehen. Er glich einem Schulbus aus den Vereinigten Staaten. Vermutlich kam er dort auch her, denn in Costa Rica waren häufig ausgediente Busse aus reicheren Ländern im Einsatz.

»Packen Sie Ihr Gepäck in den Kofferraum!«, rief Jerome. »Sonst haben wir zu wenig Platz im Bus.«

Sam stellte seinen Koffer zu den anderen und stieg die Stufen in den Bus hinauf. Das Innere des Busses stand dem Äußeren um nichts nach. Löchrige Sitzbezüge, verrostete Haltestangen und zerschlissene Vorhänge erwarteten die Schüler. Sam wählte einen Fensterplatz, Katie Lynn setzte sich neben ihn.

Das ist mal wieder typisch *Spy School*, dachte Sam. Keinen Luxusbus für die Schüler, sondern genau so ein Gefährt wie die, mit denen auch die Costa Ricaner fahren. »Bloß nicht auffallen« lautete das Motto, egal, wohin sie kamen.

»Hast du das erwartet?«, fragte Katie.

»Nein«, antwortete Sam. »Aber ich hätte es mir denken können. Autumn ist immer für eine Überraschung gut.«

Katie lachte. Sie hatte braunes, schulterlanges Haar, das sie zu einem Pferdeschwanz zusammengebunden hatte. Eine Strähne hatte sich gelöst, und sie versuchte vergeblich, sie sich wieder hinters Ohr zu stecken. Sam kannte sie nicht besonders gut, weil sie erst später zur CIA gekommen war. Aber von Joe hatte er gehört, dass sie ein sehr nettes Mädchen war.

»Ich finde es super, dass sie diese Reise so lange vor uns geheim gehalten haben«, sagte Katie. »Ich meine, bisher hatte ich noch nicht gehört, dass es im vierten Jahr ein Praktikum gibt.«

»Vergiss nicht, auf was für einer Schule wir sind«, grinste Sam. »Für unsere Lehrer gehört es einfach zu ihrem Job, etwas geheim zu halten.«

»Ja, da hast du natürlich recht.«

Mit schwerfälligem Brummen startete der Motor des Busses. Sam und Katie schwiegen und sahen geradeaus. Eve saß am Steuer und steuerte das Fahrzeug quer über den Parkplatz. Sam drückte das Gesicht ans Fenster, um besser hinaussehen zu können. Katie hing halb über ihm und spähte ebenfalls hinaus. Das störte ihn aber ganz und gar nicht.

Die Fahrt führte ein Stück durch San José, die Hauptstadt Costa Ricas. Sam war überrascht, wie viel auf den Straßen los war. Der Verkehr in San José war die Hölle! Unzählige Fahrer versuchten sich mit allen Mitteln zu behaupten. Ampeln wurden häufig ignoriert und Vorfahrtsregeln galten offenbar für niemanden. Statt Verkehrsvorschriften herrschte allein das Recht des Stärkeren. Als Fußgänger stand man ganz unten in der Hierarchie und musste immer auf die Autos aufpassen, weil diese nicht auf Fußgänger achteten. Fahrradfahrer standen eine Stufe höher, dann kamen Autos, die vor allem gegeneinander konkurrierten. Und ganz oben in der Hierarchie thronten die Busse. Die durften alles.

Ansonsten bot San José einen trostlosen Anblick. Als der Bus in einen Stau geriet, sah Sam in einem Hauseingang eine ausgemergelte Figur liegen. Es war ein Junge, keine sechzehn Jahre alt. Er öffnete die Augen und entdeckte Sam und Katie am Fenster. Darauf lächelte er und zeigte seine verfaulten Zähne. Sam spürte, wie es Katie durchfuhr.

»Cola! Fanta! *Zumo! Naranja! Plátano! Yuca frita! Agua!*«

Ein kleiner Junge war in den Bus gestiegen, beladen mit allem, was er zuvor aufgezählt hatte: Erfrischungsgetränke, Orangensafttüten, Bananenchips, Yucca-Chips und noch vieles mehr. Alles, was sich verkaufen ließ.

Er sah die Schüler fragend an.

»Willst du etwas kaufen?«, fragte er Daphné und hielt ihr eine Tüte Orangensaft hin.

Daphné wurde rot. »Ich habe kein Geld.«

Der Junge verstand ihre Antwort und wandte sich direkt an den nächsten Schüler: Jimmy Mortimer. Der zeigte seine offenen Hände. »Sorry, Junge, *no dinero.*«

Der Junge begriff, dass hier nicht viel zu verdienen war, wollte aber dennoch nicht aufgeben. Er ging weiter und sah die anderen Schüler betrübt an. Alle im Bus hatten Mitleid mit ihm. Nur einer nicht.

Jerome packte den Jungen am Kragen und stieß ihn grob nach vorne. Der Junge sah sich ängstlich zu den Schülern im Bus um.

»Wie bist du hier reingekommen? Wir brauchen nichts, kapiert?«

Mit Schwung warf er den Jungen aus dem Bus. Sämtliche Flaschen und Chipspackungen landeten auf dem Boden. Schnell sammelte der Junge alles wieder auf. Dann sah er noch einmal flehend zu Jerome auf, aber der ließ sich nicht erweichen.

»Los, hau ab!«, rief er ihm zu. »Komm, Eve, gib Gas, sonst wimmelt es hier gleich nur so von Bettlern.«

Eve hupte, aber das half genauso viel, wie ein Faultier anzutreiben. Die Autos bewegten sich keinen Millimeter voran.

Sam fiel auf, dass nicht alle Häuser Hausnummern und nicht alle Straßen Namen hatten. Wie gab man hier wohl seine Adresse an? Er fragte Katie, die nun ebenfalls verwundert die Häuser musterte. Richard James, der hinter ihnen saß, hatte es ebenfalls gehört. Er beugte sich zu Sam und Katie nach vorne.

»Meine Tante fährt oft in den Urlaub hierher. Sie hat sich richtig verliebt in dieses Land. Ich glaube, sie hat sogar vor, mal hierherzuziehen. In den großen Städten haben die wichtigen Straßen schon Namen. Aber die Menschen, die in diesem Viertel wohnen, haben trotzdem eine richtige Adresse, es funktioniert nur ein bisschen anders. Man sucht sich einen Ausgangspunkt und gibt von dort aus eine Wegbeschreibung zu seinem Haus an. Wenn man beispielsweise in der Nähe der Schule wohnt, dann lautet die Adresse: ›Escuela San Felipe, hundert Meter nördlich, siebzig Meter östlich, zehn Meter nördlich.‹ Das bedeutet, dass man, wenn man an der Schule steht, erst hundert Meter nach Norden gehen muss, dann siebzig nach Osten und dann noch mal zehn Meter nach Norden.«

»Aber wie weiß man, welches Haus gemeint ist?«, fragte Katie. »Dann steht man zwar in der richtigen Straße, aber welches Haus das richtige ist, weiß man immer noch nicht.«

Auch darauf hatte Richard eine Antwort.

»Häufig haben die Häuser einen Namen, aber oft steht bei der Adresse noch eine Ergänzung: ›Das Haus mit der blauen Tür‹ zum Beispiel.«

Sam und Katie lachten und schüttelten den Kopf. Postboten hatten es nicht einfach in Costa Rica. Erst nach einer weiteren halben Stunde im Stau kamen sie endlich aus der Stadt heraus. Nun ging es eine lange Straße entlang, immer geradeaus.

Die Schüler freuten sich an der üppigen tropischen Vegetation. Einen solchen Wald hatte Sam in England noch nie gesehen. Je weiter sie fuhren, umso dichter wuchsen die Pflanzen. In den Bäumen sah man allerlei Tiere sitzen, aber der Bus fuhr zu schnell, als dass sie diese genau hätten erkennen können. Von Zeit zu Zeit kamen sie an riesigen Bananenplantagen vorbei, die die Schüler sehr beeindruckten.

Ab und zu sahen sie kleine Ansammlungen von Häusern am Straßenrand. Es waren kleine Hütten mit Gitterstäben statt Glasscheiben in den Fenstern. Dennoch kamen ihnen die Costa Ricaner – oder *Ticos*, wie sie auch genannt wurden – nicht arm vor. Die Menschen, die vor den Häusern saßen, wirkten gepflegt und gut gekleidet, und auf vielen Dächern prangten Satellitenschüsseln.

Nach einiger Zeit verließ der Bus die Hauptstraße. Der Weg wurde schlechter und die Schüler wurden kräftig durchgerüttelt. Katie klammerte sich an Sams Arm, um nicht vom Sitz zu fallen. Sie krallte so fest zu, dass es schon beinahe wehtat, aber das ließ sich Sam natürlich nicht anmerken.

»Schaut, ein Affe!«, schrie Ann Dent plötzlich.

Sofort schauten alle Schüler aus dem Fenster. Der Bus fuhr nun ein wenig langsamer, sodass sie genügend Zeit hatten, sich umzusehen. Einige Schüler waren ganz aus dem Häuschen, als sie das Kapuzineräffchen über einen Ast balancieren sahen, nur Sam konnte immer noch nichts entdecken.

»Da ist noch einer«, zeigte ihm James Richards.

Diesmal sah Sam das Tier auch. Das Äffchen sprang von Ast zu Ast, unbeeindruckt von der großen Höhe. Affen haben auf Menschen eine merkwürdige Wirkung: Jeder will sie in freier Wildbahn sehen, weil in einem Gehege ein Großteil der Faszination verloren geht.

Es blieb nicht bei diesen beiden Affen. Offenbar waren die Bäume in Costa Rica voll von ihnen, und die Schüler lernten nach einer Weile, dass sie nicht bei jedem Äffchen, das sie sahen, verzückt aufzuspringen brauchten.

Endlich, es dämmerte schon, kamen sie zum Ausbildungszentrum. Zwischen den Bäumen tauchte ein großes Eisentor auf. Auf jeder Seite des Tores war ein Zaun mit reichlich Stacheldraht an der Oberkante. Offenbar wollte man hier keine unerwünschten Besucher haben.

Hinter dem Tor standen zwei Wachmänner in langen, dunklen Jacken, die aufmerksam auf alles achteten. Sam vermutete, dass schon ihre finsteren Gesichter potenzielle Eindringlinge abschreckten.

Als der Bus näher kam, öffnete sich das Tor automatisch. Eve lenkte das Fahrzeug geschickt durch die Einfahrt und hielt bei den Wachen an. Der Wachmann rechts vom Tor öffnete die Tür des Busses und sah hinein. Sobald er Jerome sah, nickte er und machte die Tür wieder zu.

Hinter dem Tor sahen die Schüler ein dunkles Gebäude. Es war ein ungefähr zehn Meter hoher Bunker. Hier sollten sie wohnen? Es kam ihnen unglaublich klein vor.

Die Mauern waren völlig überwuchert, nur an den Stellen nicht, wo sich die Türen befanden. Oben an dem Gebäude waren zwei große Suchscheinwerfer, die das ganze Gelände beleuchteten. Zwischen den Scheinwerfern stand eine kleine Hütte mit einem weiteren Wachposten davor. Sam sah sich fasziniert um. Das hatten die Leiter der *Spy School* gut ausgesucht!

Der Bus brummte und blieb dann abrupt stehen. Die Schüler flogen beinahe gegen die Sitze vor ihnen.

»Aussteigen und das Gepäck holen!«, schrie Jerome.

Die Schüler stiegen schnell aus und suchten im Kofferraum nach ihren Koffern. Noch bevor der letzte Schüler seine Tasche hatte, trieb Jerome sie schon wieder an.

»Los, wir haben nicht den ganzen Tag Zeit. Wenn Sie fertig sind, folgen Sie mir zum Tor.«

Ohne zu warten, lief Jerome zum Bunker. Die große Tür öffnete sich und er trat ein. Dann drehte er sich um und winkte ungeduldig. Zögernd folgten ihm die Schüler in den Bunker. Das alles war unbekanntes Terrain für sie und Sam hatte ein mulmiges Gefühl im Bauch.

Im Innern sahen sie einen langen Gang mit unzähligen Türen auf beiden Seiten. Es war dunkel und roch muffig. Ein bisschen Farbe hier und da würde nicht schaden, fand Sam. Von der Decke hingen überall Spinnweben und er musste sich immer wieder die Fäden aus seinem Gesicht wischen.

Am Ende des Ganges gelangten sie durch eine Tür in ein Treppenhaus.

»Ich werde Sie jetzt zu Ihren Zimmern bringen«, sagte Jerome und stieg eilig die Treppe hinauf. Dieser Gang sah ein wenig wohnlicher aus als der erste. Mauern und Decke waren mattweiß gestrichen und kleine

Spots in der Decke sorgten für Licht. Vor jeder Tür lag eine Fußmatte.

Jerome öffnete ein Kästchen an der Wand und drückte auf einen Knopf. Beinahe zugleich ertönte von jeder Tür ein leises Klicken. Dann trat er zur ersten Tür und sah hinein. »In Ordnung«, murmelte er. Er ließ den Blick über die Schüler schweifen und sagte zu Vera Wilson und Julia Stevenson: »Sie beide, das ist Ihr Zimmer. Sie können eintreten und sich frisch machen. Jedes Zimmer hat ein eigenes kleines Bad mit Toilette. Wir essen in genau einer Stunde. Seien Sie dann auf jeden Fall fertig! Die anderen kommen mit mir.«

Dann wies er auch den übrigen Schülern paarweise ihre Zimmer zu. Sam schlief mit Joe Foster zusammen. Das Zimmer war nicht sehr groß: Neben jedem Bett stand ein Nachtkästchen mit ein paar Schubladen, und am Fußende war ein eiserner Schrank für die Kleider, die sie dabeihatten. Neben dem Schrank hing ein Spiegel.

Sam öffnete seinen Koffer und legte den Inhalt in den Schrank. Er blickte kurz in den Spiegel und bemerkte, wie müde er aussah. Höchste Zeit für eine kleine Ruhepause. Mit einem Plumps ließ er sich ins Bett fallen. Die Matratze war hart, aber das Liegen tat seinem erschöpften Körper gut. Hier würde er sich für die nächste Stunde nicht mehr wegrühren.

Jerome rasierte sich in seinem Zimmer. Grob kratzte er den Rasierschaum und die Bartstoppeln weg. Eve lag rücklings auf dem Bett.

»Bin ich froh, dass wir das hinter uns haben«, seufzte sie. »Jetzt weiß ich wieder, warum ich keine Kinder will.«

»Aber, mein Zuckerschnäuzchen«, lächelte Jerome und bekam dabei einen Spritzer Schaum in den Mund. »Sei froh, dass sie so brav waren. Wenn das alles echte Nervensägen gewesen wären, könntest du jetzt nicht mal mehr Piep sagen.«

Er spuckte den Rasierschaum ins Waschbecken und machte den letzten Bartstoppeln auf dem Kinn den Garaus.

»P... p... piep. Hm, fällt mir jetzt schon schwer«, brummte Eve und schloss die Augen. »Wann essen wir?«

»In einer Stunde, gemeinsam mit den Schülern.«

»Mit den Schülern?« Eve erschrak. »Wieso das denn?«

Jerome spülte sich die Schaumreste von den Wangen.

»Weil sie erst einmal Vertrauen fassen müssen. Sonst fangen sie noch an, Fragen zu stellen.«

»Aber warum muss *ich* denn mit dabei sein?«, schmollte Eve.

»Weil sie dir dann auch vertrauen. Es ist ...«

Ein Klingeln wie von einem altmodischen Telefon unterbrach ihr Gespräch. Jerome nahm ein Handtuch und trocknete sich das Gesicht ab.

»Na, wer mag das wohl sein?«, sagte Eve. »Der Chef persönlich!«

Es klingelte wieder.

»Ja, ja, ich komm ja schon«, stöhnte Jerome, ging zum Schreibtisch neben dem Bett und setzte sich. Nachdem er auf den Monitor des Computers, der dort stand, geschaut hatte, nahm er die Maus und klickte auf ein Programm.

»Jerome hört«, sagte er in ein Mikrofon neben der Tastatur.

»Jerome, ich muss Ihnen etwas Wichtiges mitteilen«, sagte eine tiefe, verfremdete Computerstimme. »Ab morgen bekommen Sie Hilfe.«

»Hilfe?«, antwortete Jerome überrascht. »Ich brauche keine Hilfe!«

»Jede Hilfe ist willkommen. Diese zwei Personen werden Ihnen helfen, die Prüfungen vorzubereiten. Dann haben Sie mehr Zeit, um auf die Kinder aufzupassen.«

»Ich bin doch kein Babysitter!«

Jerome hatte Mühe, seinen Ärger nicht zu zeigen. Musste er nun wirklich ein Kinderprogramm organisieren? Damit würde er in seinem Lebenslauf als Krimineller ja mächtig Eindruck schinden können.

»Keine Widerrede, Jerome. Sie tun, was ich sage!«, erwiderte die Stimme streng. »Ab morgen werden Sie mit Herrn Hops und Frau Block zusammenarbeiten. Es sind treue Angestellte und sehr fähige Leute, also nehmen Sie die beiden angemessen auf. Die Operation Schwarzer Regen darf nicht gefährdet werden. Auf Wiederhören, Jerome, auf Wiederhören, Eve!«

Jerome beendete das Gespräch und sah zu Eve.

»Hast du das gehört? Wir sind degradiert worden. Ab sofort leiten wir eine Kindertagesstätte!«

5

Der ultimative Spielzeugladen

Als der Bus mit den Schülern der *Spy School* und der CIA im Trainingslager vorfuhr, wurde dies von einem Augenpaar höchst aufmerksam beobachtet.

Hinter einer verschlissenen Gardine spähte ein Schatten verstohlen durch eines der wenigen Fenster des Bunkers.

Bekommen wir Besuch? Interessant. Vielleicht muss ich doch noch ein wenig hierbleiben. Kinder? Was wollen die denn hier? Das ist doch kein Platz für Kinder! Ich frage mich, was sie wohl mit denen vorhaben. Sobald ich das herausgefunden habe, verschwinde ich von hier. Ich muss noch ein wenig durchhalten. Mir noch kurz alles gefallen lassen von diesen miesen Typen. Es wird ihnen noch leidtun, was sie mir angetan haben.

Am nächsten Morgen versammelten sich die Schüler vor dem Bunker. Sie warteten auf Jerome, der versprochen hatte, ihnen heute alles über ihre Ausbildung hier zu erzählen.

Am Tag zuvor hatten sie noch gut gegessen. Auf den Tischen hatten reichlich gefüllte Schüsseln gestanden – voller dampfender Spaghetti oder *Mafia*, wie man auf der *Spy School* sagen würde. Jeder hatte sich richtig satt gegessen. Anschließend hatten sie noch ein, zwei Stunden verschiedene Spiele gemacht und waren dann auf ihre Zimmer geschickt worden.

Sie waren so früh zu Bett gegangen, dass sie sich nun allesamt topfit fühlten.

Sam war neugierig auf das Training, das die *Spy School* als Jahresabschluss vorgesehen hatte. Er hatte mit Joe ausgemacht, dass sie sich richtig reinhängen würden.

Jerome kam aus dem Bunker und blickte in die Runde. Er zählte die Schüler im Stillen ab. Als er sah, dass sie vollzählig waren, räusperte er sich.

»Meine Damen und Herren, herzlich willkommen in unserem Trainingscamp. Bevor wir loslegen, müssen wir noch einige Dinge klären. Ich habe hier ein Dokument Ihres Direktors. Er bat mich, es Ihnen vorzulesen.«

Jerome hielt ein Blatt Papier in die Luft. Sam ächzte. Wenn Autumn diese Rede verfasst hatte, dann würde das hier wohl eine ganze Weile dauern. Wenigstens war es ein warmer Tag, erfrieren würden sie also nicht. Tod durch Langeweile war allerdings durchaus möglich.

»Liebe Schüler und Schülerinnen«, las Jerome vor. »Ein Geheimagent hat ein Leben voller Überraschungen vor sich. Wenn er überrascht wird, muss er so gut wie möglich darauf reagieren. Sich schnell an die Situation anzupassen, gehört zu den wichtigsten Eigenschaften eines Geheimagenten.

Dieses Praktikum ist eine solche Überraschung. Sie sind nicht darauf vorbereitet, doch Sie werden damit zurechtkommen müssen. Versuchen Sie vor allem, das Angebot zu genießen. Sie werden hier Dinge lernen, die Sie bislang in Ihrer Ausbildung noch nicht gesehen haben. Es ist ein Schulausflug, also lassen Sie auch den Spaß nicht zu kurz kommen. Sie haben noch genügend Zeit, sich ernsten Aufgaben zu widmen, sobald Ihre Ausbildung beendet ist.«

Jerome drehte das Blatt um und holte Atem. Die Nachricht von Autumn war noch nicht zu Ende.

»Aber eine Ausbildung zum Geheimagenten ist und bleibt eine Ausbildung und kein Ferienlager – und auch kein Ponyhof. Aber das sei nur am Rande gesagt, denn natürlich könnte ich Ihnen noch zahlreiche andere Beispiele nennen. Und es kommt mir in keiner Weise logisch vor, weiter darüber zu sinnieren, was etwas nicht ist, weil diese Liste unweigerlich stets länger ausfallen muss als die konkrete Beschreibung einer Sache. Also eine Ausbildung zum Geheimagenten ist eine Ausbildung zum Geheimagenten und dazu gehören gewisse Regeln. In diesem Fall sind es strenge Regeln, da es sich um einen wichtigen, aber gefährlichen Teil der Ausbildung handelt.«

Jerome machte eine Geste in Richtung Bunker. Ein kleiner Mann, nicht größer als die Schüler, kam aus dem Bunker.

Seine Glatze spiegelte sich in der Sonne, sodass sein Kopf wie eine Glühbirne aussah. Sein Bart bestand nur aus einem schmalen Streifen am Unterkiefer entlang. Er hatte eine platte Nase, die Sams Meinung nach schon mehr als einen Boxhieb abbekommen hatte, und in seinem Mund fehlten einige Zähne. Trotz seiner geringen Körpergröße wirkte er imposant: Der Mann war etwa genauso breit wie groß. Ein eindrucksvolles Arsenal an Muskeln zeichnete sich unter dem kakifarbenen T-Shirt ab. Er ließ seinen Blick über die versammelten Schüler wandern, was diese zusammenschaudern ließ.

»Das ist der Aufseher, Ramón«, erklärte Jerome. »Ramón kümmert sich um die Sicherheit in diesem Lager. Sein Wille ist hier Gesetz, schreibt euch das hinter die Ohren. Für diejenigen, die sich nicht daran halten, hat er spezielle Maßnahmen parat ...«

Bei diesen Worten grinste Ramón, und der Anblick seiner verfaulten Zähne war schon überzeugend genug für die Schüler, sich an die Regeln zu halten.

»... wie das genau aussieht, will ich lieber nicht im Detail beschreiben«, fuhr Jerome fort. »Denn alles bis ins Detail zu erklären, ist nur etwas für Schwätzer. Wer so etwas tut, vermag es nicht, auf den Punkt zu kommen, und das kann für einen Geheimagenten verheerende Folgen haben. Stellen Sie sich vor, Sie müssen in wenigen Sekunden etwas entscheiden und überlegen dann erst noch, wie Sie das beschreiben könnten. Das kann tödlich enden! Denken Sie also gut nach, bevor Sie sich mit unnötigen Worten aufhalten.«

Autumn hat beim Schreiben seiner Rede wieder einmal alles gegeben, dachte Sam.

»Zu guter Letzt noch einige Regeln für das Lager. Erstens: Es ist untersagt, sich dem Zaun zu nähern. Zweitens: Nach zehn Uhr abends dürfen die Zimmer nicht mehr verlassen werden. Drittens: Für die Unterrichtseinheiten ist Pünktlichkeit geboten. Viertens: Es gilt Anwesenheitspflicht bei allen Unterrichtseinheiten. Und fünftens: Viel Spaß!«

Jerome faltete das Blatt zusammen und sofort schnatterten die Schüler drauflos. Ab und zu sahen sie vorsichtig zu Ramón.

»Brauchen wir so einen Aufseher wirklich?«, fragte Daphné Sam. »So gefährlich wird es hier doch nicht sein, oder? Wir sind ja keine kleinen Kinder mehr!«

Sam zuckte mit den Schultern. »Die von der *Spy School* werden schon wissen, was sie tun. Sie würden ihn sicher nicht anstellen, wenn es nicht nötig wäre.«

Daphné überzeugte das ganz und gar nicht. »Ich finde diesen Ramón trotzdem höchst eigenartig. Schau nur, wie er dasteht.«

Sie sahen beide im selben Moment zu dem Mann hin, der noch immer grinsend die Schüler musterte. Plötzlich kreuzte sein Blick den von Sam und Daphné. Verlegen wandten sie die Augen ab.

»Wahrscheinlich ist er eigentlich ganz in Ordnung und sieht einfach nur ein wenig seltsam aus«, sagte Sam. »Obwohl ...«

Er glaubte seinen Worten selbst nicht recht.

Jerome versuchte unterdessen, erneut ihre Aufmerksamkeit auf sich zu ziehen. Er war auf eine Kiste gestiegen, damit die Schüler ihn besser sehen konnten.

»Eine Mappe mit allen Regeln, Ihrem Stundenplan und einem Plan der Unterrichtsräume finden Sie auf Ihren Zimmern. Nun dürfen Sie erst einmal zum Frühstück gehen und um elf Uhr beginnen die ersten Unterrichtseinheiten. Viel Erfolg!«

Ein Auto mit getönten Scheiben fuhr bei Eves und Jeromes Trainingscamp vor. In dem Fahrzeug saßen zwei international gesuchte Personen: Tom Hops, besser bekannt als Tommieboy, am Steuer, neben ihm Emma Block. Beide hatten eigentlich noch eine Strafe für einen Mordanschlag auf den britischen Premierminister abzusitzen. Doch da sowohl Tommieboy als auch Emma geradezu allergisch gegen Gefängnisse waren, hatten sie sich selbst vorzeitig entlassen und waren ausgebrochen.

Seither hatte niemand auch nur eine Spur von ihnen entdeckt; die beiden waren wie vom Erdboden verschluckt.

Tommieboy öffnete das Fenster und übergab dem Torwächter ein Dokument. Der las es aufmerksam und erteilte ihm dann die Erlaubnis weiterzufahren. Der andere Wachmann geleitete das Auto zur Rückseite des Bunkers. Er drückte auf ein Knöpfchen, worauf sich ein Garagentor öffnete. Tommieboy lenkte das Auto in die Garage und stellte den Motor ab.

»Hier entlang«, sagte der Wächter und öffnete die Tür.

Tommieboy und Emma folgten ihm durch einige enge Gänge.

»Warten Sie hier«, befahl ihr Führer schließlich.

Er selbst ging einige Meter weiter und klopfte vorsichtig an eine Tür, die sich kurz darauf einen Spalt öffnete. Der Wächter steckte den Kopf durch die schmale Öffnung und flüsterte etwas.

»Lass sie ruhig herein!«, vernahmen Tommieboy und Emma. »Lass ruhig jeden hier herein, ich habe ja doch nichts Besseres zu tun.«

Tommieboy und Emma sahen sich überrascht an. Wo waren sie nun wieder gelandet? Der Wachmann winkte sie herbei und sie eilten zur Tür. Dahinter erwartete Jerome sie mit offenen Armen.

»Herzlich willkommen! Ihr seid offenbar die Hilfe, die man mir versprochen hat. Nicht, dass ich darum gebeten hätte, aber lassen wir das. Erzählt, was euch hierherführt!«

Tommieboy antwortete nicht sofort. Er sah sich in Ruhe in dem Raum um. Jeromes Büro war nicht besonders groß und recht karg eingerichtet. Nicht gerade eine Umgebung, die Freude an der Arbeit weckte. Auf dem Schreibtisch, der beinahe vollständig von einem Computer eingenommen wurde, stapelte sich Papier. Tommieboy beschloss, dass er ein eigenes Büro brauchen würde, denn zu zweit konnten sie hier unmöglich arbeiten. Und Jeromes Reaktion nach zu urteilen, war auch er nicht gerade scharf auf Gesellschaft.

»Nun«, begann Tommieboy sehr langsam, »Emma und ich wollen unseren Beitrag leisten. Wir wollen mithelfen, dass hier alles rund läuft. Und das kann meiner Meinung nach ...«

Er wischte mit der Hand über das Chaos auf dem Schreibtisch, woraufhin die Unterlagen noch mehr durcheinanderrutschten.

»... ganz und gar nicht schaden.«

Nach dem Frühstück machte Sam sich eilig zu seiner ersten Unterrichtsstunde auf. Sie waren in Kleingruppen von fünf Schülern eingeteilt worden. Diese sollten, wie es hieß, die Unterrichtseinheiten durchwechseln. In der Mappe hieß es dazu, dass man in kleinen Gruppen besser auf die Schüler eingehen könne.

Mit dem Gebäudeplan in der Hand suchte er das richtige Klassenzimmer. Es lag im obersten Stockwerk. Er stieg die Treppe hinauf, und als er um die Ecke bog, stieß er direkt auf seine Mitschüler, die schon vor der Tür warteten.

Die anderen Schüler in seiner Gruppe waren Sarah Sawyer, Richard James, Katie Lynn und Jill Roberts. Er war froh, dass Richard dabei war. Mit ihm gab es immer etwas zu erleben.

Fünf Minuten später kam eine Frau vom anderen Ende des Ganges angelaufen. Mit einer Mappe unter dem Arm ging sie mit großen Schritten durch den Gang. Sie trug einen kurzen Rock und ein eng anliegendes schwarzes Oberteil. Um von ihrem raspelkurzen Haar abzulenken – vielleicht auch um es zu betonen –, baumelten riesige, silberne Ohrringe von ihren Ohren.

Sam fragte sich, ob ihre Ohren bei dem Gewicht womöglich eines Tages abfallen würden. Er stupste Jill an.

»Wir müssen immer pünktlich zum Unterricht kommen und sie selbst ist zu spät!«

Die Frau nickte den Schülern kurz zu und holte einen Schlüssel aus ihrer Mappe. Sie drehte ihn im Schloss herum. Danach wandte sie sich zu den Schülern um und lehnte sich mit dem Rücken gegen die Tür.

»Dass *ich* mit gutem Grund zu spät bin, hat rein gar nichts damit zu tun, dass *Sie* immer pünktlich sein müssen. Verstanden, Herr Smith?«

Ihr stechender Blick bohrte sich in Sams Augen. Er erschrak und wich unwillkürlich einen Schritt zurück. Hatte sie ihn gehört? Und woher kannte sie seinen Namen?

»Ich fragte: Verstanden?«

Sam nickte schnell. Auch die anderen Schüler waren erschrocken und starrten betreten auf den Boden.

»Dann ist ja gut. Lassen Sie uns also mit der Stunde beginnen, wir haben schon genug Zeit verloren. Treten Sie ein und setzen Sie sich.«

Die Schüler folgten der Frau ganz brav in den Raum. War die vielleicht streng! Im Gegensatz zum Rest des Bunkers war das Klassenzimmer modern eingerichtet. Die blauen Bänke und Stühle waren aus Kunststoff, genau wie die hellroten Wände. Der Raum mutete beinahe futuristisch an.

Es gab fünf einzelne Bänke, eine für jeden Schüler.

Neugierig starrten sie die Frau an. Sam fragte sich, was für ein Fach sie nun eigentlich haben würden. Eine

Tafel gab es nicht in dem Klassenzimmer, ein Lehrbuch hatten sie auch nicht bekommen, nicht einmal Papier. Und es sah auch nicht danach aus, als würde die Frau das unter ihrem Rock hervorzaubern können.

»Willkommen im Fach *Waffenkunde*, meine Damen und Herren«, sagte die Frau. »Ich bin Frau Wesson. Bei mir lernen Sie den Umgang mit einer Waffe. Pistolen, Gewehren, Messern und selbst mit Bazookas.«

Sams Augen funkelten. *Waffenkunde!* Das hatten sie auf der *Spy School* noch nie gehabt. Dort hieß es immer, Waffen seien erst nach der Grundausbildung dran. Man müsse zuerst ein guter Geheimagent werden und erst danach schießen lernen. Sam hatte das immer ziemlich logisch gefunden. Obwohl man im ersten Jahr schon Bomben entschärfen musste. Na ja, das war dann doch etwas anderes. Jetzt, nach vier Jahren, war es also so weit.

»Aber erst noch eine Frage«, fuhr Wesson fort. »Wer von Ihnen hat denn schon einmal mit einer Pistole oder einem Gewehr zu tun gehabt?«

Sofort schossen fünf Finger nach oben.

»Eine echte Pistole meine ich«, sagte Wesson. »Keine idiotischen Farb- oder Wasserpistolen. Sie sind ja keine kleinen Kinder mehr, oder irre ich mich?«

Die Hände von Sams Mitschülern sanken beschämt nach unten und suchten Zuflucht unter den Bänken. Nur Sams Hand ragte immer noch stolz nach oben.

»Herr Smith? Um was für eine Pistole handelte es sich denn?«

»Um eine Pistole, mit der man Betäubungspfeile schießen kann, Frau Wesson«, antwortete Sam, so höflich er konnte. Er hatte bei der Lehrerin noch etwas gutzumachen.

»Hm, ja, das könnte man gelten lassen. Trotzdem ist es nicht ganz vergleichbar. Der Rückstoß bei einer Pistole mit Pfeilen ist bei Weitem nicht so heftig wie bei einer echten Pistole. Haben Sie selbst damit geschossen?«

»Ja, Frau Wesson.«

Er durfte sich ihr gegenüber nicht zu untertänig benehmen, denn er hatte den Eindruck, dass Frau Wesson Schleimer nicht ausstehen konnte.

»Dann haben Sie immerhin die meiste Erfahrung in dieser Klasse. Aber das reicht noch lange nicht. Und das wollen wir in dieser Unterrichtsreihe ändern. Das ist unser Ziel.«

Unauffällig drückte Frau Wesson auf ein Knöpfchen unter ihrem Pult, woraufhin ein irres Schauspiel folgte.

In Sekundenschnelle glitten die Wände auseinander und eingebaute Schränke kamen zum Vorschein. In den Regalen der Schränke befand sich ein gigantisches Waffenarsenal. Uzis, Glocks, Walther-Pistolen, Colts, Berettas, Brownings, Winchesters und viele weitere Waffen in verschiedenen Größen und Formen waren zu sehen: von ein- oder zweiläufigen Pistolen über Revolver und Maschinenpistolen bis hin zum vollautomatischen Sturmgewehr. Die fünf Schüler wussten gar nicht, wohin sie zuerst schauen sollten. Sie waren umgeben von einer Ausrüstung, die leicht für die Armee eines kleinen Landes gereicht hätte.

»Wie Sie zweifellos bemerkt haben«, unterbrach Wesson ihre Verblüffung, »ist dies für einen Geheimagenten der ultimative Spielzeugladen. Sie fragen, wir schießen.«

Sam hörte sie kaum. Er starrte noch immer mit offenem Mund die Waffen an. In Halterungen an der Wand hingen außerdem verschiedene Messer: Taschenmesser, Klappmesser, Kampfmesser ... Sam hatte die meisten der Waffen in diesem Raum zwar schon auf Fotos gesehen, doch es war etwas ganz anderes, sie alle auf einmal ganz real vor sich liegen zu haben.

»Ich sehe, dass Sie unsere Sammlung interessant finden, doch noch sind Sie nicht so weit, mit diesen Waffen zu üben«, sagte Wesson.

Sie nahm einige Schachteln aus dem Schrank. Dann drückte sie erneut auf das Knöpfchen und alles klappte wieder nach innen. Der Spielzeugladen hatte sich wieder in eine leere Wand verwandelt.

»Wer schießen will, muss erst einmal wissen, wie eine Pistole konstruiert ist. Sie müssen Ihrer Pistole vertrauen können, wissen, dass sie Sie nicht im Stich lassen wird. Und das geht nur, wenn Sie wissen, wie sie funktioniert. Vergleichen Sie es einmal mit einem Auto. Viele Menschen können Auto fahren, doch nur wenige wissen, wie ein Auto funktioniert. Sobald sie eine Panne haben, wissen die meisten nicht mehr weiter. Dasselbe gilt für den Umgang mit einer Pistole: Es ist nicht schwierig, damit zu schießen, aber wer auch noch den Mechanismus kennt, ist seinem Gegner unbestreitbar einen Schritt voraus.«

Sie teilte die Schachteln an die Schüler aus, während sie mit ihren Ausführungen fortfuhr.

»Ein Autofahrer mit einer Panne ruft den Pannendienst an. Kein Problem, das ist schnell geregelt. Aber …«

Sie beugte sich unvermittelt zu Richard, der vor lauter Überraschung seine Schachtel vom Tisch warf. Verschiedene Teile einer Pistole fielen scheppernd zu Boden. Wesson verdrehte die Augen und sprach weiter.

»Aber was, wenn Ihre Pistole nicht mehr will? Wen rufen Sie dann an? Den Pannendienst für Pistolen? Nein! Dann ist es aus, Schluss, vorbei! Es sei denn …«

Sie hob Stück für Stück den Inhalt von Richards Schachtel vom Boden auf und legte ihn auf seine Bank.

»Es sei denn, Sie sind *eins* mit Ihrer Pistole. Ihre Pistole ist Ihr bester Freund und Sie können ihr ganz und gar vertrauen. Darum sollten Sie wissen, was Sie reparieren müssen, wenn etwas nicht stimmt.«

Wessons Unterricht war so mitreißend, dass Sam und die anderen andächtig lauschten. Selbst als die Lehrerin aufgehört hatte zu sprechen, starrten die Schüler sie weiter an und warteten auf mehr.

»Und besonders effektiv lernt man durch praktisches Tun. Darum haben Sie alle eine Schachtel mit sämtlichen Teilen einer modernen Pistole bekommen: Schlitten, Lauf, Magazin und so weiter. Versuchen Sie, alle Teile so gut wie möglich zusammenzubauen. Danach werden wir sehen, wie gut Sie den Aufbau einer Pistole begreifen.«

Sam kippte den Inhalt der Schachtel auf seine Bank und sah sich die Teile an. Schnell wurde ihm klar, dass diese Pistole noch längst nicht sein bester Freund war.

6

Seltsame Methoden

Vier Tage war das Trainingslager schon im Gange. Sam und Daphné hatten sich nach dem Mittagessen auf Sams Zimmer zurückgezogen, um auszuruhen. Sam legte sich auf das Bett und faltete die Hände unter dem Kopf.

»Puh, heute Vormittag fand ich es ganz schön öde«, sagte Daphné, die auf Joes Bett lag. »Den ganzen Morgen kein Unterricht und nichts zu tun!«

»Wir konnten doch Gesellschaftsspiele spielen«, beschwichtigte Sam.

»Die habe ich schon so oft gespielt!«, motzte Daphné. »Außerdem gewinne ich immer und dann wollen die anderen nicht mehr gegen mich spielen.«

»Vielleicht wollen sie vor allem nicht gegen jemanden spielen, der so bescheiden ist wie du«, lachte Sam.

»Wenn sie nicht verlieren können, müssen sie eben besser spielen!«, grummelte Daphné. »Ich finde einfach, dass ...«

Sie schwieg und hob den Kopf. Sam lauschte ebenfalls, hörte aber nichts.

»Ich finde einfach, dass die *Spy School* mehr Unterrichtseinheiten hätte vorbereiten sollen«, fuhr Daphné fort. »Wenn wir schon mal in einem Trainingscamp sind. Ich habe lieber zu viel als zu wenig zu tun, verstehst du?«

»Ich auch«, stimmte Sam zu. »Aber die Stunden, die wir bekommen, finde ich schon interessant. Die *Spy School* hat sich wahrscheinlich für Qualität statt Quantität entschieden.«

Daphné war nicht ganz überzeugt. »Hm, vielleicht. Beides zusammen wäre mir lieber gewesen.«

»*Waffenkunde* fand ich klasse«, sagte Sam und hoffte, Daphné damit etwas aufbauen zu können. »Diese Frau Wesson ist schon eine beeindruckende Dame.«

»Ja, das stimmt. *Waffenkunde* war interessant«, gab Daphné zu. »Aber in einer anderen Stunde musste ich eine Stunde lang mit einem Lasergewehr auf einen Kreis an der Wand zielen. Wir durften keinen Moment mit unserem Pünktchen aus dem Kreis geraten. Wofür braucht man denn so was?«

Sam dachte nach, fand aber auch nicht gleich eine Erklärung. Wahrscheinlich hatte es etwas mit Konzentration zu tun.

»Keine Ahnung. Die werden schon wissen, wofür …«

Sie schwiegen eine Weile und hingen ihren Gedanken über die *Spy School*, das Trainingscamp und den

Unterricht nach. Als Geheimagenten in Ausbildung mussten sie neuen Ideen gegenüber aufgeschlossen sein, aber das hier war doch das Eigenartigste, was sie je mitgemacht hatten. Sam konnte sich des Eindrucks nicht erwehren, dass genau das die Absicht war.

»Die Umstände können Sie sich nicht aussuchen, wie Sie damit umgehen, jedoch schon«, hatte ihm eine Lehrkraft einmal gesagt.

Die Stille wurde von Lärm im Gang durchbrochen. Sam spitzte die Ohren. Stimmen. Spanische Stimmen. Sie kamen näher.

»Ich hatte vorhin schon gedacht, dass ich was gehört habe«, flüsterte Daphné.

»Psst.«

Sam legte den Zeigefinger auf den Mund. Er wollte lauschen. Es waren ein Mann und eine Frau. Ihren Stimmen nach zu schließen, sprachen sie nicht einfach so miteinander.

»Sie streiten«, sagte Sam leise.

Daphné nickte. »Und der Mann ist Ramón. Sie ruft öfter seinen Namen.«

»Das ist nicht sehr schlau. Mit Ramón sollte man sich besser nicht anlegen.«

Die Stimmen waren nun beinahe vor ihrer Tür. Die Frau schrie, Ramóns Stimme wurde immer lauter. Sam und Daphné lauschten mit angehaltenem Atem. Zu dumm, dass sie kein Spanisch verstanden.

Dann wurden die Stimmen leiser. Die Streithähne setzten ihren Wortwechsel anderswo fort. Sam und Daphné sahen einander an.

»Ich glaube, da ging es ans Eingemachte«, sagte Daphné mit hochgezogenen Augenbrauen.

»Ich frage mich, wer wohl die Frau war«, sagte Sam. »Hier laufen doch kaum Frauen herum.«

»Willst du nachsehen, ob sie noch da ist?«, fragte Daphné kühn.

»Ich weiß nicht recht«, zögerte Sam. »Am Ende treffe ich Ramón.«

»Traust du dich nicht?«, grinste Daphné.

Das konnte Sam natürlich nicht auf sich sitzen lassen. Entschlossen stand er auf.

»Los, gehen wir«, sagte er.

Daphné folgte ihm auf dem Fuß. Sam öffnete die Tür und sah auf den Gang hinaus. Sofort zog er den Kopf wieder zurück.

»Da steht jemand!«

Daphné rollte genervt mit den Augen.

»Klar steht da wer! Vermutlich die Person, nach der wir suchen wollten! Ist Ramón auch da?«

Sam schüttelte den Kopf.

»Worauf wartest du dann?«

Daphné gab Sam einen Schubs, dass er auf den Gang hinausstolperte. Fast wäre er gegen die Wand gegenüber geprallt.

Etwa zehn Meter von ihnen entfernt putzte eine Frau den Gang. Sie trug eine geblümte Schürze und stützte sich auf den Schrubber, mit dem sie den Boden wischte. Der Lärm hatte sie aufgeschreckt. Bei Sams und Daphnés Anblick nickte sie verlegen und machte sich schnell wieder an die Arbeit. Sam und Daphné gingen langsam auf die Frau zu. Sie war zierlich und hatte langes, schwarzes Haar. Auf ihrer Nase saß eine große Brille. Scheu schaute sie die beiden an.

»Hallo«, sagte Daphné.

Die Frau nickte wieder und wandte den Blick ab. Durfte sie nicht mit ihnen reden oder wollte sie nicht?

»Ist mit Ihnen alles in Ordnung?«, fragte Sam.

»Ja, danke«, antwortete die Frau kurz angebunden und ohne sie anzusehen.

»Sprechen Sie Englisch?«, fragte Daphné.

Die Frau schüttelte den Kopf. »Nur ein bisschen.«

»Hat Ramón Ihnen etwas getan?«, wollte Sam wissen.

Ramóns Name hatte eine eigenartige Wirkung auf die Frau. Plötzlich presste sie die Lippen aufeinander und bekam einen verbissenen Blick. Purer Hass leuchtete aus ihren Augen.

»Nein! Ramón nichts getan! Diesmal nicht ...«

»Ich bin Sam«, stellte Sam sich vor. »Und das ist Daphné. Vielleicht können wir Ihnen irgendwie helfen?«

Die Frau schüttelte energisch den Kopf.

»Nein, ist nicht sicher. Ist gefährlich für euch. Ihr nicht mit mir reden.«

Daphné legte ihr eine Hand auf die Schulter.

»So gefährlich wird das schon nicht sein. Wir sind von der *Spy School,* wissen Sie, Sie sind hier also sicher. Wie heißen Sie?«

Die Frau sah Daphné lange an. Die sanfte, unbekümmerte Stimme des Mädchens beruhigte sie offenbar.

»Carolina.«

»Guten Tag, Carolina, wie lange arbeiten Sie denn schon hier?«

Carolina dachte nach und zählte an den Fingern ab.

»Sechs Monate, glaube ich. Muss Essen haben für Kinder.«

»Wie viele Kinder haben Sie denn?«, fragte Sam.

»Vier. Ich nicht arbeite, ich meine Kinder nicht mehr sehe«, sagte Carolina mit düsterem Blick.

Sam und Daphné erschraken. Hatten sie das richtig verstanden?

»Ihr gute Kinder. Ihr aufpassen. Brav sein, dann ihr sicher sein«, fuhr Carolina fort.

Was meinte sie damit? Was konnte ihnen denn hier passieren?

Sam sah Carolina an. Sie schien wirklich Angst zu haben. Doch wovor? Oder besser, vor wem?

»Was ist mit Ihren Kindern geschehen?«, fragte Daphné.

Carolina antwortete nicht. Sie sah verschreckt auf.

»Jemand kommt! Ihr weg!«

Ehe Sam und Daphné wussten, wie ihnen geschah, hatte Carolina sie in das nächstbeste Zimmer geschoben und schlug ihnen die Türe vor der Nase zu. Verblüfft sahen sie sich im Zimmer um. Auf dem Bett saßen Chandler Sterling und Jill Roberts. Ihre Köpfe bewegten sich aufeinander zu wie zwei Magnete. Als Chandler und Jill aus den Augenwinkeln die ungebetenen Gäste hereinkommen sahen, war es jedoch aus mit der magnetischen Anziehungskraft, und sie hielten abrupt inne. Es war wie früher bei Kindergeburtstagen, wenn beim Tanzspiel die Musik aufhörte und alle wie versteinert in ihrer Position verharren mussten. Ihr schöner Moment der Zweisamkeit war mit einem Mal vorbei.

»Sam, Daphné?«, fragte Chandler verwirrt.

»Psst!«, zischte Daphné. »Sei still.«

Das traf sich gut, denn Chandler wusste sowieso nicht, was er sagen sollte. Er hatte sich diesen Moment ganz anders und vor allem ohne Publikum ausgemalt. Sam und Daphné pressten die Ohren an die Tür, um mitzubekommen, was geschah. Sie hörten, wie eine Männerstimme Carolina anschrie. Die schnauzte etwas zurück. Fußtritte. Und dann nichts mehr.

Sam wandte sich wieder zu Chandler und Jill und begriff erst jetzt, wo sie da hineingeplatzt waren. Auch Daphné kapierte nun, wobei sie die beiden gestört hatten. Alle im Zimmer wurden schlagartig rot.

»Na«, sagte Daphné. »Ihr übt wohl für die Kurzhypnose, was?«

»Verdammt!«

Summer schmiss seinen Locher Richtung Spring, der dem Geschoss nur knapp ausweichen konnte. Die Tür des Büros hingegen war der Attacke hilflos ausgesetzt. Summer presste die Fingerspitzen an seine Stirn und holte tief Luft.

»Entschuldige«, schnaubte er. »Aber ich kann nicht mehr! Wie lange liegt er schon hier?«

»Seit ungefähr vier Tagen, schätzt der Gerichtsmediziner. Ich denke, dass er recht hat.«

»Was für eine Koryphäe! Dass unser guter Bulcane hier schon vier Tage am Verwesen ist, hätte ich dir auch erzählen können«, sagte Summer spöttisch. »Wo lag er denn?«

Spring hatte Summer gerade erzählt, dass Michael Bulcane, der Verantwortliche des Glascock-Airports, tot aufgefunden worden war. Mit einer Schusswunde von der Größe eines Golfballs in der Stirn.

»In einer Putzkammer.«

»Warum hat man ihn nicht früher gefunden?«

»Weil die Putzfrau vor einigen Wochen entlassen worden war. Offenbar hatte man es am Glascock-Airport nicht eilig, einen Ersatz zu finden.«

Summer stöhnte genervt. Er konnte es nicht ausstehen, wenn etwas nicht gut geregelt war. Und schon gar nicht, wenn er sich dann mit den Folgen herumschlagen musste.

»Typisch. Und wer hat ihn gefunden?«

Anscheinend hatte Summer sich ein wenig beruhigt, sodass Spring sich einen Schritt vorwagte und sich auf den Stuhl vor dem Schreibtisch setzte. Er legte den rechten Fuß auf sein linkes Knie und fummelte an den Schnürsenkeln herum.

»Ein Techniker. Er bemerkte, dass es stank, und hat die Tür aufgebrochen.«

»Wenigstens einer mit Verstand«, seufzte Summer. »Wo sind sie nur, Spring? Wo in aller Welt sind sie?«

Es war nun schon vier Tage her, seit Summer vergeblich in Arizona auf die Schüler gewartet hatte. Als das Flugzeug nach einigen Stunden immer noch nicht gelandet war, hatten sich seine Nerven bemerkbar gemacht. Alles war perfekt organisiert, die Wetterverhältnisse waren unproblematisch, und niemand hatte ihn über eine Verspätung informiert. Irgendetwas musste passiert sein.

Nach einem Telefonat wusste er, dass Portman gesehen hatte, wie das Flugzeug abgeflogen war. Er war davon ausgegangen, dass es schon längst seinen Zielort erreicht hatte. Das war jedoch nicht der Fall.

Summer war normalerweise ein Meister darin, in gefährlichen Situationen eiskalt die Ruhe zu bewahren. Das hatte ihm schon des Öfteren das Leben gerettet. Aber nun wurde er doch nervös. Das hier war etwas völlig anderes. Nicht sein Leben, sondern das der Schüler stand auf dem Spiel. Schüler, für die er die Verantwortung trug. Denn dass hier eine böse Absicht im Spiel war, war ihm sofort klar.

Neben der Nervosität plagte ihn auch noch eine gehörige Portion Scham. Es war ihm peinlich, nicht zu wissen, wohin seine Schüler verschwunden waren. Die Mission war misslungen, und das konnte er überhaupt nicht ausstehen.

Wenn ein Unglück geschieht, kann man sich damit arrangieren. Man kann sich zusammenreißen und versuchen, alles wieder in Ordnung zu bringen. Doch was soll man unternehmen, wenn man nicht einmal weiß, was eigentlich passiert ist?

Summer stützte die Ellbogen auf dem Schreibtisch auf und fuhr sich mit den Händen durchs Haar. Er hatte bereits die Handys aller Schüler angerufen, doch keiner antwortete. Jedes Mal war direkt die Mailbox dran, was bedeutete, dass die Handys ausgeschaltet waren oder kein Netz hatten. Wenn er nur wüsste, was passiert war. Dann könnte er Pläne schmieden und Himmel und Hölle in Bewegung setzen, um die Schüler zu retten – in welcher Zwickmühle sie sich auch befinden mochten. So aber musste er hilflos abwarten und hoffen, dass die Ermittlungen erfolgreich waren. Vielleicht gab Michael Bulcanes Leichnam etwas preis. Zumindest ließ sich daran erkennen, dass die Täter äußerst kaltblütig zu Werke gingen.

»Wann meldet sich der Gerichtsmediziner mit weiteren Details?«, fragte Summer.

»So schnell wie möglich«, antwortete Spring. »Ich erwarte den Bericht jeden Augenblick.«

»Und hat man die Piloten schon ausfindig gemacht? Sind sie vernommen worden?«

Spring schüttelte den Kopf. »Beide spurlos verschwunden.«

Summer sprang auf. Während er durch das Büro tigerte, ließ er unaufhörlich einen Kugelschreiber klicken.

»Wir müssen mehr herausfinden, Spring. Wir brauchen eine Spur. Ich will etwas tun, nicht einfach nur abwarten.«

Seine Stimme zitterte. Er hatte in den vergangenen Tagen kaum geschlafen. Spring fragte sich, ob Summer überhaupt noch einen klaren Gedanken fassen konnte.

»Jeder muss kontrolliert werden! Sämtliche Personen, die auch nur im Entferntesten etwas mit dem Flughafen zu tun haben. Ich will, dass sie alle durchleuchtet werden!«

»Aber das dauert ja Wochen!«, protestierte Spring.

»So viel Zeit haben wir nicht, Spring. Wer weiß, was bis dahin mit den Schülern passiert. Das muss schneller gehen, Spring. Du hast freie Bahn. Egal mit welchen Mitteln, finde eine Spur!«

Um seinen Worten Nachdruck zu verleihen, rammte Summer den Kugelschreiber schwungvoll in die Tischplatte des Schreibtisches. Spring blickte erschrocken auf den Kugelschreiber, der senkrecht im Holz steckte, und ging eilig an die Arbeit.

Am Nachmittag hatte Sam ein sogenanntes *Reaktionstraining*. Er musste auf seinem Zimmer bleiben, bis ihn jemand abholte. Die Wartezeit war lang, doch daran hatte er sich mittlerweile beinahe gewöhnt. Offenbar gehörte Geduld ebenfalls zu den Lernzielen des Trainingslagers. Seine Geduld wurde hier jedenfalls recht häufig auf die Probe gestellt.

Sam dachte an Carolina. Hatte der Unbekannte sie miteinander sprechen gehört? Hoffentlich nicht. Und was mochte wohl mit ihren Kindern sein? Er musste unbedingt daran denken, dass er das nach seiner Rückkehr Summer meldete. Er erinnerte sich daran, wie Summer ihnen einmal gesagt hatte, sie könnten nicht alle Probleme der Welt lösen. Manchmal ginge es nicht anders und sie müssten auch mit dubiosen Gestalten zusammenarbeiten. Dennoch wollte Sam versuchen, etwas für Carolina zu tun.

»Herr Smith? Sie dürfen zum *Reaktionstraining* mitkommen.«

Herr Colt, ein Lehrer des Trainingslagers, öffnete die Tür. Sein pechschwarzes Haar bildete einen starken Kontrast zu seinem weißen Laborkittel. Und seine jugendlichen Züge passten irgendwie nicht richtig zu dem ernsten Gesichtsausdruck, den er gewöhnlich zeigte. Sam sprang auf und folgte dem Lehrer durch den Gang. Sie stiegen drei Treppen hinunter und betraten einen weiteren Gang. Sam hatte das Gefühl, mit jedem Schritt der Hölle näher zu kommen. Es wurde immer dunkler und feuchter und auch der Geruch wurde immer stechender. Colt blieb vor einer kleinen Stahltür stehen, zog einen Schlüssel aus der Tasche und schloss das Hängeschloss auf, mit dem die Tür verriegelt war.

»Gehen Sie ruhig hinein, Herr Smith.«

Sam trat in das Zimmer. Es war stockdunkel, aber er meinte, rechts einen großen Bildschirm ausmachen zu können. Vor ihm stand eine Stuhlreihe.

»Sie dürfen sich auf den dritten Stuhl setzen, Herr Smith«, wies Colt ihn an.

Sam suchte den richtigen Stuhl und setzte sich. Er hatte das Gefühl, dass noch jemand im Raum war. Er wollte hinter sich schauen, doch die Kopfstütze des Stuhles war zu hoch und hatte zwei Ohren, die ihn daran hinderten, zur Seite zu schauen. Er machte Anstalten, sich auf die Sitzfläche zu knien.

»Sitzen bleiben, Herr Smith!«, hielt Colt ihn von seinem Vorhaben ab.

Sam setzte sich wieder normal auf den Stuhl. Stand nun jemand hinter ihm oder nicht? Colt kam auf ihn zu und legte etwas auf seinen Kopf. Sam versuchte zu erkennen, was es war. Auf jeden Fall waren viele Kabel damit verbunden. Einige Kabel hatten am Ende Pflaster, die auf seinem Kopf befestigt wurden.

»Diese Unterrichtsstunde ist ganz einfach, Herr Smith«, erklärte Colt sachlich. »Hier werden Ihre Reaktionen und Ihre Konzentration getestet. Gleich bekommen Sie einen Film zu sehen. Sie müssen die ganze Zeit genau hinsehen. Der Apparat, den ich auf Ihrem Kopf angebracht habe, misst Ihre Hirnaktivität. Daran können wir erkennen, woran Sie noch arbeiten müssen.«

Sam fragte sich, was das alles mit seiner Reaktionsfähigkeit zu tun hatte. Worauf musste er denn reagieren?

»Der Film geht los«, sagte Colt. »Konzentrieren Sie sich.«

Über den Bildschirm huschten nun die ersten Bilder. Ein Mann lief auf einer Straße. Es war kalter Winter und Schneeflocken landeten sanft auf seiner Jacke. Der Mann hatte sich einen dicken Kragen über die Ohren gezogen. Er blickte argwöhnisch um sich, als würde er verfolgt. Trotz der Kälte waren viele Leute auf der Straße. Niemand beachtete ihn.

Wie um Himmels willen soll ich darauf reagieren?, dachte Sam.

Der Film ließ ihn völlig kalt. Es würde ihm schwerfallen, sich darauf zu konzentrieren.

Auf einmal wurden die Bilder langsamer. Die Kamera zoomte weg, bis man alles wie aus weiter Entfernung sah. Die Menschen waren kleine Ameisen geworden. Danach zoomte das Objektiv wieder auf den Mann. Sein Kopf erschien riesengroß auf dem Bildschirm.

Plötzlich ertönte ein lauter Knall. Sam sprang von seinem Stuhl auf. Der Kopf des Mannes zerplatzte, Blut spritzte. Was war das nur für ein Film?

Der Mann sackte zusammen, fiel zu Boden und blieb regungslos liegen. Die Menschen auf der Straße reagierten kaum. Sie gingen mit mürrischem Gesicht um den Mann herum oder stiegen über ihn hinweg, weil er ihnen den Weg versperrte.

Eine Minute lang passierte gar nichts. Der tote Körper des Mannes wurde in Nahaufnahme gezeigt, inmitten der klaffenden Schusswunde war auch das Gehirn zu sehen. Der Bürgersteig war rot vor Blut.

Da kamen zwei maskierte Männer angerannt. Sie hatten eine Machete, ein Werkzeug, das dafür gedacht ist, sich einen Weg durch einen Urwald zu bahnen. Hier fand die Machete jedoch eine andere Verwendung. Ohne Zögern begannen die Männer, auf den Leichnam einzuhacken. Erneut spritzte Blut durch die Gegend, es spritzte auf Passanten, die wieder nicht reagierten.

Sam erschrak über diese sinnlose Gewalt.

Was wollte Herr Colt mit der Vorführung dieses Films erreichen? Das konnte er nicht länger mit ansehen. Er hielt sich die Hände vor die Augen.

»Handgelenke«, brummte sofort eine Stimme hinter ihm. Es war also doch noch jemand im Raum. Jemand, der beobachtete, was Sam tat. Colt beugte sich über Sam, nahm seine Hände und drückte sie nach unten auf die Armlehnen. Sobald Sams Handgelenke die Armlehnen berührten, spürte er ein eisernes Knöpfchen. Sofort klappten zwei eiserne Armfesseln über seine Handgelenke. Er saß fest.

»Schauen Sie weiter, Herr Smith! Das gehört zum Unterricht«, sagte Colt, während er sich wieder aufrichtete.

Sam sah wieder zum Bildschirm. Noch immer die gleichen Bilder. Warum musste er sich das noch ansehen? Er versuchte, hinzuschauen, wenn auch nur widerwillig. Es war nicht der erste brutale Film, den er sah, aber so etwas hatte er noch nie anschauen müssen. Eigentlich war er nicht empfindlich, doch das hier ging zu weit.

Die Gewalt drang in sein Gehirn ein. Die Männer hackten noch immer mit ihren Macheten drauflos. Selbst wenn der Mann der gefährlichste Verbrecher der Welt gewesen wäre, wären diese Gewaltexzesse nicht auszuhalten gewesen. Das war unmenschlich.

Sam konnte es nicht mehr ertragen, das war zu grausam. Er kniff die Augen zu, doch die Bilder blitzten weiterhin vor seinen Augen auf. Er hoffte, dass sie schnell wieder verschwinden würden.

»Aufhören«, befahl der Mann hinter ihm.

Sofort öffneten sich die eisernen Armfesseln wieder. Vorsichtig öffnete Sam die Augen. Der Bildschirm war wieder schwarz.

»Die Stunde ist vorbei, Herr Smith«, sagte Colt. »Sie dürfen zurück auf Ihr Zimmer gehen.«

Benommen stand Sam auf. Das Zimmer drehte sich. Er blickte zum hinteren Teil des Raumes, konnte aber den mysteriösen Zuschauer im Dunkeln nicht erkennen.

Ob es ihm je gelingen würde, diesen Film zu verarbeiten? Er wusste es nicht.

7

Sesam, öffne dich!

Tommieboy lehnte sich hinter seinem Schreibtisch zurück. Er hatte schon einige Schüler bei ihrem *Reaktionstraining* beobachtet und musste dabei immer an seine eigene Kindheit denken. Er war in einem ärmlichen Viertel in London aufgewachsen. Sein Vater und seine Mutter waren Nichtsnutze und Schmarotzer von Beruf. Es war nicht so, dass sie nichts konnten, aber sie machten sich lieber einen faulen Lenz, als sich anzustrengen. Sein Vater versuchte, mit allerlei dubiosen Geschäften das Erbe seiner verstorbenen Eltern zu vermehren, und war – oh Wunder – sogar ziemlich erfolgreich damit. Dennoch blieb die Familie in ihrem alten Viertel wohnen, denn es war billig, und außerdem wohnten alle ihre Freunde dort: der zahnlose Jim, die jähzornige Agatha und John, der Einbrecher. Die waren zwar keine Freunde fürs Leben, aber irgendwie waren sie ihnen doch ans Herz gewachsen.

Als Tom zehn Jahre alt war, bekamen seine Eltern eine Tochter. Tom fand das weniger gut, denn als Einzelkind war er von seinen Eltern bisher immer verwöhnt worden. Wenn er brav gewesen war, durfte er am Abend immer noch eine Süßigkeit im Tante-Emma-Laden um die Ecke klauen. Und zur Belohnung für ein gutes Zeugnis, also wenn die Hälfte der Noten besser als Fünf war, durfte er einen ganzen Nachmittag im Einkaufszentrum fernsehen.

Aber dann kam seine Schwester und alles wurde anders. Abgesehen davon, dass der kleine Schreihals alle Aufmerksamkeit seiner Eltern für sich beanspruchte und seine Spielsachen kaputt machen durfte, raubte das kleine Ding ihm auch noch seinen größten Stolz: seinen Namen. Seiner Mutter, die nie besonders kreativ gewesen war, gefiel der Name Tom auch nach zehn Jahren noch so gut, dass seine Eltern beschlossen, ihre Tochter einfach Tommie zu nennen. Immerhin waren sie schlau genug, das Verwechslungspotenzial zu erkennen und den Namen ihres Sohnes in Tommieboy zu ändern. Seine Schwester wurde zu Tommiegirl.

Verärgert zerknüllte er bei dem Gedanken an diese Zeit ein Blatt Papier. Diesen Namen war er nie mehr losgeworden. Was zunächst nur ein Spitzname war, wurde schon bald sein richtiger Name. Nach einer Weile wusste beinahe niemand mehr, dass er früher einfach Tom geheißen hatte.

Es klopfte an der Bürotür und er hieß seinen Besucher mürrisch willkommen. Die Erinnerung an seine Kindheit hatte seine Laune nicht gerade gebessert.

Aber er war ein Profi und konnte schlechte Gedanken mühelos verdrängen und sich auf wichtige Dinge konzentrieren – das hatte er eigentlich schon sein ganzes Leben so gemacht. Sein oberster Boss hatte ihn vorhin angerufen und ihm befohlen, eine Konferenz mit Eve und Jerome, den Leitern des Trainingscamps, einzuberufen. Widerwillig hatte er zugestimmt, ohne seinen Widerwillen zu zeigen. Der Boss war derjenige, der ihn bezahlte, und der Lohn war üppig genug, um ab und zu etwas zu tun, auf das er keine Lust hatte.

Zusammen mit Eve und Jerome betrat auch Emma das Büro. Tommieboy sah sie liebevoll an. Sie war seine Stütze und sein Anker, ohne sie würde er nichts in Angriff nehmen. Sie erwiderte seinen Blick und warf ihm einen Luftkuss zu.

Tommieboy schaltete den Computer ein und drehte den Monitor zu den anderen.

»Unser Boss hat uns für eine wichtige Mitteilung zusammenkommen lassen. Setzt euch, er wird gleich zu uns sprechen.«

Jerome und Eve nahmen auf den Stühlen vor dem Schreibtisch Platz, Emma setzte sich auf den Schreibtisch. Jerome versuchte, seinen Unmut darüber zu verbergen, dass Tommieboy ihm einfach die Zügel aus den Händen genommen hatte, aber ganz gelang ihm das nicht. Eve musterte Emmas Kleidung und dachte sich ihren Teil dazu.

»Hallo, Tommieboy, Emma, Jerome und Eve«, knisterte die Computerstimme plötzlich. »Wie läuft Operation Schwarzer Regen?«

»Alles geht nach Plan«, versuchte Jerome sich hastig in den Vordergrund zu spielen.

Tommieboy sah ihn verärgert an. »Alles unter Kontrolle«, fügte er schnell hinzu.

»Das will ich hoffen. Dafür bezahle ich euch schließlich«, sagte die Stimme. »Hört mal, das *Reaktionstraining* hat heute begonnen. Wie haben die Kinder reagiert?«

»Sie waren geschockt. Die meisten hielten nicht lange durch«, antwortete Tommieboy. Er hatte zusammen mit Colt die Kinder beobachtet. »Aber das wird sich schon geben.«

»Hoffentlich. Macht das Training in schneller Abfolge weiter. Je schneller sie sich ändern, desto besser.«

»Sie können sich darauf verlassen«, sagte Tommieboy untertänig.

Jerome fand es höchste Zeit, sich in das Gespräch einzubringen.

»Ich meine, dass es besser wäre, nicht zu schnell vorzugehen«, warf er ein. »Sonst schöpfen die Kinder Verdacht. Wäre es nicht besser, etwas behutsamer fortzufahren?«

»Das finde ich auch«, stimmte Eve zu, obwohl sie dem Gespräch nicht gefolgt war. Sie spürte allerdings, dass ihr Mann ein wenig Unterstützung gebrauchen konnte.

Tommieboy schüttelte energisch den Kopf.

»Dann schöpfen sie erst recht Verdacht! Wir müssen im Gegenteil schnell machen, damit sie gar nicht erst Fragen stellen.«

Jerome winkte ab.

»Das sind doch nur Kinder. Die sind zu dumm, um Fragen zu stellen.«

»Unter diesen Kindern sind einige schlaue und ziemlich lästige Exemplare!«, mischte sich nun auch Emma ein. »Mit einem von ihnen sind wir schon einmal aneinandergeraten. Wir sollten kurzen Prozess machen und die Gehirnwäsche so schnell wie möglich durchführen.«

»Emma und Tommieboy haben recht«, bestätigte die Computerstimme. »Wir dürfen kein Risiko eingehen. Ab jetzt wird das Tempo erhöht. Und, Jerome ...«

»Ich höre!«, sagte Jerome strahlend, weil er persönlich angesprochen wurde.

»Du sorgst dafür, dass die Rivalität unter den Kindern angestachelt wird. Sie sind noch viel zu gut miteinander befreundet!«

»Sie können sich darauf verlassen«, sagte Jerome genau wie Tommieboy zuvor.

»Gut, dann wisst ihr, was zu tun ist. An die Arbeit!«

Der Balken zur Regelung der Lautstärke verschwand vom Computermonitor. Im Büro blieb es kurz still.

»Vertraut Tommieboy einfach«, sagte Emma. Sie war daran gewöhnt, im Beisein anderer seinen Spitznamen zu verwenden. So kannte man ihn nun einmal. »Er weiß, was hier zu tun ist.«

»Willst du damit sagen, dass mein Mann das nicht weiß?«, fauchte Eve feindselig. »Wir haben dieses Trainingscamp schon geleitet, da seid ihr noch in Windeln herumgekrabbelt!«

Dass sie und Jerome drei Jahre jünger als Tommieboy und Emma waren, vergaß sie dabei.

»Tja, offenbar macht ihr das *so* gut, dass ihr trotzdem unsere Hilfe dabei braucht«, antwortete Emma ironisch. »Bravo!«

»Von einer Stadttussi wie dir brauche ich mir gar nichts sagen zu lassen«, keifte Eve giftig. »Und von deinem arroganten Kerl schon gleich gar nicht.«

Letzteres hätte sie besser nicht gesagt.

»Was? Wer sich mit meinem Mann anlegt, bekommt es mit mir zu tun. Wenn du nicht aufpasst, kratz ich dir die Augen aus.«

Emmas Gesicht lief rot an. Sie hatte sich schon immer damit gebrüstet, dass die Erfinder des Ausdrucks »Kratzbürste« sie im Sinn gehabt haben mussten.

»Und dann kannst du deinen ach so coolen Mann nicht mehr sehen. Ich glaube ja, dass er noch nicht mal gegen ein Karnickel einen Ringkampf gewinnen würde!«

Eve hob die Hand und setzte an, Emma ihre Meinung fühlen zu lassen. Tommieboy kam ihr jedoch zuvor und hielt ihren Arm fest. Jerome saß nur daneben und sah zu.

»Meine Damen«, beschwichtigte Tommieboy die beiden. »Wir wollen doch nicht übertreiben. Wir müssen noch eine Weile zusammenarbeiten und sollten uns daher nicht in die Haare kriegen. Wenn jeder einfach seine Arbeit macht, haben wir bald nichts mehr miteinander zu tun. In Ordnung?«

Die beiden Damen nickten widerwillig und brummelten etwas Unverständliches, ohne sich gegenseitig auch nur eines Blickes zu würdigen.

»Komm«, sagte Jerome zu Eve, »gehen wir. Wir haben schließlich ein Lager zu leiten. Wir haben keine Zeit für solchen Kinderkram.«

Beim letzten Satz sah er Emma verächtlich an. Doch die blickte einfach nur durch ihn hindurch.

Beim Abendessen hing eine unangenehme Stimmung im Speisesaal. Alle Schüler hatten an diesem Tag ihr erstes *Reaktionstraining* hinter sich gebracht und die meisten waren noch ziemlich durch den Wind. Wegen des Trainings war es bereits neun Uhr, als sie zu Tisch kamen.

»Was ist das nur für eine seltsame Ausbildung, die uns die CIA hier bietet«, sagte Katie Lynn. »Ich frage mich wirklich, was dieses komische *Reaktionstraining* soll.«

»Ich weiß es auch nicht«, antwortete Sam. »Ich denke, dass sie uns die Realität zeigen wollen, aber ob *das* wirklich die Realität ist …«

Sam, Daphné, Katie und Jimmy Mortimer saßen sich gegenüber und stocherten in ihrem Essen herum. Sie brachten kaum etwas hinunter. Die Ereignisse des Tages waren nicht gerade appetitanregend gewesen.

»Vielleicht ist es ja die Realität in diesem Land?«, meinte Daphné.

»Überhaupt nicht«, entgegnete Jimmy. »Costa Rica ist ein friedliches Land. Hier ist es anders als in vielen anderen mittel- und südamerikanischen Ländern. In Costa Rica hat es noch nie eine Diktatur gegeben. Ich behaupte nicht, dass man hier keine Gewalt kennt, aber so etwas wie in diesem Film passiert hier meiner Meinung nach nicht.«

Sam fragte sich, woher Jimmy das wusste. Es war fast, als hätte er vor der Abreise noch schnell einen Reiseführer von Costa Rica gewälzt, obwohl sie ja eigentlich zum Grand Canyon wollten.

»Aber warum zeigen sie uns dann diesen Film?«, fragte Sam noch einmal, auch wenn ihm klar war, dass er keine Antwort bekommen würde.

»Ich hoffe nur, dass wir ihn nicht noch mal anschauen müssen«, sagte Katie schaudernd. »Sonst kneif ich die Augen so fest zu, dass man sie mit einem Messer öffnen muss!«

»Pass auf, was du da sagst«, entgegnete Daphné. »Am Ende tun sie das noch.«

Sie lachten. Das war immer noch die beste Art, diese grauenvolle Erfahrung zu verdrängen: an etwas anderes zu denken und einen Witz zu machen.

Doch für Jimmy war das Thema nicht abgeschlossen. »Und trotzdem finde ich das Training irgendwie auch cool«, sagte er.

»Was?«, erschraken Katie und Daphné gleichzeitig.

»Na ja, es ist einfach etwas ganz anderes als in den vergangenen Jahren«, fuhr Jimmy fort. »Was meint ihr denn, wie es da draußen wirklich zugeht? Da haben wir es ja auch nicht mit Übungsbomben zu tun, oder?«

Das mochte zwar stimmen, aber Sam fand Jimmys Argumentation doch nicht ganz schlüssig.

»Das stimmt schon, aber wir werden auch keinen wehrlosen Mann mit einer Machete niedermetzeln müssen, oder?«, widersprach er deshalb. Bei dem Gedanken daran lief ihm ein Schauder über den Rücken. Daphné und Katie schien es ebenso zu gehen.

»Das vielleicht nicht. Aber wenn es heißen würde: er oder ich. Wärst du dann hart genug, alles zu tun, um selbst zu überleben?«

James Richards, der das Gespräch mitverfolgt hatte, klinkte sich bei Jimmys Worten ein.

»Vielleicht gingen diese Bilder ein wenig zu weit, aber bestimmt nur, damit wir im Ernstfall nicht völlig unvorbereitet sind.«

James beugte sich leicht nach vorne zu den anderen.

»Und das ist ihnen auch gelungen, oder? Stellt euch die Situation mal in echt vor. Da wären wir doch alle so gelähmt gewesen, dass wir zu gar nichts mehr imstande gewesen wären. Und das hätte unser Ende bedeutet!«

Da war etwas dran. Und doch blieb Sam bei seiner Meinung.

»Ich verstehe schon, was ihr meint, aber meiner Meinung nach könnten sie uns das auch anders beibringen«, sagte er. »Ich glaube nicht, dass das *Reaktionstraining* wirklich etwas gebracht hat.«

Daphné und Katie nickten eifrig, um Sams Meinung zu unterstützen. Sam nahm seinen noch fast vollen Teller und ging damit zum Mülleimer. Er kippte den Inhalt hinein und kam zurück zum Tisch.

»Mir jedenfalls reicht es erst mal. Heute Nacht träume ich sicher von grausamen Morden und sinnlosem Gemetzel.«

Katie und Daphné nahmen ebenfalls ihren Teller und folgten ihm. Jimmy und James wünschten ihnen eine gute Nacht.

Als Sam, Daphné und Katie die Treppe zu ihren Zimmern hinaufgingen, hörten sie jemanden leise schluchzen. Sie liefen schneller, um zu sehen, was los war. Auf der Treppe saß Carolina. Sie hatte das Gesicht in den Händen verborgen und bebte am ganzen Körper.

»Carolina?«, flüsterte Daphné.

Die Frau erschrak fast, als sie ihren Namen hörte. Schnell wischte sie sich die Tränen aus den Augen und packte ihren Besen wieder. Mit ausladenden Bewegungen fegte sie die Treppe.

»Carolina, wir sind es«, sagte Sam.

Carolina hörte auf zu fegen und drehte sich um. Sie seufzte vor Erleichterung, als sie sah, wer sie da beim Weinen überrascht hatte.

»Was macht ihr hier?«

»Wir wollten in unsere Zimmer. Um zehn Uhr müssen wir drin sein«, erklärte Daphné.

Katie blickte inzwischen unsicher von Carolina zu Sam und Daphné. Woher kannten die drei sich?

»Warum hast du geweint?«, fragte Sam.

»Ich ... Nichts. War nichts«, stammelte Carolina.

Sie wollte wieder ihren Besen nehmen und ihre Arbeit beenden. Als sie sich drehte, wurde ihre linke Wange von einer kleinen Deckenleuchte erhellt. Sie war rot wie eine Tomate.

»Haben sie dich geschlagen?«, fragte Katie und vergaß kurz, dass sie Carolina ja gar nicht kannte.

Carolina schüttelte verlegen den Kopf.

»Nein.«

Sam sah sich ihr Gesicht genauer an. »Dann hat dich aber eine ziemlich große Mücke gestochen! Wer war das? Ramón?«

»Niemand. Ich nicht geschlagen«, beharrte Carolina. Erneut füllten sich ihre Augen mit Tränen.

Daphné nahm ihr den Besen aus den Händen.

»Leg den mal zur Seite. Den brauchst du jetzt nicht.«

Sie nahm Carolina am Handgelenk.

»Komm mit uns mit. Du brauchst nichts zu sagen, wenn du nicht willst, aber du musst etwas Kaltes auf deine Wange legen, sonst siehst du morgen aus wie ein Ballon.«

Carolina wehrte sich erst ein wenig, doch dann ließ sie sich gerne mitnehmen. Die Aufmerksamkeit der Kinder tat ihr gut. Sie brachten sie in Daphnés und Katies Zimmer. Daphné nahm einen Waschlappen und hielt ihn unter kaltes Wasser. Danach gab sie ihn Carolina, die ihn dankbar an ihre Wange drückte.

»Danke«, murmelte sie verlegen. »Liebe Kinder.«

»Warum hat man dich geschlagen?«, fragte Sam, denn er wusste, dass Carolina nichts über den Täter rauslassen würde. Sie schien wirklich Angst zu haben. Vielleicht würde sie ihnen aber verraten, warum sie geschlagen worden war.

»Ich weiß nicht ...« Carolina zuckte mit den Schultern. »Kein Grund, denke ich. Einfach böse auf mich.«

»Konntest du dich nicht verteidigen?«, fragte Katie. »Ich hätte dem Kerl schön eine mit dem Besen übergebraten!«

»Das kann sie nicht«, unterbrach sie Daphné. »Sie muss gehorchen, sonst sieht sie ihre Kinder nicht mehr.«

»Wirklich?«, fragte Katie erschrocken. »Tut mir leid, das wusste ich nicht.«

Es wurde still im Zimmer. Ab und zu war ein Schluchzen von Carolina zu hören. Sam und die Mädchen trauten sich nichts mehr zu fragen und Carolina traute sich nichts zu sagen. Es herrschte eine unangenehme Stille, in der sich keiner so recht wohlfühlte. Sam studierte seine Fingernägel, Daphné drehte Locken in ihr schwarzes Haar, und Katie starrte an die Wand, als ob ein spannender Film darauf projiziert würde. Plötzlich durchbrach Carolina die Stille.

»Wie gefällt euch hier? Schön?«

Sam zuckte mit den Schultern, die Frage überraschte ihn. Es war eine ganz normale, alltägliche Frage, die zu einem Zeitpunkt gestellt wurde, der alles andere als alltäglich war.

»Es ist schon ... interessant.«

»Ab und zu etwas seltsam«, ergänzte Daphné. »Heute hatten wir eine eigenartige Stunde.«

»Eigenartige Stunde?«

»Ja, wir mussten uns grauenvolle Bilder ansehen. Wir fragen uns, wozu das gut sein soll.«

Carolina nickte und hob die Hände.

»Hm, ich auch nicht wissen, wozu das alles. Falls ich kann helfen ...«

»Wir kommen schon klar«, sagte Katie. »Aber falls du unsere Hilfe brauchst, dann sag es ruhig.«

Carolina stand auf.

»Danke, liebe Kinder. Jetzt muss ich weg.«

Sie legte ihnen kurz die Hand auf die Schulter. Dann ging sie langsam zur Tür hinaus, um weiter die Treppen zu fegen.

»Das war vielleicht ein Tag«, sagte Sam, als sie wieder zu dritt im Zimmer waren. »Ich werde Summer wirklich von Carolina erzählen.«

»Auf jeden Fall«, stimmte Daphné zu. »Das geht wirklich zu weit. Mir ist schon klar, dass sie nicht alles kontrollieren können, aber ...«

Katie sah auf ihre Uhr.

»Oh, es ist eine Minute vor zehn. Du solltest besser auf dein Zimmer gehen, Sam. Sonst wirst du noch bei uns eingeschlossen.«

Sam blickte von Katie zu Daphné und grinste.

»Ach, es gibt Schlimmeres!«

Prompt bekam er ein Kissen gegen den Kopf geschleudert. Daphné triumphierte ob ihres gut gezielten Wurfs.

»Mach, dass du fortkommst, Sam!«, lachte sie. »Sonst erwartet dich tatsächlich Schlimmeres.«

»Okay, okay, ich bin ja schon weg. Gute Nacht, die Damen!«

Sam warf den Mädchen noch eine Kusshand zu und eilte dann zur Tür hinaus. Er lief durch den Gang zu seinem Zimmer. Im selben Moment kam Joe aus der anderen Richtung angelaufen. Sie bogen beide zur Tür ab und quetschten sich gleichzeitig durch die Öffnung. Die allerdings war nicht breit genug, sodass sie beide unsanft mit dem Türrahmen Bekanntschaft machten. Sie stolperten in das Zimmer und wären beide beinahe gefallen.

Gleich darauf hörten sie Ramóns mürrische Stimme durch den Gang hallen: »Es ist zehn Uhr! Die Türen werden jetzt geschlossen!«

Unmittelbar danach folgte ein leichtes Klicken an jeder Tür.

»Gute Nacht, meine Lieben!«, hörten sie es noch sarkastisch vom Gang her.

Joe ließ sich aufs Bett plumpsen, Sam beugte sich keuchend vornüber.

»Uff, gerade noch rechtzeitig«, seufzte Joe. »Ich will gar nicht wissen, was Ramón sonst mit uns anstellen würde!«

»Ich finde das doof«, sagte Sam. »Auf der *Spy School* sperren sie uns doch auch nicht ein, warum dann hier?«

»Tja, andere Länder, andere Sitten, oder?«, entgegnete Joe. »Die haben in diesem Trainingslager wohl andere Regeln und unsere Schulen werden sich daran halten müssen.«

»Du hast wahrscheinlich recht«, sagte Sam. »Trotzdem finde ich es doof.«

Joe stand auf und ging zur Tür.

»Dann werden wir einmal sehen, ob wir daran etwas ändern können«, lachte er. »Ich bin nämlich verdammt gut in kurzer Hypnose.«

Er richtete seinen Blick auf die Tür, streckte seine Hände aus und bewegte seine Finger hin und her, als wolle er die Tür beschwören.

»Sesam, öffne dich!«

Sam musste über Joes Vorstellung lachen. Der Clown der CIA-Klasse schaffte es immer, ihn aufzumuntern.

»Bitte sehr, Sie bestellen, wir hypnotisieren«, sagte Joe und verbeugte sich. »Die Tür ist ...«

Er zog an der Tür, die überraschend leicht nachgab und geräuschlos aufging. Sam und Joe starrten verdutzt auf die Öffnung.

»... offen?«

8

Nur ein Spiel?

Piff, paff! Piff, paff!

»Ich hab ihn!«

»Oh, ich bin getroffen!«

Piff, paff! Piff, paff!

»Jetzt bist du dran, du Fiesling!«

»Ha, ha, der ist tot!«

Sam konzentrierte sich auf den Bildschirm vor sich. In seiner Rechten hielt er eine große Pistole, mit der er auf vorbeirennende Männer zielte. Die Männer waren allesamt bewaffnet bis an die Zähne und wollten nichts lieber als Sam abknallen. Doch dazu bekamen sie keine Gelegenheit, denn Sam traf sie, bevor sie auch nur zielen konnten.

Neben ihm standen die anderen seiner Gruppe. Jeder hatte so eine Pistole in der Hand. Sie gingen völlig auf in dem Spiel, Freudenschreie über Treffer hallten durch das Klassenzimmer, gefolgt von Flüchen, wenn sie getroffen wurden.

Plötzlich wurde der Bildschirm schwarz und die Schüler hielten inne.

»Nächste Übung«, sagte Herr Glock, der die Stunde hielt. Er war ein großer Mann mit dunklem Haar und dunklen Augenbrauen, die so aussahen, als ob sie noch einen Nebenjob als Besen hätten. Glock lispelte immer, sodass die Schüler manchmal den Eindruck hatten, von einer Schlange unterrichtet zu werden. »Ab jetzt arbeiten Sie zu zweit und zu dritt. Sie müssen zusammenarbeiten. Das ist notwendig, weil mehr Feinde auftauchen. Beschützen Sie Ihren Partner wie sich selbst. Los.«

Sam stand neben Katie, die ihm ermutigend zunickte.

»Bei mir bist du sicher, Sam.«

»Das müsste doch ich eigentlich sagen«, errötete Sam.

»Zu spät. Wenn du auch während der Übung so langsam bist, dann brauchst du meine Hilfe umso mehr«, lachte Katie.

Sie stellte sich Schulter an Schulter neben Sam und erhob ihre Pistole. Sam tat es ihr gleich. Es gefiel ihm, so dicht neben ihr zu stehen. Heimlich sah er sie an. Ein hübsches Mädchen war sie, diese Katie. Sie gab ihm dasselbe Gefühl wie Daphné, aber da war auch noch etwas anderes, etwas Zusätzliches. Daphné war seine beste Freundin, er konnte ihr alles anvertrauen, und sie würde immer für ihn da sein. Aber in Katies Nähe wollte er immer sein. Wenn er sie sah, trat ihm beinahe automatisch ein Lächeln ins Gesicht.

»Sam, pass auf!«

Vor ihm stand ein Mann mit einem Maschinengewehr, der ihn gnadenlos durchlöcherte. Katie knallte ihn ab, aber zu spät. Sams Lebenspunkte standen auf null.

Herr Glock sah ihm über die Schulter.

»Wie Sie sehen, gibt es während einer Schießerei keine Zeit zum Träumen, Herr Smith.«

Der zweite Teil der Stunde fand im Freien statt. Glock hatte sie zu dem Gelände hinter dem Bunker geführt. Der Platz wurde von einem großen Wald umrandet. Durch das dichte Blätterdach kam schon normalerweise kaum Sonnenlicht, jetzt aber behinderte auch noch dichter Nebel die Sicht.

Glock hatte einen kleinen, mit einem Segeltuch bedeckten Karren hinter sich hergezogen. Er zurrte die Knoten auf und zog das Segeltuch herunter. Die Schüler sahen neugierig nach, was sich auf dem Karren befand: blaue Leibchen wie für eine Sportmannschaft, blaue Fähnchen und fünf Softairpistolen.

»Noch nicht anfassen«, sagte Glock. »Ich erkläre es gleich, aber erst, wenn auch die anderen hier sind. Ich habe keine Lust, alles zweimal zu sagen. Ah, da sind sie ja.«

Vom Bunker her kam eine weitere Schülergruppe angelaufen. Sie wurden von Frau Beretta geführt. Auch sie zog einen Karren hinter sich her. Sam hatte schon gehört, dass sie eine recht spezielle Lehrerin war. Beretta wollte es immer allen recht machen, sodass ihre Entscheidungsfreude gen null ging.

»Steht der Karren hier gut, Herr Glock?«, fragte sie, als sie zu ihrer Gruppe kam.

»Perfekt, Frau Beretta«, antwortete Herr Glock, ohne hinzusehen.

»Sind Sie sicher, Herr Glock?«

»Ganz sicher, Frau Beretta. Lassen Sie den Karren einfach so stehen«, seufzte Herr Glock in der Hoffnung, dass sie das zufriedenstellen würde.

Sam freute sich, dass der Unterricht mal wieder in einer größeren Gruppe stattfand. Und Daphné war dabei! Sam blickte von Katie zu Daphné und schluckte. Die Gefühle von vorhin musste er erst einmal verdrängen.

Die anderen in der Gruppe waren Joe Foster, John Cole, Ann Dent und Jimmy Mortimer. Zu zehnt war das schon eher wieder wie eine Klasse an der *Spy School*. Den Regenwald in dreißig Meter Entfernung mussten sie sich eben wegdenken.

»Und, hat die Stunde Spaß gemacht, Sam?«, fragte Daphné.

»Ging schon, Computerspiele habe ich schon immer gerne gespielt.«

»Aber dann muss er noch ein bisschen besser bei

der Sache bleiben!«, mischte sich Katie ein. »Er hat sich einfach abknallen lassen. Ich frage mich, was dir im Kopf rumgegangen ist!«

Sam wurde rot. Musste sie das jetzt in Daphnés Beisein erzählen?

»Ich ... ähm«, stammelte er. »Na ja, man kann sich eben nicht immer gleich gut konzentrieren. Ab und zu hat mein fleißiges Hirn auch eine Ruhepause verdient.«

»Dann würde ich mit meinem Hirn aber einmal die Urlaubsplanung durchsprechen«, sagte Daphné. »Stell dir vor, es steht wirklich jemand mit einer echten Pistole vor dir, und dein Hirn beschließt, mal eben freizunehmen. Dann kommst du nicht weit!«

Katie und Daphné lachten.

Sam verzog den Mund zu einem eher säuerlichen Lächeln. Lachten sie ihn nun zusammen aus?

»Lacht nur, ich ...«

»Herr Smith!«, rief Glock plötzlich in einem scharfen Ton.

»Es wäre schön, wenn Sie sich auf die Stunde konzentrieren könnten. Vorhin ging es schon reichlich daneben. Aber das war nur ein Computerspiel. Ich möchte nicht, dass Ihnen gleich etwas passiert, denn jetzt wird es ernst.«

»Entschuldigung, Herr Glock«, murmelte Sam und sah verärgert zu Daphné und Katie. Warum wurden sie nicht ermahnt?

»Das ist eine Prüfung mit zwei Mannschaften«, begann Glock seine Ausführungen. »Der Einfachheit halber lassen wir es bei der Gruppeneinteilung der Unterrichtsgruppen. Es heißt also fünf gegen fünf.«

Daphné warf Sam und Katie einen Blick zu. »Euch werde ich es schon zeigen«, sagte dieser Blick. Bei derartigen Spielen konnte sie sehr verbissen werden.

Doch Katie und Sam ließen sich nicht einschüchtern. »Komm doch, wenn du dich traust!«, stand ihnen im Gesicht geschrieben.

»Wir spielen mit einem blauen und einem roten Team. Das Team, das bei mir Unterricht hatte, bekommt blaue Leibchen, das andere Team rote. Sie bekommen auch einige blaue und rote Fähnchen und jeder eine Softairpistole.«

Das war schon eine andere Geschichte, als nur in einem Computerspiel zu schießen, dachte Sam. Bekamen sie denn keinen Schutz? Denn die Kugeln einer Softairpistole konnten bei einem Schuss aus der Nähe ganz schön wehtun.

»Es geht darum, dass Sie im Wald möglichst viele Zielpersonen ausschalten. Der Wald ist voller Gangster, und Ihre Aufgabe ist es, den Wald wieder sicherer zu machen.«

Ann Dent meldete sich.

»Ja, Frau Dent?«

»Und wenn die Gangster zurückschießen?«

»Die Gangster sind keine echten Gangster, Frau Dent, sondern große Pappfiguren. Es ist ja nicht so, dass wir uns ab und zu eine Ladung Gangster zum Vergnügen unserer Schüler liefern lassen.«

Dann brauchten sie also doch keinen Schutz, dachte Sam. Es sei denn, dass jemand sein Ziel verfehlte und aus Versehen auf einen Mitschüler schoss.

»Wenn Sie einen Gangster getroffen haben, dann befestigen Sie ein Fähnchen auf seinem Kopf. Dafür ist am Kopf einer jeden Pappfigur eine Halterung angebracht. Ihr Team bekommt für jedes Fähnchen einen Punkt. Natürlich dürfen Sie ein Ziel, das bereits getroffen ist, nicht mehr beschießen. Das Team mit den meisten Punkten gewinnt diese Prüfung. Frau Beretta, teilen Sie die Ausrüstung aus?«

Beretta nickte begeistert und lief zum Karren.

»Erst die Fähnchen, Herr Glock? Oder erst die Leibchen?«

»Wie Sie wollen, Frau Beretta«, versuchte Glock die Fassung zu wahren.

»Ja, aber für mich macht es keinen Unterschied. Ich teile ebenso gerne zuerst die Leibchen oder zuerst die Fähnchen aus. Aber ich dachte, Sie hätten vielleicht eine Präferenz?«

»Ich habe keine Präferenz. Es ist mir ... Wissen Sie was, beginnen Sie doch einfach mit den Leibchen«, sagte Glock mit einem gezwungenen Lächeln.

»Dann haben Sie also doch eine Präferenz. Ich wollte gerade die Fähnchen austeilen, aber wenn Sie lieber erst die Leibchen haben, dann richte ich mich gerne nach Ihnen.«

Beretta zog das Segeltuch von ihrem Karren und nahm die Leibchen.

»Dann fangen Sie eben mit den Fähnchen an, wenn Ihnen das lieber ist«, stöhnte Glock. »Solange Sie jedem seine Sachen geben und wir mit der Prüfung anfangen können.«

Sofort ließ Beretta die Leibchen wieder fallen.

»Sind Sie sicher, denn jetzt hatte ich gerade schon die Leibchen in der Hand ...«

»Okay, lassen Sie mich mal«, sagte Glock und ging entschlossen zum Karren. Er warf jedem Leibchen, Fähnchen und Pistole hin, und im Nullkommanichts hatte jeder, was er brauchte. Frau Beretta wollte noch etwas fragen, beschloss aber klugerweise, doch zu schweigen.

»Die Ziele sehen lebensecht aus!«, rief Glock. »Und sie können verschiedene Positionen haben. Sehen Sie also genau hin, damit Ihnen keines entgeht.«

Sam kontrollierte das Magazin seiner Pistole. Es war ganz voll, aber ein Reservemagazin hatten sie nicht bekommen. Glock hatte gesehen, was Sam tat.

»Wie einige bereits bemerkt haben dürften, haben Sie nur ein Magazin. Seien Sie also sparsam mit Ihrer

Munition, schießen Sie nicht wie Irre drauflos. Effizienz ist bei dieser Prüfung sehr wichtig.«

Sam zog sein Leibchen an und steckte die Fähnchen in die Tasche. Er war bereit. Er würde den Damen zeigen, was wahre Konzentration war!

»Die Prüfung dauert eine Stunde. Auf mein Signal hin geht es los. Alle bereit?«

Allgemeines Nicken.

»Gut, dann also: Los! Viel Erfolg!«

Er drückte auf seine Stoppuhr und die Schüler rannten zum Wald. Alle zehn waren scharf darauf, die meisten Fähnchen auf die Ziele zu stecken.

Sam wartete, bis die anderen im Wald verschwunden waren, und entschied sich erst dann für eine Richtung. Die meisten waren einfach geradeaus gerannt, doch Sam hielt das nicht für eine gute Idee. Wenn er ein Verbrecher wäre, der sich im Wald verstecken wollte, würde er sich am Rand verstecken. Dort war die Gefahr geringer, dass man von hinten erwischt wurde. Jemand, der über offenes Gelände auf einen zukam, konnte man sofort sehen. Jemand, der durch Gestrüpp kriecht, ist viel schwieriger zu erkennen. Er hoffte, dass Glock beim Aufstellen der Ziele ebenfalls diesem Gedankengang gefolgt war.

Sam wurde schnell belohnt. Ob er mit seinen Überlegungen recht hatte oder ob es einfach nur Zufall war, war ihm ziemlich egal. Unter einem Strauch sah er einen Gewehrlauf stecken. Vorsichtig, auch wenn es nur ein Pappziel war, schlich er um den Busch herum. Hinter dem Gestrüpp lag der Körper des Gangsters. Sam zielte und durchbohrte den Karton mit einer Kugel. Er holte ein Fähnchen heraus und steckte es in die Halterung.

Ein Punkt für das blaue Team, dachte er. Katie würde stolz auf ihn sein. Hoffte er. Doch sicherheitshalber würde er noch viele Fähnchen befestigen.

Nach drei weiteren Opfern war Sam am Rand des Waldes angelangt. Plötzlich hielt er an und spitzte die Ohren. Er hörte Stimmen. Waren das Leute seines Teams oder des anderen? Wer auch immer es war, Sam fand es schade, dass noch jemand seine Taktik verfolgte. Irgendwer sammelte die Zielpersonen vor seiner Nase ein. Vorsichtig schlich er näher. Durch die Blätter sah er einen hohen Zaun.

Erstens: Es ist untersagt, sich dem Zaun zu nähern, schoss es ihm durch den Kopf. Jeromes Regeln! Er durfte hier gar nicht sein. Es wäre besser, wenn er umkehren und wieder in den Wald gehen würde. Sam wollte keinen Ärger mit Ramón, auch wenn ihn das den Sieg kosten würde. Er machte kehrt.

»Ich frage mich, was sie mit den Kids vorhaben.«

Sam blieb stehen. Das hatte er laut und deutlich gehört. Jemand war in der Nähe, und zwar kein Schüler. Es war eine tiefe Stimme. Schritt für Schritt schlich er weiter. Als er kurz vor dem Zaun war, linste er durch das Geäst des Dickichts. Am Zaun standen zwei Männer in Armeeuniformen. Über der Schulter hatte jeder von ihnen ein großes Gewehr. Sam wusste nicht, um welchen Typ es sich handelte. Waren das die Wachposten? War es wirklich notwendig, dass das Lager so streng bewacht wurde?

Wenn es Wachen waren, dann nahmen sie ihre Sache nicht besonders ernst. Sie plauderten gemütlich, ohne sich um ihre Umgebung zu kümmern.

Eindringlinge hätten pfeifend und mit den Händen in den Hosentaschen in das Lager hineinmarschieren können, ohne dass diese Männer es bemerkt hätten. So zumindest sah es aus. Sam hätte es allerdings nicht testen wollen.

Die Wachen hatten einen Blick, der düsterer als Donnerwolken war. Beide hatten kurzes, schwarzes Haar und einen ungepflegten Dreitagebart. Einer der beiden stand mit dem Gesicht zu Sam gewandt. Wenn er lachte, konnte man deutlich sehen, dass sein Zahnarzt ihn nicht allzu oft zu Gesicht bekam.

»Wie lang bleiben die Kids denn noch hier?«, fragte er.

Der andere zuckte mit den Schultern.

»Interessiert mich nicht. Ich werde gut bezahlt und es gibt keinerlei Risiken. Solche Aufträge könnte es für meinen Geschmack öfter geben.«

»Für meinen nicht. Ich brauche ein wenig Action. Das hier mache ich nur wegen des Geldes.«

Sie schwiegen. Der Mann, der mit dem Rücken zu Sam stand, spuckte auf den Boden und starrte eine Weile nach oben.

»Ich habe schon ein paar von den Kids laut schreien gehört. Ich möchte nicht wissen, was die im Keller alles tun.«

Sam vermutete, dass er über das *Reaktionstraining* sprach. Offenbar wusste niemand, wozu das dienen sollte.

»Ich habe gehört, dass sie ihre Schüler verändern wollen.«

»Verändern?«

Sam wurde hellhörig. Der eine Bewacher wusste also doch mehr. Er legte die Pistole auf den Boden und beugte sich vornüber, bis er gerade noch das Gleichgewicht halten konnte. Er streckte die Arme aus, damit er nicht umfiel.

»Ja, in ein paar Wochen wollen sie sie ...«

Knacks!

Sam fiel vornüber und landete mit dem Gesicht im Moos. Die Wachen schwiegen und sahen in seine Richtung.

Es ist untersagt, sich dem Zaun zu nähern, erklang Jeromes Stimme wieder in Sams Kopf. Hätte er doch gleich beim ersten Mal darauf gehört.

»Was war das?«, hörte er den einen Wachmann sagen.

Sam drückte den Kopf gegen den Boden und bewegte sich nicht. Wenn er versuchte wegzulaufen, würden sie ihn sicher sehen.

»Was?«

»Ich dachte, ich hätte etwas gehört.«

»Du stehst schon viel zu lange hier. Ich glaube, du siehst schon Gespenster.«

»Nein, ich bin mir ziemlich sicher.«

»Dann geh doch nachsehen. Wahrscheinlich war es eine Ratte.«

Ratten? Gab es die auch hier? Sam hoffte, dass keine in der Nähe war. Kleine Schweißperlen bildeten sich auf seiner Stirn. Ramóns fieses Grinsen erschien vor seinem inneren Auge. Was der wohl mit ihm anstellen würde, wenn er erwischt würde?

Der Wachmann war nur noch ein paar Schritte entfernt. Sam schluckte. Zu laut, dachte er. Sämtliche Geräusche kamen ihm plötzlich tausendmal lauter vor. Eine vorbeifliegende Mücke erschien ihm wie ein Düsenjäger.

Sam hörte die Äste unter den Stiefeln des Wachmanns knacken. Er war sehr nahe. Sam versuchte, sich so klein wie möglich zu machen. Er fühlte etwas über seine Hand kriechen. Etwas Klebriges, etwas, das schnell juckte.

»Und, siehst du etwas?«

Der Wachmann blieb stehen. Sam sah die Stiefel kaum einen Meter entfernt. Er hielt den Atem an. Seine Hand juckte, er wollte das Ding, das auf ihm saß, kaputt machen. Aber im Moment konnte er nichts tun. Er biss die Zähne zusammen.

»Nein. Wird wohl ein Tier gewesen sein.«

Uff. Sam wollte erleichtert seufzen, doch ihm war klar, dass das zu viel Lärm machen würde. So leise wie möglich atmete er ein wenig Luft zwischen seinen Zähnen aus. Der Wachmann drehte sich um.

»Das ist das Einzige, was ich hier hasse«, sagte er. »Die verdammten Viecher. Es wimmelt hier nur so davon. Die großen Viecher können einem das Genick durchbeißen, und die kleinen stechen einen, bis man aussieht wie eine Kaugummiblase.«

Der andere Wachmann grinste.

»Und gegen die kleinen kann man sich immerhin noch mit Mückenschutz einsprühen, aber ich glaube nicht, dass das einen Puma abhalten wird!«

»Da wäre ich mir gar nicht so sicher. Hast du selbst mal an dem Zeug gerochen? Sollte jemand das auf mein Essen sprühen, würde mir das schon den Appetit verschlagen!«

Die Wachmänner grölten vor Lachen. Der Mann mit dem verwahrlosten Gebiss klopfte dem anderen auf die Schulter. Das tat er so fest, dass der andere anfing, laut zu keuchen. Während der Wachmann eine Entschuldigung murmelte, schlug er seinem Partner noch ein wenig auf den Rücken, in der Hoffnung, dass das helfen würde.

Sam lag noch immer mucksmäuschenstill unter einem Busch. Was sollte er tun? Er konnte ja nicht ewig so liegen bleiben. Die Übung würde bald zu Ende sein, und wenn er nicht rechtzeitig zurück wäre, würde man ihn suchen. Und dann würden die Wachen ihn entdecken. Er sah schon, wie Ramón sich die Hände rieb.

Inzwischen spürte er das Ding weiter auf seinen Arm kriechen. Der Juckreiz breitete sich über den ganzen Arm aus und ließ ihn erschaudern. Das Mückenspray, von dem die Wachmänner gesprochen hatten, hätte er gerade jetzt gut brauchen können. Sam hoffte, dass das Ding nicht stechen konnte. Er versuchte zu sehen, was es war. Ein Blick lehrte ihn, dass es kein Ding war, das da auf seinem Arm lief. Es waren mehrere Dinge. Eine ganze Ameisenkolonne spazierte über seinen Arm, als wäre er ihr ganz natürlicher Lebensraum. Jede Ameise trug ein Blatt wie einen Regenschirm über dem Kopf. Sam schluckte. Sie näherten sich immer mehr seinem Gesicht. Er musste weg hier.

Vorsichtig bewegte Sam sich nach hinten. Wenn die Wachen etwas hörten, würden sie vielleicht wieder an eine Ratte denken. Blätter und Zweige raschelten unter seinem Körper. So würde das noch Stunden dauern. Außerdem krabbelten die Ameisen noch immer auf seinem Arm. Seine Bewegung hatte nur ein paar von ihnen verjagt.

»Jetzt höre ich auch etwas!«, sagte der andere Wachmann plötzlich.

Sam hob seinen Kopf. Er sah sie in seine Richtung schauen.

Diesmal war er wirklich erledigt.

Es sei denn ...

»Das war wohl wieder ein Tier«, sagte der andere.

Eine zweite Chance, herauszufinden, wer oder was da in den Sträuchern saß, wollte Sam ihnen nicht geben. Er stand halb auf und rannte geduckt weg. Die Ameisen auf seinem Arm versuchten krampfhaft, sich festzuhalten, fielen aber eine nach der anderen hinunter.

»Da, ich hab gesehen, wie sich etwas bewegt hat!«

»Schieß, dann wird es uns nicht mehr ärgern!«

Auf diese Worte hin lief Sam noch schneller. Er erhob sich nun ganz und rannte sich die Seele aus dem Leib. Mit den Händen bahnte er sich einen Weg durch das Gestrüpp. Plötzlich hörte er einen Schuss. Schweiß tropfte ihm von der Stirn. Erst als er eine Pappfigur sah, auf die eine blaue Fahne gesteckt war, wurde er langsamer. Bis hierhin durfte er kommen. Es war eines der Fähnchen, die er selbst gesteckt hatte. Aber ganz blieb er nicht stehen. Er wusste ja nicht, ob die Wachen ihm gefolgt waren.

»Jetzt hab ich dich!«

»Verdammt!«

Der Fluch kam von hinten und war so laut, dass selbst ein Tauber ihn gehört hätte. Die Sträucher raschelten, Sams Herz stand still. Sie hatten ihn gefunden!

Allerdings kamen nicht die Wachen zum Vorschein. Zwischen den Bäumen kamen Richard James und Ann Dent heranspaziert.

Sam schlug sich an den Kopf. Es war ja eine Frauenstimme gewesen, die geschrien hatte. In seiner Angst vor den Wachmännern war ihm das gar nicht aufgefallen. Erleichtert lächelte er seine Mitschüler an.

Richard rieb sich mit schmerzverzerrter Miene das Hinterteil und sah dann verärgert zu Ann.

»Kannst du nicht aufpassen? Weißt du, wie weh diese Kugeln tun?«

Ann stand leicht betreten da.

»Entschuldige, ich hab dich für eine Pappfigur gehalten.«

»Ist dir noch nicht aufgefallen, dass die Pappfiguren sich nicht bewegen?«

Ann starrte auf den Boden und zog mit dem linken Fuß einen Kreis ins Gras.

»Ich habe doch gesagt, dass es mir leidtut! Du hast dich übrigens nicht bewegt, daher habe ich dich für einen richtig gut nachgemachten Gangster gehalten.«

»Einen richtig gut nachgemachten Gangster? Das muss wohl das schönste Kompliment sein, das ich je bekommen habe.«

»Aber bitte sehr, mit Vergnügen!«

Sam, der sich langsam von seiner Anstrengung erholt hatte, beschwichtigte.

»Kommt, streitet euch nicht. Richard, du musst schon zugeben, dass Ann gut zielen kann. Wenn sie schießt, ist es ein Treffer!«

Die drei Schüler sahen einander an und prusteten vor Lachen los. Bei all den Spannungen, die das Leben im Trainingslager mit sich brachte, nahmen sie die Dinge manchmal allzu ernst und vergaßen, dass es hier nicht um Leben und Tod ging. Auch wenn Sam gerade das Gefühl gehabt hatte, dass dazu nicht viel fehlte.

Sam beschloss, noch nicht zu erzählen, was er gerade gehört hatte. Auch wenn sein Herz noch immer wie wild pochte, wollte er keine Panik verbreiten. Er unterhielt sich mit Richard darüber, wie viele Fähnchen sie hatten stecken können. Unterdessen musterte Ann Sam genau. Sam bemerkte es.

»Stimmt etwas nicht, Ann?«

Ann nickte und sah auf seine Hände.

»Wo ist denn deine Pistole geblieben?«

Als Sam wenig später für sein Abendessen anstand, hatte er sich noch nicht ganz von der donnernden Strafpredigt erholt, die er sich von Herrn Glock hatte anhören müssen. Ob er vielleicht immer seine Pistole bei einer Übung verlor? Ob ihm klar war, was passieren könnte, wenn es eine echte Pistole gewesen wäre? Ob er vielleicht dachte, dass das Lager eine Art Ferienlager war?

Zur Strafe hatte Herr Glock alle Fähnchen, die Sam gesteckt hatte, für ungültig erklärt, sodass Sams Team die Prüfung verloren hatte.

Sarah Sawyer war ziemlich sauer auf ihn gewesen. Ob es ihm vielleicht Spaß mache, der ganzen Gruppe ihre Prüfung zu versauen?, hatte sie erbost gefragt. Und als Sahnehäubchen hatte Sam auch von ihr eine Strafpredigt bekommen.

Die Vehemenz ihrer Worte hatte ihn erschreckt. Für Sarah war dies hier mehr als ein Spiel. Sam hatte sie noch nie so zornig erlebt.

Zu allem Überfluss hatte Herr Glock mit mürrischem Gesicht verlangt, dass Sam die Pistole bis zum nächsten Morgen zurückholte. »Wer etwas verliert, muss dafür geradestehen. So eine Pistole kostet Geld. Wenn Sie morgen früh die Pistole nicht haben, verlieren wir Geld. Wir denken gar nicht daran, das zu bezahlen. Sie werden den Schaden abarbeiten müssen.«

Herr Glocks Disziplinarmaßnahme war äußerst unfair, denn inzwischen dämmerte es schon. Es war einfacher, eine Nadel im Heuhaufen zu finden als eine Pistole im dunklen Dschungel. Außerdem mussten sie sich zum Essen fertig machen. Eine Suche würde es also nicht geben.

Im Speisesaal gab Carolina das Essen aus. Ihr Gesicht zeigte keinerlei Emotionen. Während sie Reis mit Bohnen – eine Spezialität in Costa Rica, wie man Sam erklärt hatte – auf die Teller klatschte, schien sie mit den Gedanken irgendwo anders zu sein. Erst als Sam vor ihr stand, kam sie wieder im Speisesaal an.

»Hallo, Sam, alles gut?«

Sam schüttelte den Kopf, während er den Teller hochhielt. Er erzählte eine Kurzversion seiner nachmittäglichen Erlebnisse. Von den Wachmännern erzählte er nichts, denn seine Mitschüler neben ihm konnten mithören. Als er fertig war, lächelte sie ihn mitfühlend an.

»Ist nur eine Pistole. Kommt schon in Ordnung. Mach dir keine Sorgen.«

»Du hast recht«, sagte Sam. »Es gibt Schlimmeres.«

Sam sah auf Carolinas Wange. Die sah nun schon ein wenig besser aus. Es gab sicher Schlimmeres im Leben, dafür war Carolina der lebende Beweis. Aber seine Strafe machte ihm dennoch Sorgen. Er hoffte, dass nicht Ramón sie bestimmen würde.

James Richards wartete ungeduldig hinter Sam, der mit seinem Gespräch mit Carolina die ganze Schlange aufhielt.

»Dauert das noch lange? Uns knurrt auch der Magen«, mischte er sich unwirsch ein. Seine Stimme klang hart, als ob er auf der Stelle tot umfallen würde, falls er nicht sofort etwas zu essen bekäme.

»Entschuldigung«, murmelte Sam. Er lachte noch Carolina zu und schlurfte dann weiter auf der Suche nach Daphné, die schon irgendwo einen Platz besetzt hielt.

Kaum hatte er sich hingesetzt, hörte er plötzlich das Geräusch von Metall gegen Glas. Jerome, der ganz vorne saß, stand auf und bat mit einem Löffel gegen sein Glas schlagend um Aufmerksamkeit. Es wurde auf einen Schlag mucksmäuschenstill im Saal. Weniger wegen Jeromes Ausstrahlung als wegen Ramón, der gemein grinsend hinter ihm stand.

Sam konnte geradezu seine Gedanken lesen: »Tu mir den Gefallen und gib einen Mucks von dir.«

»Meine Damen und Herren«, begann Jerome mit seiner Ansprache. »Das Trainingscamp ist nun schon eine Weile im Gang. Ich hoffe, Sie haben alle schon einiges dazugelernt.«

Jerome machte eine Pause, damit die Schüler die Gelegenheit bekamen zuzustimmen. Allerdings wagte keiner, etwas zu sagen. Jerome sah leicht verunsichert in die Runde. Erst als hinter ihm Ramón deutlich in ihre Richtung nickte, kam ein zustimmendes Gemurmel auf. Jerome freute sich sichtlich, dass seine Worte doch noch auf Beifall stießen. Nach einigen Sekunden gab Ramón ein Zeichen, dass es nun genug war, und sofort verstummten die Schüler.

Ramón wäre ein guter Dirigent. Auch wenn die meisten Dirigenten ihren Musikern keine Tracht Prügel für falsche Töne androhten.

»Es wird nun auch Zeit, dass wir uns ansehen, welche Fortschritte Sie gemacht haben. Einige von Ihnen machen sich wirklich sehr gut, andere müssen sich noch mehr anstrengen. Um Sie ein wenig zu ermutigen, werden wir ab sofort die Schüler mit dem größten Einsatz belohnen. Allerdings werden wir auch diejenigen bestrafen, die sich für zu fein halten, um sich anzustrengen.«

Jerome nahm ein Blatt, das Eve ihm gähnend gab. Sie fand die Rede ihres Mannes offenbar nicht besonders spannend.

»Darf ich um Applaus bitten für Jimmy Mortimer, den Schüler, der sich am meisten verbessert hat!«

Auf ein Zeichen von Ramón hin fingen die Schüler an zu klatschen. Jimmy strahlte vor Stolz.

»Sie bekommen eine Spielkonsole auf Ihr Zimmer, auf der Sie Ihre Fähigkeiten noch ausbauen können. Aber nicht nach zehn Uhr abends natürlich.«

Jimmy nickte zu Jerome, doch der starrte schon wieder auf sein Blatt.

»Katie Lynn und John Cole schneiden am schlechtesten ab. Sie müssen heute Abend den Abwasch machen. Hoffen wir, dass es sie anspornt, beim nächsten Mal besser zu sein!«

Die Schüler sahen überrascht zu Jerome. Seit wann wurde man denn bestraft, wenn man nicht genügend Fortschritte machte? Das passte gar nicht zum Stil der *Spy School*. Und warum ausgerechnet John und Katie? Alle Schüler besuchten denselben Unterricht, woher wollten die nun wissen, wer Fortschritte machte und wer nicht?

Das Abendessen wurde in gedrückter Stimmung fortgesetzt. Sam erzählte Daphné und Katie von den Wachmännern.

»Wachen? Wozu soll das denn gut sein?«, fragte Daphné empört.

»Vielleicht ist es hier nicht so sicher«, meinte Katie. »Die Wachmänner müssen uns beschützen.«

»Ja, vielleicht ...«, murmelte Daphné, während sie nachdenklich zu Ramón starrte. Als der plötzlich in ihre Richtung sah, senkte sie verlegen den Blick. »Aber es ist schon seltsam. Alles an diesem Trainingscamp ist seltsam.«

»Das kannst du laut sagen«, stimmte Katie zu. »Ich darf nachher alles hier abwaschen!«

Sam sah in die Richtung von Jerome und Ramón. Die *Spy School* hatte sich diesmal wirklich eigenartige Kerle zur Zusammenarbeit ausgesucht. Plötzlich kam ein Mann in einer kakifarbenen Hose und einem etwas zu engen schwarzen T-Shirt herein. Er ging direkt auf Jerome zu und flüsterte ihm etwas ins Ohr.

»Es stellt sich natürlich die Frage ...«, setzte Sam an. Gleichzeitig musterte er den Mann. Sam kannte ihn. Er sah, dass Jerome die Augenbrauen hochzog. Im selben Moment drehten sich Jerome und der Mann in Sams Richtung um. Ihre Blicke begegneten sich und der Mann zeigte lachend sein verfaultes Gebiss. Schnell wandte Sam seinen Blick ab, sein Herz pochte. Der Wachmann hatte ihn erkannt!

»Was wolltest du sagen, Sam?«, fragte Daphné.

Sam schüttelte verwirrt den Kopf. »Was?«

»Du wolltest doch etwas sagen? Oder hältst du ›Es stellt sich natürlich die Frage‹ für einen vollständigen Satz?«

»Nein, ich ...«

Sam warf einen schnellen Blick auf Jerome und den Wachmann. Sie unterhielten sich miteinander und kümmerten sich nicht weiter um ihn. War es Zufall? Aber was er vermutete, hatte sich nun bestätigt. Er sah Daphné und Katie an und senkte die Stimme.

»Was, wenn die Wachen nicht dafür sorgen müssen, dass niemand hereinkommt?«

»Wie meinst du das?«, fragte Katie verblüfft.

»Die Wachen sind nicht dazu da, um uns zu beschützen. Sie müssen dafür sorgen, dass hier niemand herauskann!«

9

Horrorfilm

In dieser Nacht schlief Sam unruhig. Er träumte vom Dschungel. Es war dunkel, aber er konnte trotzdem gut sehen. Er suchte seine Pistole, fand sie aber nicht. Außerdem war ihm der Wachmann mit dem verfaulten Gebiss auf den Fersen. Immer wenn er sich umdrehte, sah er in sein Gesicht. Der Wachmann lachte dröhnend und schoss mit dem Gewehr auf ihn. Sam wurde getroffen, spürte es aber nicht. Er flüchtete vor dem Wachmann, doch der konnte ihm mühelos folgen. In der Ferne sah er Carolina stehen. Er schrie, sie solle wegrennen, aber sie blieb stehen, eine Pistole in der ausgestreckten Hand. Sie würde ihn retten.

»Sam!«, rief sie.

Der Wachmann war nun dicht hinter ihm. Carolina hätte ihn niederschießen können, aber Sam stand in der Schusslinie. Er musste ausweichen, konnte aber weder nach links noch nach rechts.

»Sam!«

Sam hatte das Gefühl, dass er hin und her geschüttelt wurde, dabei rührte er sich keinen Millimeter.

Carolinas Hand zitterte. Sie musste jetzt schießen, sonst waren sie beide verloren.

»Sam!«

Sam machte die Augen auf und blickte in Joes Gesicht. Sein Mitschüler rüttelte heftig an ihm.

»Sam, schau!«

Er deutete mit zitternder Hand auf etwas. Sam rieb sich die Augen. Er musste erst einmal zu sich kommen nach dem Traum. Wieso war Joe denn so aufgeregt? Sams Blick folgte Joes Finger, der auf sein Nachtkästchen zeigte. Sam runzelte die Stirn. Wie war das möglich? Freude stieg in ihm auf, gleich darauf Verwirrung: Auf dem Nachtkästchen lag seine Pistole!

Sam fühlte sich nicht gut. Am Nachmittag war wieder *Reaktionstraining* und er hatte überhaupt keine Lust darauf. Die grauenvollen Bilder vom letzten Mal sah er immer noch deutlich vor sich.

In seinem Zimmer gab es nichts, was ihm das Warten versüßen konnte. Der Stahlschrank sah ihn traurig an, als wüsste er, was Sam erwartete. Ach, vielleicht war es dieses Mal ja nicht so schlimm. Vielleicht würden sie diesmal andere Reaktionen an ihnen testen.

Und bei genauerem Nachdenken waren die Bilder vom letzten Mal durchaus nützlich. Sie mussten ja tatsächlich ein bisschen abgebrühter werden. Bald würden sie als Geheimagenten im Einsatz sein – und das würde völlig anders sein als ihr behütetes Leben in der *Spy School*. Dann würden sie keine Übungsbomben mehr entschärfen.

Sam erschrak. Er klang ja schon beinahe wie Jimmy Mortimer und James Richards! Wie kam es, dass die beiden alles so leicht aufnahmen? In kürzester Zeit hatten sie sich schon enorm verändert. Sam erinnerte sich, wie James ihn angeschnauzt hatte, weil er beim Essen kurz warten musste. So etwas hatte er früher nie getan.

Und Jimmy erst. Dem machten die Bilder vom *Reaktionstraining* beinahe Spaß. Und dann war er auch noch als der Schüler ausgezeichnet worden, der die größten Fortschritte zeigte. Was wussten die eigentlich über ihn? Er war erst seit eineinhalb Jahren bei den CIA-Schülern, und Sam hatte das Gefühl, dass ihn eigentlich niemand richtig kannte. Natürlich war es nicht einfach, erst so spät dazuzustoßen. Sam hatte das in der A-Klasse selbst mitgemacht, weil er erst einige Monate nach Schulbeginn in die *Spy School* gekommen war. Allerdings hatte er sich schnell angepasst, was man von Jimmy nicht behaupten konnte. Der gehörte zwar irgendwie dazu, trotzdem sah man ihn oft alleine herumlaufen. Hier im Trainingscamp schien Jimmy sich viel wohler zu fühlen.

Doch Jimmy und James waren nicht die Einzigen, die sich eigenartig verhielten. Was sollte er beispielsweise von Sarahs Ausbruch nach der Prüfung im Wald halten? Das war doch nur ein Spiel gewesen, kein Kampf auf Leben und Tod. Dieses Trainingslager hatte einen seltsamen Effekt auf die Schüler, und Sam fragte sich, woher das kam.

Auch wie Carolina behandelt wurde, war eine Schande. Sobald Summer wusste, was los war, würde er sicher einiges ändern. Sam war klar, dass die *Spy School* keinen großen Einfluss auf die Führung dieses Trainingscamps hatte, aber manches, was hier geschah, ging wirklich zu weit – zum Beispiel wenn eine Putzfrau erpresst und misshandelt wurde.

Was Sam vor allem beunruhigte, waren die Wachen, die er gesehen hatte. Dass im Lager Ordnung herrschen musste, war logisch, auch wenn er das fast schon übertrieben streng fand. Aber mussten da wirklich noch schwer bewaffnete Wachen ins Spiel kommen? Das hatte doch überhaupt keinen Nutzen. Oder doch?

Sam spürte, wie ein seltsames Gefühl in ihm aufstieg. Das letzte Mal hatte er so ein Gefühl in Langley gehabt. Er hatte fürchterlichen Kohldampf geschoben, war zu einer Wandluke gegangen und hatte sich ein *U-Boot* bestellt. Als er auf das Knöpfchen drückte, fiel der Bildschirm aus. Sofort hatte er Verdacht geschöpft, dass etwas nicht stimmte. Und er hatte recht behalten:

Als der Bildschirm wieder anging, erschien die Meldung, dass Hamburger vorläufig ausverkauft waren! Das war jetzt vielleicht nicht ganz mit seiner Situation hier vergleichbar, aber trotzdem ...

Jemand klopfte an seine Tür. Das war sicher Colt, der ihn abholen kam. Wenn er so tat, als wäre er nicht da, könnte er vielleicht das Training schwänzen. Sam starrte schweigend auf die Tür. Nach einigen Sekunden Stille ging sie langsam auf. So ein Mist aber auch! Schnell machte er die Augen zu und stellte sich schlafend.

»Sam?«

Colts Stimme klang auf einmal merkwürdig hoch. Aus einer tiefen Bassstimme war eine zarte Mädchenstimme geworden. In Geheimagentenlagern schien wirklich alles möglich zu sein! Sam öffnete die Augen.

»Hallo, Katie. Bist du schon fertig mit *Reaktionstraining?*«

»Nein, ich warte schon seit Stunden! Die haben mich immer noch nicht abgeholt.«

Sie setzte sich auf die Bettkante. Sam setzte sich auf. Faul im Bett liegend mit ihr zu sprechen, kam ihm irgendwie unpassend vor.

»Es wäre wirklich praktischer, wenn sie im Voraus sagen würden, wer wann an der Reihe ist«, sagte er.

Katie nickte. »Auf jeden Fall. Aber manchmal habe ich das Gefühl, dass sie das selbst nicht so genau wissen.«

»Geht mir genauso«, lachte Sam. »Gerade eben habe ich darüber nachgedacht, dass es in diesem Trainingscamp doch teilweise recht seltsam zugeht.«

»Sehr seltsam sogar«, stimmte Katie zu.

»Meine Pistole zum Beispiel«, sagte Sam. »Ich frage mich, wer die wohl zurückgebracht hat. Herr Glock hat vielleicht Augen gemacht, als ich sie ihm überreichte.«

»Sicher kein Schüler. Derjenige hätte es dir bestimmt gesagt.«

Sam nickte. »Stimmt. Ein Schüler hätte daraus kein Geheimnis gemacht. Aber wer war es dann?«

Katie überlegte kurz.

»Ich kann mir nur eine Person in diesem Lager denken, die dir helfen würde.«

Sam wusste, worauf sie hinauswollte. Er hatte selbst schon daran gedacht.

»Carolina?«

»Wer denn sonst?«

Katie hatte recht. Carolina hatte ihm ja noch gesagt, er brauche sich keine Sorgen wegen der Pistole zu machen. Aber wie hatte sie die Waffe gefunden? Hatte sie sich wirklich mitten in der Nacht auf die Suche gemacht? Das erschien Sam sehr unwahrscheinlich. Aber es musste Carolina gewesen sein, wer sollte sonst so etwas für ihn tun? Vielleicht hatte sie ja das Klassenzimmer für *Waffenkunde* putzen müssen und dort eine andere Pistole als Ersatz für seine mitgenommen.

»Ich habe sie gerade noch herumlaufen gesehen«, sagte Katie. »Sie sah ganz traurig aus. Ich glaube, sie vermisst ihre Kinder schrecklich.«

»Ich frage mich, ob sie sie jemals wiedersehen wird.«

Katie rutschte ein wenig näher zu Sam. Sie drehte sich auf die Seite, beugte den Arm und stützte den Kopf auf die Hand.

»Ich werde das auf jeden Fall meinen Lehrern melden!«

»Ich auch«, sagte Sam.

Sie schwiegen. Sam sah Katie an und merkte, dass sie zu ihm schielte. Er senkte den Blick und spürte, wie er rot wurde. Warum hatte er nur immer so ein komisches Gefühl, wenn er in ihrer Nähe war? Er fühlte sich bei Katie wohl und zugleich unruhig.

Die Stille hielt an und Sam wurde immer unbehaglicher zumute. Ob es ihr genauso ging? Er wagte kaum, sich zu bewegen, aber je mehr er daran dachte, desto stärker wurde der Drang, etwas zu tun. Sollte er etwas sagen? Aber was?

»Sam?«

»Ja?«

Seine Stimme klang heiser. Als hätte er seit zehn Tagen nichts mehr zu trinken bekommen.

»Warum sagst du denn nichts?«

Gute Frage. Weil er so angestrengt darüber nachdachte, was er sagen könnte. Dadurch hatte er keine

Zeit mehr, tatsächlich etwas zu sagen. Manchmal musste man sich eben entscheiden.

Vielleicht sollte er einfach die Wahrheit sagen.

»Ich dachte gerade daran, dass ich mich bei dir immer so gut fühle, und dann wusste ich auf einmal nicht mehr, was ich sagen sollte ...«

Sam traute sich nicht, sie anzusehen, und starrte angestrengt auf die Wand seines Zimmers. Er hörte ein leises Lachen.

»Du bist süß, Sam«, flüsterte Katie.

Er spürte, wie Katie sich bewegte. Als er den Kopf drehte, sah er ihr Gesicht direkt vor seinem, kaum zehn Zentimeter entfernt. Sie sahen einander in die Augen. Sam wusste nicht recht, was er tun sollte, aber er wusste nur zu gut, was er tun wollte.

Nicht mehr zögern, einfach los, dachte er.

»Herr Smith?«

Ein Klopfen an der Tür riss Sam und Katie wieder zurück in die Gegenwart. Katie rückte von ihm weg und setzte sich auf die Bettkante. Sam blieb, wo er war, und starrte düster zur Tür. Ausgerechnet jetzt! Die Tür öffnete sich und Frau Beretta kam herein. Sie ignorierte Katie und wandte sich an Sam.

»Herr Smith, es ist Zeit für Ihr *Reaktionstraining*. Sie dürfen mitkommen. Natürlich nur, wenn es Ihnen gerade passt.«

Sam sah zu Katie. Die lachte und schüttelte den Kopf.

»Oder wollten Sie noch etwas mit Frau Lynn besprechen?«, fragte Frau Beretta. »Dann warte ich noch kurz. Nicht zu lang natürlich, denn Ihre Stunde fängt gleich an.«

Katie signalisierte mit einer Kopfbewegung, dass er ruhig gehen sollte. Frau Beretta wurde schon nervös.

»Ich gehe natürlich mit, Frau Beretta.«

»Sind Sie sicher? Ich will Sie nämlich nicht zwingen. Auch wenn Sie streng genommen keine Wahl haben, aber trotzdem.«

»Ich komme schon, Frau Beretta.«

Sam folgte der Lehrerin in den Gang. Er warf einen letzten Blick auf Katie. Die lachte immer noch, aber Sam bemerkte die Enttäuschung in ihren Augen. Er vermutete, dass er genauso enttäuscht schaute.

Wenn man in einem Freizeitpark zum ersten Mal an einer atemberaubenden Attraktion ansteht, ist man meistens noch nicht sehr aufgeregt. Das kommt daher, weil man nicht genau weiß, was einen erwartet. Man ahnt zwar, dass es spannend werden wird, weiß aber eben nicht, wie sehr. Erst beim zweiten Mal wird man nervös. Dann weiß man, was einen erwartet und dass es aufregend wird.

So ging es auch Sam in dem verdunkelten Raum, in den ihn Frau Beretta gebracht hatte. Der Raum mit dem Bildschirm und der Stuhlreihe ließ ihn erschaudern. Beim letzten Mal hatte er noch nicht gewusst, was da passieren würde, aber nun hatte er eine ziemlich klare Vorstellung davon. Und Vorfreude empfand er ganz und gar nicht.

Was man ihm dieses Mal wohl zeigen würde? Ob es noch schlimmer würde als beim letzten Mal? Er hoffte, dass es nicht zu lange dauerte.

»Sie dürfen sich setzen, Herr Smith«, wies ihn Frau Beretta an. »Oder wollen Sie lieber noch stehen bleiben?«

»Setzen!«, befahl sofort eine Stimme im Hintergrund.

»Richtig, ja. Ich denke, Sie setzen sich jetzt besser«, korrigierte sich Frau Beretta schüchtern.

Sam tat, was man ihm gesagt hatte. Also war auch die geheimnisvolle Person wieder dabei. Warum tat dieser Unbekannte nur so mysteriös? Dieses Trainingscamp war wirklich eigenartig.

Als Sam sich setzte, legte er die Arme auf die Armlehnen. Dumm von ihm, denn ehe er sich's versah, schnappten die eisernen Fesseln über seinen Handgelenken zu. Ihm schwante, was nun kommen würde. Sie gingen offenbar davon aus, dass er sich die Augen zuhalten würde.

Beretta kontrollierte, ob die Armfesseln fest genug waren.

»Sie sind doch nicht zu eng, Herr Smith? Denn vielleicht kann ich sie etwas lockern. Ach nein, das geht ja gar nicht.«

Plötzlich ging die Tür mit einem Schwung auf und Colt kam herein.

»Entschuldigen Sie meine Verspätung, Frau Beretta. Ich übernehme dann ab hier.«

»In Ordnung, Herr Colt. Aber ich kann gerne noch ein wenig helfen. Oder denken Sie, es ist besser, wenn ich gehe?«

»Ich glaube, dass ich gut alleine klarkomme«, antwortete Colt mit einem gezwungenen Lächeln.

»Sind Sie sicher? Denn sonst ...«

»Sie dürfen gehen, Frau Beretta!«, ertönte es laut aus dem Hintergrund.

Beretta ging rückwärts aus dem Raum, ganz langsam, um den anderen die Gelegenheit zu geben, möglicherweise doch noch ihre Meinung zu ändern. Als sie merkte, dass das nicht der Fall sein würde, trat sie enttäuscht in den Gang und zog die Tür hinter sich zu.

»Gut, Herr Smith, das ist Ihr zweites *Reaktionstraining*«, sagte Herr Colt. »Diesmal wird es etwas anders ablaufen als beim ersten Mal. Machen Sie bitte mal die Augen auf?«

Sam sah seinen Lehrer fragend an. Er hatte doch die Augen auf?

»Weiter, Herr Smith«, erklärte Colt. »Viel weiter.«

Sam riss die Augen auf. Was sollte denn das?

»So ist es besser.«

Colt beugte sich über ihn und hob die Hand. Vorsichtig, aber beherzt nahm er das Lid von Sams rechtem Auge zwischen Daumen und Zeigefinger und zog es ein wenig hoch. Sam riss den Kopf hin und her. Er hasste es, wenn man an seine Augen kam.

»Keine Panik, Herr Smith. Es tut nicht weh.«

Colt angelte eine Zange aus seiner Tasche und befestigte sie am Lid. Danach zog er ein Plastikhaarband mit Ausstülpungen aus Metall hervor und zog es über Sams Kopf. Er befestigte die Zange an dem Haarband, damit Sam das Auge nicht mehr schließen konnte. Anschließend machte Colt dasselbe mit Sams anderem Auge.

Ängstlich wartete Sam ab, was passieren würde. Nun konnte er weder die Augen schließen noch die Hände vor die Augen halten. Er würde sich die Bilder ansehen *müssen*. Es sei denn ... Seinen Kopf konnte er immerhin noch bewegen.

Als könnte Colt Gedanken lesen, spürte Sam plötzlich, wie sich kalter Stahl um seinen Hals schlang. Eine dicke Manschette verhinderte, dass er den Kopf drehte. Sams Blick war auf den Bildschirm fixiert und er konnte nichts dagegen tun.

»Ihr *Reaktionstraining* geht gleich los, Herr Smith. Lassen Sie es einfach über sich ergehen.«

Etwas anderes blieb ihm ohnehin nicht übrig! Ängstlich sah Sam auf den Bildschirm. Wie bei einem alten Film wurde zuerst von fünf bis eins heruntergezählt, dann begann der Film.

Sam sah einen Mann, der in einem Schaukelstuhl auf einer Veranda saß und bedächtig eine Zeitung durchblätterte. Ab und zu blickte er zu zwei Mädchen, die im Garten spielten. Wahrscheinlich seine Töchter. Sie spielten mit einem Ball. Das eine Mädchen warf den Ball, so hoch es konnte. Die Schwester musste ihn auffangen, bevor er den Boden berührte. Der Mann lächelte, als der Ball auf dem Kopf seiner Tochter landete.

Aus dem Haus kam eine Frau. Sie lächelte dem Mann zu und küsste ihn auf den Kopf. Dann stellte sie sich hinter ihn, umarmte ihn und ließ ihren Kopf auf seinen Schultern ruhen. Vollkommen glücklich sahen sie ihrem Nachwuchs beim Spielen zu.

Sam beruhigte das ganz und gar nicht. Für so einen Film wäre es nicht nötig gewesen, ihm die Augen aufzuzwingen. Er betrachtete den Garten auf dem Bildschirm und suchte nach dem Haken bei der Sache.

Lange brauchte er nicht zu warten. Die Haustür öffnete sich erneut und ein Mann und eine Frau mit einem fiesen Grinsen tauchten hinter dem glücklichen Paar auf. Die beiden packten die Eltern bei der Kehle und würgten sie. Die Gesichter ihrer Opfer wurden starr, die Augen waren weit aufgerissen. Ihre Münder öffneten sich, ohne dass ein Laut zu hören war. Statt lauter Schreie ertönte eine fröhliche Melodie. Der Kontrast zwischen Bild und Ton hätte krasser nicht sein können.

Unterdessen spielten die Kinder im Vordergrund fröhlich weiter. Was mit ihren Eltern geschah, ging völlig an ihnen vorüber, so vertieft waren sie in ihr Spiel. Nun wurden die Eltern zu Boden geworfen und unaufhörlich getreten. In den Magen, gegen die Brust, ins Gesicht, kein Körperteil wurde ausgelassen.

»Stopp!«, rief Sam.

Wie beim vorigen Mal floss Blut. Er wusste, dass die Angreifer nicht aufhören würden. Wieder fragte er sich, warum er diese Bilder ansehen musste. Was hatte das für einen Sinn?

»Ausschalten! Lasst mich los.«

Er versuchte, den Kopf loszureißen, doch der war bombenfest durch die Manschette an den Stuhl gefesselt und rührte sich nicht. Verzweifelt versuchte er die Augen zu schließen, aber die Zangen gaben keinen Millimeter nach.

»Ruhig, Herr Smith«, beruhigte ihn Colt. »Sie werden sich gleich besser fühlen.«

Colt setzte sich neben ihn und plötzlich spürte Sam einen Stich im Oberarm. Was war denn das? Er wollte hinsehen, aber es ging nicht. Seine Augen nahmen noch immer die Gewalt auf dem Bildschirm auf. Diese verfluchte Manschette!

Inzwischen prügelten die Angreifer mit Fäusten auf ihre Opfer ein, die sich kaum mehr bewegten. Die Kinder rannten weiterhin von einem Ende des Gartens zum anderen. Dumme Kinder, dachte Sam. Die hätten eine Tracht Prügel verdient, genau wie ihre Eltern.

Sam erschrak über den Gedanken, konnte aber nicht anders. Ein Glücksgefühl durchströmte ihn.

Als einer der Angreifer eine Peitsche hervorholte und den Familienvater damit bearbeitete, erschien ein Lächeln auf Sams Gesicht. Hau ihm die Hucke voll, dachte er. Der Spießer ist ja selbst schuld. Und bei jedem Peitschenhieb bewegte sich seine Hand leicht auf und nieder, soweit die Handfessel es zuließ. Am liebsten hätte er selbst mit der Peitsche in der Hand auf der Veranda gestanden.

Eine leise Stimme in ihm ermahnte ihn, dass es nicht normal war, was da in dem Film geschah. Und dass es schon gar nicht normal war, sich daran zu erfreuen. Aber dieses Gefühl ignorierte Sam so geflissentlich wie ein Lottogewinner einen Strafzettel.

Eine halbe Stunde lang weidete Sam sich an der grundlosen und übertriebenen Gewalt. Die Angreifer verschonten kein Körperteil der Eltern. Nach der Peitsche kam noch ein dicker Knüppel zum Einsatz und zu guter Letzt holten sie noch Benzin und ein Feuerzeug herbei.

Unter normalen Umständen hätte Sam sich vor Abscheu sämtliche Eingeweide aus dem Leib gekotzt. Nun jedoch sah er mit einem zufriedenen Grinsen zu und dachte, dass er sich noch nie besser gefühlt hatte. Das brennende Haus knisterte wie ein gemütliches Kaminfeuer.

Stunden später kam er in seinem Zimmer zu Bewusstsein und konnte sich kaum noch an das *Reaktionstraining* erinnern. Den Schmetterling, der sich nichts ahnend auf sein Nachtkästchen setzte, schlug er, ohne mit der Wimper zu zucken, mit der Faust zu Brei.

10

Ein alter Bekannter

»Spring!«

»Geht nicht!«

»Wieso geht das nicht? Spring doch!«

»Ich habe nichts an unter meinem Rock ...«

»Was? Na und? Das ist jetzt wirklich nicht der richtige Zeitpunkt, um sich darüber Gedanken zu machen!«

»Na klar, für dich sicher nicht. Du brauchst ja auch nicht allen deinen Intimbereich zu präsentieren!«

»Allen? Da wartet doch nur der verrückte Wout. Aber nicht mehr lange, wenn du noch länger trödelst!«

»Ich wette, dem verrückten Wout läuft jetzt schon der Sabber aus dem Mund. Deine Freunde konnte ich noch nie leiden.«

»Nun spring einfach. Es ist dunkel, niemand wird was sehen.«

»Der verrückte Wout hat Adleraugen, das weißt du so gut wie ich.«

»Wenn du weiter zögerst, darfst du alles den Gefängniswärtern zeigen. Hörst du das Knallen? Das sind keine Salutschüsse, die gelten uns!«

»Na gut. Ausnahmsweise.«

»Nun spring schon …«

Bei der Erinnerung an ihre gemeinsame Flucht musste Tommieboy lachen. Alles war wie am Schnürchen gelaufen, bis Emma anfing herumzuzicken. Glücklicherweise war sie dann doch noch in die fahrende Hüpfburg des verrückten Wout gesprungen, kurz bevor die Wachen sie fassen konnten.

Und nun saß er Tausende von Kilometern entfernt in einem Büro, das er sich unter den Nagel gerissen hatte. Er war ganz zufrieden mit diesem Trainingscamp, in dem er nun seit beinahe zwei Wochen wohnte. Sein Boss hatte da einen ziemlich ausgefuchsten Plan. Tommieboy hatte schon einen Großteil der Schüler begutachtet und sah schnelle Fortschritte, auch wenn die Schüler selbst das nicht erkannten. Er war überzeugt davon, dass sein Boss diesmal Erfolg haben würde. Die Rache würde süß werden …

Der Computer ließ das vertraute Signal hören, das wie ein altmodisches Telefon klang: Das war der Boss. Wenn man vom Teufel spricht … Tommieboy grinste. Der Boss würde das sicher als Kompliment auffassen. Er drückte auf einen Knopf und nahm den Anruf an.

»Ja, hier Tom.«

»Hallo, Tommieboy«, ertönte es durch die knacksenden Lautsprecher. »Alles unter Kontrolle?«

Tommieboy schüttelte sich. Sogar der Boss verwendete ständig das von ihm verabscheute »Tommieboy«, aber er hütete sich davor, ihn zu verbessern.

»Alles unter Kontrolle, Boss. Mit der Einführung sind wir durch, das *Reaktionstraining* wird verstärkt. Bei einigen Schülern kann man das Ergebnis schon deutlich erkennen. Die eigentliche Arbeit hat angefangen.«

»Zum Glück, denn wir haben nicht ewig Zeit. In drei Wochen muss es passieren, Tommieboy!«

»Das ist kein Problem. Wir sind sogar schon früher fertig.«

»Gut. Ab jetzt müssen die Wachen verstärkt werden. Die Schüler werden sich allmählich Fragen stellen und jede Form von Aufruhr muss im Keim erstickt werden.«

»Alles klar.«

Tom nickte in die Kamera, die auf dem Monitor stand. Er würde seinen Boss gerne auch sehen, aber das ging natürlich nicht. Je weniger er wusste, desto besser. Er wurde nicht dafür bezahlt, Fragen zu stellen. Nur eines konnte er sich nicht verkneifen.

»Boss, es gibt da einen Schüler, den ich mir gerne mal vorknöpfen möchte. Brauchen Sie sie wirklich alle?«

»Schlag dir das aus dem Kopf, Tommieboy! Zumindest im Moment. Wenn ein Schüler fehlt, werden die anderen misstrauisch. Das darf auf keinen Fall passieren!«

»In Ordnung, Boss«, sagte Tommieboy widerwillig, ohne sein Vorhaben aufzugeben. Vielleicht ergab sich ja doch noch eine Möglichkeit.

»Gut, das Lager muss mit harter Hand geführt werden. Ich weiß, dass ich mich auf dich verlassen kann, Tommieboy«, knackste die Stimme. »Tu, was du für nötig hältst.«

Ohne dass der Boss sich verabschiedet hatte, verstummte der Lautsprecher. Tommieboy wollte noch etwas sagen, aber es war zu spät. Er stand von seinem Stuhl auf und tigerte durch das Büro, die Arme hinter dem Rücken verschränkt wie ein Professor, der über einer neuen Erfindung brütet.

Nach einer Weile kam ihm eine Idee und er blieb stehen. Dann trat er zum Computer und tippte etwas auf der Tastatur. Nachdem er einige Minuten ungeduldig gewartet hatte, erschien Eves Gesicht auf dem Bildschirm.

»Eve, könntest du mit Jerome sofort in mein Büro kommen?«, fragte Tommieboy ohne Einleitung. Zeit für Erklärungen hatte er nicht.

»Natürlich, Tommieboy«, sagte Eve und verdrehte die Augen. Offenbar wusste sie nicht, dass eine Kamera auf sie gerichtet war. »Wir sind gleich da.«

»Ihr habt fünf Minuten.«

Katie lehnte sich keuchend an die Mauer, Schweiß lief ihr über das Gesicht.

»Geh ruhig schon vor. Ich komme dann«, ächzte sie.

»Nein, nein«, bot Sam an. »Ich warte auf dich.«

»Da kannst du lange warten«, sagte Katie. »Ich bleib hier noch eine Weile stehen. Nein, wirklich, geh ruhig vor. Ich komme dann, wenn ich so weit bin.«

Sams Gruppe hatte gerade mit einer anderen Gruppe Unterricht in *Kampftechniken* gehabt. Ausnahmsweise eine Stunde ohne Hilfsmittel. Das Einzige, was sie einsetzen durften, war ihr Körper. Im Kampf Mann gegen Mann mussten sie versuchen, sich gegenseitig auszuschalten. Ausschalten bedeutete in dem Fall, die Schultern des Gegners zu Boden zu drücken. Die Kämpfe ähnelten Ringkämpfen, denn es war – vorerst zumindest – nicht erlaubt, einander zu schlagen oder zu treten.

Die Lehrkraft, Herr Uzi, hatte ihnen eine Menge Techniken beigebracht, nicht nur um den Gegner zu Boden zu bringen, sondern auch um ihn abzuwehren.

»Ein Angriff erwächst aus der Verteidigung«, hatte er erklärt. »Sobald man jemanden in Schach halten kann, kann man ihn auch angreifen.«

Das war jedoch leichter gesagt als getan. Sam war in seinem ersten Kampf sofort am Boden gewesen. Sarah Sawyer war wie eine Wilde auf ihn losgestürmt. Sie besaß Kräfte, die Sam niemals für möglich gehalten hatte, und war ihm mit blitzenden Augen an die Kehle gegangen. Sam wich daraufhin überrascht zurück und verlor dabei das Gleichgewicht. Sarah hatte ihn verächtlich angeschaut, als Herr Uzi ihr den Sieg anzeigte.

Sein zweiter Kampf gegen Richard verlief ausgewogener. Richard hatte nicht diesen Hass in sich, den einige Schüler während des Trainingslagers bereits aufgebaut hatten. Sam bekam es mit der Angst zu tun, als er sah, wie sehr sich einige seiner Mitschüler in so kurzer Zeit verändert hatten. Er ertappte sich auch selbst dabei, dass er gefühlloser wurde. Wenn etwas nicht gelang, konnte er richtig zornig werden. Früher war er geduldiger mit sich selbst gewesen. Dennoch schüttelte er Richard sportlich die Hand, nachdem er den Kampf verloren hatte.

»Okay, dann bis später!«

Nun sah Sam Katie kurz an und lief dann durch den Gang davon. Die Stunde hatte tief im Inneren des Bunkers stattgefunden, und er musste einige Flure durchqueren, bis er bei den Zimmern ankam. An einer Kreuzung wusste er nicht weiter und zögerte.

Wenn ich hier rechts abbiege, statt geradeaus zu gehen, bin ich vielleicht ein bisschen schneller unter der Dusche. Das könnte eine Abkürzung sein, überlegte er.

Auf gut Glück entschied er sich für die Abzweigung. Der Gang war weniger gut beleuchtet als die anderen

Gänge und es roch mindestens genauso muffig. Sam fiel auf, dass an den Wänden und der Decke kaum Spinnweben hingen, ein Zeichen dafür, dass hier regelmäßig jemand entlangkam.

Doch schon kurze Zeit später stand er an einer Stelle, wo sich der Gang dreimal gabelte. Sam ging möglichst immer geradeaus und gelangte daraufhin in ein richtiges Labyrinth. Ständig stand er vor neuen Verzweigungen und entschied sich jedes Mal nach Gefühl für eine Richtung. Seine Rechnung, dadurch schneller ans Ziel zu kommen, ging nicht auf. Hätte er sich für den üblichen Weg entschieden, wäre er längst in seinem Zimmer. Insgeheim hoffte er, auf einen Wegweiser zu stoßen, doch das war genauso realistisch, wie auf einen Hamburgerverkäufer zu treffen.

»Ach, einen Hamburger, darauf hätte ich jetzt wirklich Lust!«, murmelte er vor sich hin.

Schließlich musste er sich eingestehen, dass er sich verlaufen hatte. Gleichzeitig dämmerte ihm auch, dass er vermutlich gar nicht hier sein durfte. Er wollte umkehren, verwarf aber den Gedanken wieder. Den Weg zurück wusste er ja auch nicht mehr. Wenn er weiterging, kam er vielleicht doch irgendwann irgendwo heraus.

Ein unangenehmer Gedanke kreiste wie eine lästige Fliege in seinem Kopf: Was war, wenn Ramón ihn hier erwischte?

Sam versuchte, diese Vorstellung zu verscheuchen, aber das gelang ihm nicht. Ramóns garstiges Gesicht ließ sich nur schwer wieder aus seinen Gedanken vertreiben.

Sams Schritte hallten in den leeren Gängen. Er hoffte, dass niemand ihn hörte. Vielleicht sollte er doch versuchen, umzukehren. Noch mehr verirren konnte er sich ja nicht.

Doch Sam kehrte nicht um. Das war nicht seine Art.

»Ich habe mich für diesen Weg entschieden. Jetzt gehe ich ihn auch, bis ich einen Ausweg finde!«, sagte er leise zu sich selbst.

Da hörte er von irgendwoher Stimmen. Sam sah sich ängstlich um.

Die Stimmen kamen näher.

Er musste sich verstecken. Doch wo?

Nicht weit von ihm war eine Abzweigung. Sam huschte hinein. Sollte er es wirklich riskieren? Aber er hatte keine Wahl. Schnell bog er nach links ab. Hinter ihm wurden die Stimmen lauter. Sich immer wieder umblickend, schlich Sam durch den düsteren Gang. Plötzlich stieß er gegen eine Wand und blieb abrupt stehen. Er saß in der Falle!

Die Stimmen waren nun ganz nahe. Sam presste sich gegen die Wand.

Ob man mich sehen kann?, durchfuhr es ihn. Doch er beruhigte sich sofort damit, dass es in dem Gang ziemlich dunkel war. Dennoch drückte er sich noch enger an die kalten Ziegelsteine. Eine Spinne begann, ihr Netz in seinen Haaren zu spinnen.

»Ich bin gespannt, was er jetzt schon wieder zu sagen hat«, hörte Sam eine Männerstimme.

»Wahrscheinlich gibt er wieder an, wie toll er ist!«, antwortete eine Frauenstimme.

»Alles geht schief, seit sie hier sind. Aber sie sind nun mal die Lieblinge vom Boss, da haben wir leider nichts zu melden.«

»Er behandelt uns fast so, als wären wir nicht mehr wert als diese verdammten Rotznasen!«

Sam konnte schon die Schatten des Mannes und der Frau im Gang sehen. Hoffentlich schauten die beiden nicht zur Seite. Etwas krabbelte seinen Nacken hoch, aber er regte sich nicht.

Eve und Jerome gingen vorbei, und Sam erkannte endlich, wen er vor sich hatte. Glücklicherweise waren die beiden jedoch so ins Gespräch vertieft, dass sie Sam nicht bemerkten. Sam seufzte erleichtert auf. Das war knapp.

Wohin gingen die beiden? Sie hatten über jemanden gesprochen. Wen sie wohl gemeint hatten? Jedenfalls schienen sie den Betreffenden nicht gerade zu mögen. Und sie hatten einen großen Boss erwähnt. Diese Bezeichnung hatte Sam schon einmal gehört, und zwar in seinem ersten Jahr auf der *Spy School*. Da hatte er für seinen Lehrer, Herrn December, ein Päckchen abliefern müssen und war in ein Haus gekommen, in dem einige Verbrecher sich über einen großen Boss unterhalten hatten. Gleich darauf hatte er einen gefesselten Jungen entdeckt und war mitten in einen Entführungsfall gestolpert.

Hoffentlich handelte es sich hier um einen anderen großen Boss, um den großen Boss der *Spy School* zum Beispiel.

Vielleicht hatten Eve und Jerome ja wirklich Autumn gemeint. Oder den großen Boss einer Hamburgerbude, der später noch Hamburger braten würde. Sam musste schon wieder ans Essen denken. Das lag nur an seinem knurrenden Magen.

Er trat aus der Nische, schüttelte sich die Spinne vom Kragen und ging zur nächsten Abzweigung. Dort folgte er dem Weg, den Eve und Jerome eingeschlagen hatten. Warum, wusste er nicht. Er tat es einfach und wusste zugleich, dass er sich in Gefahr begab. Aber sein sechster Sinn befahl ihm, in diese Richtung zu gehen

In der Ferne hörte er Eve und Jerome reden. Sie liefen weit genug vor ihm und würden ihn nicht entdecken. Hoffte Sam jedenfalls. Sein Kopf war voller widersprüchlicher Gedanken. Bestimmt würde er sich damit in Schwierigkeiten bringen. Warum musste er hinter allem eine Verschwörung vermuten? Er sollte einfach auf Summer und die *Spy School* vertrauen.

Okay, das Trainingslager war schon ziemlich eigenartig, aber dafür gab es sicher gute Gründe.

Trotzdem blieb Sam nicht stehen. Leise schlich er Eve und Jerome hinterher. Auf einmal wurden die Stimmen lauter. Das bedeutete, dass die beiden angehalten hatten. Sam tastete sich nun ganz langsam weiter. Er wollte Eve und Jerome und womöglich noch dem anderen Kerl nicht plötzlich Auge in Auge gegenüberstehen. Am Ende eines Ganges blieb er stehen und linste vorsichtig um die Ecke. Hastig zog er den Kopf zurück. Eve und Jerome standen vor einer Tür.

»Bist du sicher, dass wir hierherkommen sollen?«, fragte Jerome.

»Ganz sicher«, antwortete Eve leicht genervt.

»Warum macht er dann nicht auf?«

»Was weiß ich. Wahrscheinlich ist es ihm zu anstrengend, aufzustehen.«

In dem Moment öffnete sich die Tür.

»Da seid ihr ja endlich!«

Die Stimme kam Sam bekannt vor, obwohl er sie nicht recht zuordnen konnte. Er meinte aber, sie erst vor Kurzem gehört zu haben. Als die Tür zugefallen war, bog er um die Ecke. Er wollte unbedingt wissen, was in dem Zimmer besprochen wurde. Langsam legte er sein Ohr an die Tür, um zu lauschen.

»Das *Reaktionstraining* geht weiter und soll immer intensiver werden«, hörte er den Unbekannten sagen.

»Befehl vom Boss. Und die Wachen sollen verstärkt werden. Die Schüler könnten misstrauisch werden und jede Rebellion muss im Keime erstickt werden.«

»Aber wenn die Schüler merken, dass sie bewacht werden, wird sie das doch erst recht misstrauisch machen!«, protestierte Jerome.

»Zweifelst du etwa an den Ideen vom großen Boss?«, ertönte es streng.

»Natürlich nicht. Das würde ich nie wagen«, sagte Jerome schnippisch.

»Dann ist ja gut. Jetzt hört gut zu, was ich geplant habe: Operation Schwarzer Regen läuft gut, aber es könnte noch besser gehen. Und wenn du nach meinen Ausführungen noch Grund zum Jammern hast, dann heul dich woanders aus, capito?«

Als Sam dieses Wort hörte, krampfte sich sein Magen sofort zusammen. Auf einen Schlag war der Unbekannte nicht mehr unbekannt. Ein einziges Wort hatte seine Identität verraten. Voller Panik rannte Sam davon. Er dachte nicht einmal mehr daran zu erfahren, was der Mann geplant hatte. Er wollte nur weg. So schnell wie möglich.

Er hatte keine Ahnung, was hier los war, aber etwas war hier faul, so viel stand fest. Die *Spy School* mochte mit allerlei zweifelhaften Gestalten zusammenarbeiten, aber niemals mit einem Mann wie diesem. Nicht mit Tommieboy Hops.

11

Fünf vor zwölf

Sam sah sich im Speisesaal um. Das Essen war schon eine Weile vorbei, den Abwasch hatten ein paar arme Schlucker erledigt, die nicht genügend Fortschritte vorzuweisen hatten. Die meisten Schüler saßen noch beisammen, unterhielten sich über den Tag oder spielten etwas. Es war deutlich zu sehen, dass sich mittlerweile zwei Gruppen gebildet hatten. Eine Gruppe von acht Schülern sonderte sich vom Rest ab. Sie saßen an einem eigenen Tisch und schenkten den anderen gar keine Aufmerksamkeit mehr. In ihren Augen waren sie selbst die starken Schüler und die anderen die Schwächlinge, die Weicheier. Es waren die Schüler, die sich seit der Ankunft im Trainingslager am meisten verändert hatten und die sich am aktivsten am Unterricht beteiligten. Jimmy Mortimer, Sarah Sawyer und James Richards waren ihre Anführer. Sie gaben offenbar den Ton an, obwohl sich auch Vera Wilson, Ann Jones, David Edwards, Chandler Sterling und Dana Cooperfeld, die ebenfalls zu dieser Gruppe gehörten, lautstark zu Wort meldeten.

Sam hatte noch niemandem erzählt, was er herausgefunden hatte. Er musste es erst einmal verdauen. Tommieboy Hops hier bei ihnen im Trainingslager – das verhieß nichts Gutes!

Er hatte gehofft, dass er Tommieboy nie wiedersehen würde. Als vor eineinhalb Jahren in den Zeitungen und Nachrichten die Flucht von Tommieboy und Emma Block aus dem Gefängnis gemeldet worden war, hatte es Sam vor Angst die Kehle zugeschnürt. Doch dann hatte er in einem Zeitungsartikel gelesen, Emma und Tommieboy hätten sich ins Ausland abgesetzt, woraufhin er den Gedanken an sie wieder verdrängt hatte. Und nun saß er in einem Trainingscamp, das von dem Gangsterpärchen geleitet wurde. Das war doch kein Zufall!

Daphné unterhielt sich schon eine ganze Weile mit Jill Roberts, und Sam traute sich nicht, sie zu stören. Er wartete geduldig darauf, bis er sie allein erwischte. Unterdessen grübelte er weiter. Alle möglichen Theorien schwirrten ihm im Kopf umher, doch eine akzeptable Erklärung für Tommieboys und Emmas Anwesenheit fiel ihm nicht ein. Dass Emma dabei war, wusste er nicht sicher, aber die beiden gehörten zusammen wie die Höcker eines Trampeltiers. Wenn einer der Höcker fehlte, war es kein Trampeltier mehr.

»He, du Träumer.« Daphné musterte ihn besorgt. Jill war nirgends mehr zu sehen.

»Wo bist du denn mit deinen Gedanken? Ich dachte schon, du schläfst mit offenen Augen«, frotzelte Daphné.

Sam lächelte schief.

»Das willst du gar nicht wissen.«

Daphné ließ sich auf den Stuhl neben Sam plumpsen.

»Natürlich will ich das wissen. Du kennst mich doch nicht erst seit heute!«

Da hatte sie recht. Daphnés Neugier war außergewöhnlich. Hätte sie im fünfzehnten Jahrhundert gelebt und ein Schiff besessen, wäre sie noch vor Christoph Kolumbus in Amerika gelandet.

»Ich habe zufällig was entdeckt. Nicht erschrecken, es ist ein ziemlicher Schock.«

»Ich kann schon etwas vertragen«, behauptete Daphné selbstbewusst.

»Tommieboy Hops und Emma Block sind hier.«

Daphné sah ihn fragend an.

»Wo hier? In Costa Rica?«

Sam rückte näher zu ihr, aus Angst, dass jemand mithören könnte. Es durfte keine Panik entstehen.

»Nein, hier! Im Trainingscamp!«

Das letzte Mal, dass Daphné die Worte gefehlt hatten, war im Kindergarten gewesen. Sie hatte ein Buch vorlesen sollen, obwohl sie noch gar nicht lesen konnte. Da hatte es dem altklugen Kind zur großen Freude der Kindergärtnerin kurz die Sprache verschlagen. Lange hatte dieser Zustand allerdings nicht angehalten, denn Daphné hatte nach kurzem Nachdenken einfach selbst eine Geschichte erfunden, und die anderen Kinder hatten ihr gebannt an den Lippen gehangen.

Nun, Jahre später im Trainingscamp in Costa Rica, verschlug es ihr erneut die Sprache. Sie starrte Sam an, als hätte sie ein Gespenst gesehen, während er ihr erzählte, was er am Nachmittag erlebt hatte.

»Und sie haben über einen großen Boss gesprochen«, beendete Sam seinen Bericht. »Deshalb befürchte ich das Schlimmste.«

Daphné nickte nachdenklich. »Es ist schon sehr wahrscheinlich, dass dieser große Boss derselbe ist wie beim letzten Mal.«

»Aber die wichtigste Frage ist doch, was das alles zu bedeuten hat. Etwas ist faul. Aber was?«

»Dass etwas faul ist, haben wir ja schon vermutet, seit du die Wachmänner gesehen hast. Und jetzt lässt Tommieboy die Wachen noch verschärfen. Du hattest also recht: Die Wachen sollen uns im Auge behalten, nicht beschützen.«

Sie schauten beide nachdenklich vor sich hin. In diesem Moment brach die Gruppe von Sarah, James und Jimmy in Lachen aus. Ihr Gelächter war so laut, dass die anderen Schüler verärgert in ihre Richtung sahen.

»Das ist auch so etwas Eigenartiges«, sagte Sam und deutete mit einem Nicken auf die Gruppe. »So kenne ich sie gar nicht. Sie haben sich völlig verändert.«

»Das ist noch milde ausgedrückt. Ich habe manchmal das Gefühl, die können gar nicht mehr reden, nur noch knurren!«

»Es hat irgendwie mit diesem *Reaktionstraining* zu tun. Da muss es eine Verbindung geben«, sagte Sam. »Nur ...«

Er schwieg.

»Nur was?«, fragte Daphné.

»Ich weiß es nicht. Ich kann mich an die Trainingseinheiten hinterher kaum erinnern.«

Daphné nickte verständnisvoll.

»Geht mir genauso. Ich weiß zwar, dass uns viele Bilder voller Gewalt gezeigt werden, aber das ist es auch schon. Was soll das denn bringen?«

Sam zog die Schultern hoch und seufzte. Auf seiner Stirn erschien eine tiefe Furche.

»Ich weiß es wirklich nicht, Daphné. Ich weiß nur, dass wir hier wegmüssen. So schnell wie möglich. Was sie auch vorhaben, da steckt sicher etwas Böses dahinter.«

Daphné stand auf und schob ihren Stuhl zurück.

»Wir sind nicht allein. Ich warne die anderen Schüler. Heute Nacht um zwölf ist Versammlung in deinem Zimmer.«

Punkt zehn Uhr hörte man das Klicken der Sperranlage und die Schülerzimmer waren verschlossen. Sam hörte, wie Ramón noch eine Weile im Gang blieb. Erst als Ramón sich vergewissert hatte, dass die Schüler wirklich keinen Radau mehr machten, ging er davon.

Dennoch traute Sam sich nicht sofort, sein Zimmer zu verlassen. Ramón könnte ja noch mal zurückkommen, und es war schon tagsüber kein Spaß, ihm über den Weg laufen. Nachts würde es mit Sicherheit äußerst verhängnisvoll sein. Geduldig wartete Sam, bis es beinahe zwölf war. Nun würde Ramón bestimmt nicht mehr kommen. Hoffentlich hatte noch niemand bemerkt, dass die Tür defekt war, und den Schließmechanismus repariert.

Er drückte gegen die Zimmertür und spähte auf den Gang hinaus. Keine Spur von Ramón. Auf Zehenspitzen schlich Sam durch den Gang. Er drückte auf den Knopf, um die Türsperre aufzuheben, und hörte das Klicken der Türen. Danach eilte er wieder in sein Zimmer. Hier und da öffnete sich bereits eine Tür.

Zusammen mit Joe wartete Sam auf seine Mitschüler. Einer nach dem anderen kamen sie ins Zimmer und schauten sich dabei vorsichtig um, aus Angst, von Ramón erwischt zu werden. Fünf Minuten später saßen dreizehn Schüler in dem kleinen Raum.

»Kommt noch jemand?«, fragte Sam.

Die Schüler sahen sich gegenseitig an und zuckten mit den Schultern.

»Also nicht«, folgerte Sam.

Er sah in die Runde. Zwölf Schüler hatte er erwartet, alle, außer der Achtergruppe. Doch Jimmy Mortimer saß ebenfalls im Zimmer. Einige Schüler sahen ihn misstrauisch an. Was wollte der denn hier? Hielt er sie plötzlich nicht mehr für Weicheier?

Sam sah seine Anwesenheit als Vorteil an. Wenn sie hier wegwollten, mussten sie zusammenarbeiten. Vielleicht konnte Jimmy die anderen seiner Gruppe überzeugen, dass sie mithalfen.

»Warum hast du uns kommen lassen, Sam?«, fragte Ann Dent. »Wenn Ramón uns erwischt, geht's uns an den Kragen.«

Die anderen brummten zustimmend. Der Gedanke an Ramón ließ die Stimmung sofort auf den Nullpunkt sinken.

»Dass es gefährlich ist, ist mir schon klar«, antwortete Sam. »Aber was ich euch zu erzählen habe, ist das Risiko wert.«

Angesichts der neugierigen Blicke der anderen begriff er, dass sie das Lager völlig anders sahen als er. Für sie war es noch immer ein Trainingscamp, wenn auch mit ein paar eigenartigen Details.

»Euch sind sicher schon einige merkwürdige Dinge hier aufgefallen«, begann Sam. Ein paar nickten zustimmend, andere zogen die Augenbrauen hoch. »Ich habe herausgefunden, dass das kein Zufall ist. Es *gibt* etwas Eigenartiges hier, und das hat damit zu tun, dass es in Wirklichkeit kein Trainingslager der *Spy School* oder der CIA ist.«

Mit einem Mal vergaßen die Schüler, dass Ramón sie nicht hören durfte. Sie plapperten wild durcheinander und bombardierten Sam mit Fragen. Erst als Sam mit Daphnés Hilfe wieder für Ruhe gesorgt hatte, konnte er erzählen, was er an diesem Tag herausgefunden hatte. Er berichtete auch von den Wachmännern.

Im Zimmer wurde es ganz still. Es dauerte noch ein wenig, bis seine Worte angekommen waren.

»Also«, sagte Richard, »wenn ich das richtig verstehe, werden wir hier gefangen gehalten?«

Sam nickte.

»Aber warum kommen dann nicht unsere Lehrer und befreien uns?«

»Weil sie nicht wissen, wo wir sind«, antwortete Sam.

»Wahrscheinlich suchen sie schon eine ganze Weile nach uns. Zumindest hoffe ich das.«

»Natürlich suchen sie uns«, mischte sich Katie ein. »Es sind verdammt noch mal zwei Klassen entführt worden! Und es dauert bestimmt nicht mehr lange, bis sie uns gefunden haben!«

Katies Kampfgeist wirkte ansteckend. Die anderen nickten hitzig und fanden es mehr als wahrscheinlich, dass sie bald befreit werden würden.

Sam sah Katie gerührt an. Seit dem besonderen Moment in seinem Zimmer waren sie keinen Augenblick mehr allein gewesen. Und irgendwie schien es, als wüsste keiner von ihnen so richtig, wie sie sich benehmen sollten. Die ganze Woche hatten sie so getan, als wäre nichts geschehen, aus Angst, dass der andere seine Meinung vielleicht mittlerweile geändert haben könnte. Trotzdem hätte Sam Katie jetzt am liebsten in den Arm genommen. Warum tat er es nicht einfach?

»Wartet«, sagte Daphné. »Die Entführer wissen genau, was sie tun, das steht fest. Wie hätten sie es sonst geschafft, ein Flugzeug der CIA zu kapern?«

Das war nicht von der Hand zu weisen. Trotzdem waren die meisten nach wie vor felsenfest überzeugt, dass jeden Augenblick ein Angriff ihrer Lehrer auf das Lager zu erwarten war.

»Und offenbar können sie ihre Spuren gut verwischen«, fuhr Daphné fort. »Sonst würden unsere Lehrer ja schon längst hier auf der Matte stehen.«

Auf einigen Gesichtern zeigten sich deutliche Anzeichen von Verzweiflung.

»Können wir sie nicht einfach anrufen?«, fragte Ann Dent.

Sam schüttelte den Kopf. »Wie denn? Jerome hat unsere Handys, weißt du nicht mehr? Er hat sie uns nie zurückgegeben. Jetzt wissen wir auch, warum. Davon abgesehen bezweifele ich, dass wir hier überhaupt Empfang haben.«

»Wir können also nicht einfach jemanden um Hilfe bitten«, stimmte Daphné zu. »Unsere Lehrer suchen uns bestimmt, aber es kann gut sein, dass sie immer noch nicht wissen, wo wir sind. Und was ist, wenn sie es nicht bald herausfinden?«

Die anderen Schüler starrten zu Boden, als würde dort etwas Spannendes passieren.

»Was wird dann aus uns?«

Daphné hatte es fertiggebracht, in Rekordzeit den Optimismus der anderen in tiefe Niedergeschlagenheit zu verwandeln. Aber das war auch nötig. Ihre Mitschüler durften nicht glauben, dass sie nur auf ihre Lehrer warten mussten, um aus diesem Trainingslager rauszukommen. Sam versuchte, ihnen das zu erklären.

»Daphné meint, dass wir hier nicht Däumchen drehen dürfen«, sagte er. »Wer weiß, vielleicht stehen unsere Lehrer morgen früh hier vor dem Tor, aber verlassen können wir uns darauf nicht. He, wir sind doch Geheimagenten in Ausbildung, oder nicht?«

Bei den letzten Worten hoben sich wieder ein paar Köpfe. Die Gefühlslage im Raum war wechselhafter als das englische Wetter.

»Wenn wir zu lange warten, kann es gefährlich für uns werden. Es passieren schon jetzt einige Dinge, die echt nicht normal sind. Ein paar Schüler verändern sich schon.«

Als wären Sams Worte ein abgesprochenes Signal, drehten sich alle Köpfe zu Jimmy.

»Was ist?«, fragte er überrascht.

»Was tust du hier eigentlich?«, fragte John Cole. »Ich dachte, du hältst uns für Schlappschwänze und Weicheier, die keine Fortschritte machen?«

»Denkst du vielleicht, dass es mir hier gefällt?«, schnaubte Jimmy. »Ich will genauso gerne weg wie ihr!«

»Aber sicher doch«, murmelte Jill Roberts. »Du hast dich doch noch nie besser amüsiert. Du willst uns nur bespitzeln.«

Jimmy sprang drohend auf. »Das habe ich gehört!«

»So war es auch gedacht«, antwortete Jill und starrte ihn herausfordernd an.

»Psst«, flüsterte Katie. »Ihr müsst leiser ...«

Noch ehe sie zu Ende sprechen konnte, hallte schon Ramóns frostige Stimme durch den Gang.

»Ruhe jetzt, Kinder! Sonst seid ihr morgen schlecht gelaunt, und das will ich nicht. Denn schlecht gelaunte Kinder sind ungezogene Kinder und ungezogene Kinder werden bestraft. Und das werdet ihr wiederum nicht wollen.«

Ramón lachte laut. Hätten die Schüler wirklich geschlafen, wären sie spätestens jetzt alle wach gewesen. Die Schritte machten vor Sams Zimmer halt. Die Schüler konnten sein schweres Atmen genau hören.

Wenn Ramón die Klinke herunterdrückte, war es um sie geschehen! Sie konnten nur hoffen, dass er davon ausging, die Türen seien alle abgeschlossen.

Plötzlich hustete jemand. Jimmy. Die drei Schüler neben ihm bedachten ihn mit tödlichen Blicken. »Noch ein Mucks und du bist dran«, sollte das wohl heißen. Jimmy hielt sich die Hand vor den Mund und unterdrückte den Hustenreiz. Hatte er mit Absicht gehustet oder nicht?

Nach einiger Zeit entfernte sich Ramón wieder. Langsam, aber sicher kehrte die Farbe in die bleichen Gesichter der Schüler zurück. Die Erkenntnis, dass Ramón nicht einfach nur ein Aufseher war, sondern auf der Lohnliste einer brutalen Gangsterbande stand, war nicht gerade beruhigend.

»Was sollen wir tun?«, flüsterte Ann Dent ängstlich. »Ich will hier weg!«

Sam bereute es fast, dass er den anderen von seiner Entdeckung erzählt hatte. Er hatte ja nicht einmal einen Plan. Nun waren alle in Panik, und das würden die Aufseher bestimmt schnell merken. Aber was hätte er denn tun sollen? Zusammen hatten sie vielleicht noch eine Chance.

»Wir brechen aus«, sagte John Cole mutig. »Wir sind doch keine kleinen Kinder mehr, oder? Alle zusammen schaffen wir das schon.«

»John hat recht«, meinte Mark Van Ham sofort. Auch Jill, Ann und Julia stimmten zu.

»Am besten flüchten wir nachts!«

»Wenn wir es schaffen, den Bus zu klauen, können wir weit kommen.«

Die anderen ließen sich allerdings nicht so leicht überzeugen. Aus dem Lager zu fliehen, klang zwar ziemlich heldenhaft, doch sie durften auch die Gefahren nicht aus den Augen verlieren.

»Wie willst du es denn mit den bewaffneten Wachmännern aufnehmen?«, fragte Joe. »Willst du ihre Kugeln mit bloßen Händen abfangen?«

Wieder wurde es still. Spontan mit irgendwelchen Ideen herauszuplatzen, war eben einfacher, als einen schlüssigen Plan auszuarbeiten.

Sam beschloss, die Sache in die Hand zu nehmen.

»Hört mal zu. Ihr dürft nicht vergessen, dass wir angehende Geheimagenten sind. Ich finde, wir sollten nicht nur an Flucht denken. Wir müssen auch herausfinden, was sie vorhaben.«

Zu Sams Überraschung nickten die anderen zustimmend.

»Wenn wir entkommen, suchen sie sich eben andere Opfer für ihre Pläne. Aber wenn wir herausfinden, wer hinter dem Ganzen steckt, können wir die ganze Bande auffliegen lassen.«

Sams Worte hatten seinen Mitschülern wieder Mut gemacht. Überall in der Runde sah er geballte Fäuste und entschlossene Blicke.

»Trotzdem müssen wir hier so schnell wie möglich weg«, fuhr er fort. »Wenn wir noch länger bleiben, schaffen wir es vielleicht nie mehr zu entkommen. Unsere eigene Sicherheit geht vor. Dann können wir immer noch Hilfe holen. Fangen wir also mit einem Fluchtplan an. Hat jemand eine Idee?«

Die meisten schauten betreten an die Decke, die Wand oder auf den Boden. Sam seufzte. Erwarteten sie etwa, dass er auf alles eine Antwort wusste?

Joe zuckte mit den Schultern. »Schwierige Sache, Sam. Das weißt du so gut wie ich. Wenn wir noch Hilfe von draußen hätten oder so, dann ...«

»Das ist es!«, unterbrach ihn Katie. »Carolina kann uns helfen!«

Sam zögerte. »Ich weiß nicht. Sie hat schon genug Probleme.«

»Dann sage ich es anders«, sagte Katie. »Carolina *muss* uns helfen.«

12

Schocktherapie

Am nächsten Morgen war den Schülern, als würden sie aus einem fürchterlichen Traum erwachen. Ein Traum von einer Entführung, Wachmännern und einem unheimlichen Boss. Und das Fürchterlichste daran war, dass es gar kein Traum war.

Zeit zum Nachdenken gab es nicht. Sams Gruppe begann den Tag mit einer Unterrichtsstunde bei Frau Beretta, die mit der Bezeichnung *Präzision* angekündigt worden war. Die Stunden bei der Lehrerin hatten meist einen schwammigen Titel, aber fast immer ging es um Waffen und Gewalt. Es schien, als sollte mit dem Titel der eigentliche Inhalt des Unterrichts verschleiert werden. So wie man »das stille Örtchen« sagt, wenn man eigentlich die Toilette meint.

»Wenn Sie wollen, ich meine, wenn es Ihnen nichts ausmacht, dann könnten Sie vielleicht in die Weste schlüpfen, die hinter Ihnen hängt«, begann Beretta.

Die Schüler gehorchten sofort, aber weniger wegen Frau Berettas Befehl. Dazu kannten sie ihre Lehrerin mittlerweile zu gut. Die Gute würde niemanden zu etwas zwingen, weil sie viel zu unsicher dafür war. Doch während des Unterrichts war auch ein streng blickender Wachmann anwesend. Und der hatte ein durchschlagendes Argument zur Hand, um die Schüler dazu zu bringen, die Anweisungen ihrer Lehrerin zu befolgen: ein großes Gewehr.

Sam erkannte den Wachmann sofort. Es war der Kerl aus dem Wald, der sich mit dem Wachmann mit dem faulen Gebiss unterhalten hatte und von dem er beinahe erwischt worden wäre. Der Wachmann merkte, dass Sam ihn ansah, ließ sich aber nicht anmerken, ob auch er ihn erkannte. Er starrte einfach durch den Jungen hindurch.

»Passen die Westen?«, fragte Frau Beretta.

Die Schüler nickten. Die Westen spannten sich straff um ihre Oberkörper. Vorne war ein dickes, schwarzes Kabel befestigt, an dem eine Pistole hing, die in einem Köcher vor ihnen steckte. An der Rückseite waren die Westen über ein Spiralkabel mit einem Apparat an der Wand verbunden. Alle wunderten sich, wozu das gut sein sollte.

»Sind Sie sicher?«, fragte die Lehrerin besorgt. »Denn sonst kann ich die Westen gerne noch ein wenig anpassen.«

Niemand antwortete, woraufhin Beretta, nicht ganz zufriedengestellt, den Schülern das Unterrichtsziel erklärte.

»In dieser Stunde lernen wir das Zielen. Gleich werden Ihnen auf dem Monitor vor Ihnen einige Fotos gezeigt. Mit der Laserpistole, die vor Ihnen im Köcher steckt, müssen Sie versuchen, die Person auf dem Foto zu treffen. Das ist alles.«

Das war es schon? Das hatten sie doch schon öfter gemacht, wozu mussten sie dann noch diese blöde Weste anziehen?

»Haben das alle gut verstanden? Denn sonst erkläre ich es gerne noch einmal ...«

Verzweifelt starrte Beretta ihre schweigenden Schüler an, die keinen Mucks von sich gaben. Nur Sarah Sawyer stand schon mit der Pistole in der Hand da, bereit, alles abzuknallen, was ihr vor die Nase kam.

»Also einfach die Pistole nehmen und gut auf die Fotos zielen«, wiederholte Beretta zur Sicherheit. »Soll ich es Ihnen vielleicht einmal vormachen? Nein? Wie Sie wollen. Oder möchten Sie vielleicht doch, dass ich es vormache?«

Sam blickte noch einmal verstohlen zu dem Wachmann und sah ein leichtes Lächeln auf seinen Lippen. Das unprofessionelle Geschwätz der Lehrerin musste auf einen ausgebildeten Kämpfer in der Tat lächerlich wirken.

»Nun gut, sind alle so weit? Wirklich? Dann wollen wir beginnen. Oder gibt es noch Fragen?«

Beretta wartete eine gute Minute, um den Schülern die Gelegenheit für Fragen zu geben, und drückte dann auf das Knöpfchen einer Fernbedienung. Auf dem Bildschirm vor Sam erschien das Gesicht eines brutal aussehenden Mannes. Sam zielte und zog den Abzug. Das Foto verschwand und ein neues erschien. Diesmal lachte ihn eine schöne, junge, brünette Frau an. Sollte er auch auf sie schießen? Ohne nachzudenken, tat Sam, wie ihm befohlen war, und fuhr so Foto für Foto damit fort.

Währenddessen dachte er darüber nach, wieso ein Wachmann in ihrem Unterricht anwesend war. Warum jetzt auf einmal? Bei den vorigen Stunden hatte es das doch auch nicht gegeben.

Er versuchte, sich Tommieboys Worte wieder ins Gedächtnis zu rufen. Sollten die Schüler rebellieren, müssten eben die Wachen zum Einsatz kommen, etwas in der Art hatte er gesagt. Ob ihre Betreuer etwas bemerkt hatten?

Vielleicht hatte Ramón sie vorige Nacht ja doch gehört, sich aber dumm gestellt?

Sie würden äußerst vorsichtig vorgehen müssen.

Sam hatte inzwischen schon auf einige Fotos geschossen und jedes Mal getroffen. Nach dem x-ten Gangster erschien ein Foto auf seinem Schirm, das ihm bekannt vorkam. Er senkte seine Pistole und rieb sich die Augen. Die Person auf dem Bild war jedoch mehr als deutlich zu erkennen: Es war Summer!

Verbittert löste Sam den Finger vom Abzug. Er konnte doch nicht auf Summer schießen. Als Summers Foto verschwand, ging ein Schlag wie von einem Elektroschock durch Sams Körper. Was war denn das? Hatte das etwas mit der Weste zu tun?

Ein neues Foto tauchte auf: Nun erschien Daphnés Gesicht am Bildschirm. Auf Daphné schießen? Er dachte gar nicht daran! Ein weiterer Stromschlag machte ihm unmissverständlich klar, dass er genau das tun sollte. Der Schock war stärker als der zuvor und Sam spürte den Schmerz im ganzen Körper.

»Nicht so lange zögern, Herr Smith«, hörte er Beretta hinter sich. »Das ist nicht gut für Ihre Gesundheit.«

Sam sah sich um und stellte fest, dass seine Mitschüler vor der gleichen Entscheidung standen. Sowohl Katie und Jill als auch Richard bekamen immer wieder Elektroschocks verpasst. Sarah Sawyer knallte hingegen, ohne mit der Wimper zu zucken, alles ab, was ihr vor den Pistolenlauf kam.

Auch auf den folgenden Fotos waren Schüler und Lehrer der *Spy School* und der CIA abgebildet. Nach drei weiteren, immer stärkeren Stromschlägen musste Sam sich die Tränen aus den Augen wischen. Der Schmerz war unerträglich. Er *musste* schießen. Er biss die Zähne zusammen und zielte. Da lachte ihm Katie aus einem Foto entgegen und er brachte es einfach nicht fertig.

»Stopp!«, schrie er. »Ich will nicht mehr!«

Aber es hörte nicht auf. Ein neuer Schlag ließ ihn beinahe würgen. Auch die anderen Schüler protestierten nun lautstark.

»Weitermachen!«, trieb der Wachmann sie an. »Wenn ihr nicht schießt, tut es umso mehr weh.«

Sam bemerkte ein leichtes Zittern in der Stimme des Wachmanns. Auf dem Bildschirm erschien nun Autumn. Sam zielte und schoss – Treffer. Auch die folgenden Menschen auf dem Schirm mussten daran glauben, allesamt Personen, die er gut kannte. Aber alles war besser als dieser Schmerz …

Summer, der im selben Moment hinter seinem Schreibtisch in Langley saß, hatte keinen blassen Schimmer, dass seine Schüler gerade auf ein Foto von ihm schießen mussten. Und das war auch gut so, denn sonst wäre er wohl noch wütender geworden – falls das überhaupt möglich war. Seine Schüler waren nun schon seit beinahe zwei Wochen vermisst und noch immer gab es keine Spur von ihnen.

Die Untersuchung des ermordeten Michael Bulcane hatte auch keine neuen Erkenntnisse gebracht. Abgesehen von der Erkenntnis, dass dem Mann eine etwas gründlichere Körperpflege nicht geschadet hätte, waren sie keinen Schritt weitergekommen. Er war ermordet worden, das stand fest. Und zwar nicht zufällig, sondern aus einem ganz bestimmten Grund: Sein Tod diente der Irreführung des Piloten. So viel hatte Summer sich zusammenreimen können, mehr aber auch nicht.

Er hatte mit den Geheimdiensten verschiedener Länder Kontakt aufgenommen, doch niemand hatte ihm weiterhelfen können. Alle hatten versprochen, die Augen offen zu halten und ihm Bescheid zu geben, falls sie etwas entdeckten. Bis dahin musste Summer notgedrungen abwarten.

Die Ermittler hatten herausgefunden, dass das Flugzeug vor dem Abflug noch nachgetankt hatte. Also befanden sich die Schüler vermutlich relativ weit von Langley entfernt, aber sicher wussten sie das nicht. Es konnte auch nur ein Ablenkungsmanöver der Entführer sein.

Summer seufzte lang und tief. Die ganze Situation rief schmerzliche Erinnerungen hervor. Bilder einer längst vergangenen Suche schossen ihm blitzschnell durch den Kopf, aus der Zeit vor etwa zwanzig Jahren, als die *Spy School* gerade erst gegründet worden war. Davor hatte es auch schon eine Ausbildung für Geheimagenten gegeben, doch die ähnelte eher einem längeren Praktikum. Die Schüler waren auch älter gewesen und gingen mit achtzehn Jahren bei einem erfahrenen Geheimagenten in die Lehre, der ihnen alle Tricks und Kniffe beibrachte. Erst als Autumn die Agentenausbildung größer aufziehen wollte, war die *Spy School* in ihrer heutigen Form entstanden.

Summer und Spring hatten Autumn dabei geholfen. Die Leitung einer solchen Schule erwies sich als schwieriger als erwartet. Früher kam ein Agent auf einen Schüler, nun musste man sich plötzlich um ganze Klassen kümmern. Zudem musste man für Klassenzimmer, Stundenplan und Lehrkräfte sorgen. Besonders die Lehrer waren schwer zu finden. Selbst die besten Geheimagenten hatten oftmals Schwierigkeiten, ihre Kenntnisse Schülern zu vermitteln. Nicht wenige lehnten das Jobangebot dankend ab; sie standen lieber zehn gefährlichen Verbrechern gegenüber als einer Klasse voller Schüler.

Doch langsam, aber sicher war die *Spy School* Wirklichkeit geworden. Autumn machte ein großes Gebäude in London ausfindig, und verschiedene Geheimagenten fanden sich bereit, es mit einer Klasse aufzunehmen.

Nur eines änderte sich nicht: die Schüler. Sie wurden auf dieselbe Weise wie früher rekrutiert. Über einen weitvernetzten Aufklärungsapparat wurden mögliche Kandidaten ausfindig gemacht und Dossiers angelegt. Summer, Autumn und manchmal auch Spring observierten die Kandidaten eine Weile. Erst nach einer positiven Beurteilung wurde der Kandidat dann kontaktiert. Summer erinnerte sich noch genau an den ersten Jahrgang der *Spy School*. Acht Schüler waren damals in der Klasse gewesen; mehr geeignete Kandidaten hatte man nicht gefunden. Die acht fühlten sich auf der *Spy School* wie Könige. Da sie die ersten Bewohner des Gebäudes waren, sahen sie es als ihren persönlichen Besitz an. Auch in den folgenden Jahren, als neue Klassen dazukamen, ließ der erste Jahrgang noch gerne den Chef heraushängen.

Da sich alles noch in der Testphase befand und nicht immer alles eindeutig geregelt war, wuchs ihr Ego schneller als ihr Verstand. Die Lehrkräfte waren manchmal nicht ganz sattelfest in ihrem Stoff, was dazu führte, dass die Schüler sich eingebildet und besserwisserisch aufführten. Schon bald wurde deutlich, dass die Schüler sich nicht gerade positiv entwickelten. Nur ein Einziger aus dem Jahrgang brachte es letztlich bis zum Geheimagenten. Ein wirrer, aber intelligenter Junge, der nichts lieber tat, als Dinge zusammenzubasteln. Die *Spy School* sollte noch viel Freude an seinen Erfindungen haben. Und die Schüler heute liebten den Unterricht bei dem zerstreuten Herrn January. Alle anderen Schüler hatte man nach einer intensiven Hypnosebehandlung wieder ins normale Leben geschickt.

Mit *einer* Ausnahme.

Summer erinnerte sich noch lebhaft an die schelmische Caroline Moss, der man beinahe nichts abschlagen konnte und die das durchaus auszunutzen wusste. Autumn hatte eine vielversprechende Agentin in ihr gesehen, da sie Menschen in null Komma nichts um den Finger wickeln konnte. Summer hingegen war von Moss' Qualitäten nie überzeugt gewesen. Und er hatte recht behalten.

Als Moss' Jahrgang im vierten Jahr an der *Spy School* war – mit nur noch vier der acht ursprünglichen Schüler –, war ein Abschlusspraktikum geplant. Ein Praktikum, das die Realität des Agentenberufs demonstrieren sollte, gewissermaßen die Feuertaufe. Ein Jahr später wurden die Praktika wieder abgeschafft. Ab dann durften die Schüler erst nach ihrem Abschluss an der *Spy School* an einer Übungsmission teilnehmen. Und das lag nur an Moss.

Moss musste mit Geheimagentin November nach Deutschland reisen, wo sie einer Bande von Waffenhändlern auf der Spur waren. Die Bande erpresste führende Politiker, um ihre Ware verkaufen zu können. Trotz ihres jugendlichen Alters – Moss war damals sechzehn Jahre alt – hatte November sie in ein Casino geschickt, damit sie sich an den Kopf der Bande heranmachte. Und Moss zeigte, was sie konnte: An nur einem Abend hatte sie das Herz des Bandenchefs erobert. Dummerweise hatte der jedoch auch ihr Herz erobert. Er versprach ihr alles, was das Herz begehrte, und Moss wurde schwach. Sie entschied sich für ein Leben im Reichtum und verriet dem Bandenchef den Plan des Geheimdienstes. November konnte sich mit Mühe selbst in Sicherheit bringen. Die Bande aber verschwand spurlos, zusammen mit Moss.

Doch Moss' Traumleben währte nicht lange. Während sie ihr aufregendes Leben voller Reichtum und Verbrechen genoss, machten Summer und Autumn Jagd auf sie. Es dauerte nicht lange, bis sie ihr auf die Spur kamen. Der Kopf der Bande, der sich selbst noch mehr liebte als seine Freundin, ließ sie, ohne mit der Wimper zu zucken, fallen: Moss wurde auf frischer Tat auf einem Schiff voll mit gestohlenem Dynamit ertappt, während die übrige Bande spurlos verschwand. Summer und Autumn verhafteten Moss, die inzwischen dreiundzwanzig Jahre alt und daher voll strafmündig war. Moss musste für zehn Jahre hinter Gitter.

Doch Caroline Moss hatte andere Pläne. Nach knapp zwei Jahren hatte sie die Nase voll vom Gefängnis und konnte mithilfe von alten Kontakten fliehen. Summer verbiss sich geradezu in den Fall. Vergeblich. Moss war wie vom Erdboden verschluckt. Niemand hatte seither von ihr gehört. Gerüchte, sie sei wieder ins Verbrechermilieu abgetaucht, machten die Runde, andere munkelten dagegen, sie sei tot. Weder das eine noch das andere ließ sich bestätigen.

Die Suche nach Moss hatte Summer graue Haare beschert. Seit mehr als zehn Jahren war sie nun schon verschwunden. Anfangs dachte er noch, es sei nur eine Frage von Wochen oder gar Tagen, bis er sie erwischt hätte. Letztlich aber hatte er in all den Jahren keine Spur von ihr gefunden.

Ein beunruhigender Gedanke kam ihm in den Sinn. Wenn er nun auch keine Spur von seinen Schülern mehr fand? Sie schienen wie Moss vom Erdboden verschwunden zu sein. Würde er auch nach ihnen viele Jahre vergeblich suchen?

In Moss' Fall konnte er sich immerhin damit trösten, dass sie höchstwahrscheinlich tot war. Sie selbst hatte sich für ein gefährliches Leben entschieden und den Preis dafür bezahlen müssen. Aber die entführten Schüler standen auf der richtigen Seite. Wenn sie diese Sache nicht überlebten, war das seine Schuld. Er hatte die Verantwortung für sie. Er *musste* sie finden!

Sams Körper zitterte noch immer wegen der Elektroschocks, die er am Morgen bekommen hatte. Und ihm war jetzt noch schlecht bei dem Gedanken, dass er die ganze Zeit auf seine Freunde geschossen hatte. Vor allem beunruhigte ihn, dass es immer einfacher geworden war. Am Ende hatte er fast ohne Probleme auf die

Köpfe seiner Mitschüler gezielt. Hauptsache, er bekam keine Elektroschocks mehr.

Daphné und er hatten das Essen hinuntergewürgt und dann den Speisesaal verlassen. Sie wollten Carolina suchen, die diesmal nicht an der Essensausgabe gewesen war. Sam hatte in einer Stunde wieder *Reaktionstraining*, deshalb mussten sie sich beeilen.

»Bist du sicher, dass es geht?«, fragte Daphné.

»Ja, klar«, murmelte Sam. »Mach dir keine Sorgen.«

Daphné sah ihn eindringlich an.

»Du siehst ziemlich bleich aus.«

Daphné hatte das Fach *Präzision* noch nicht gehabt und wusste deshalb nicht genau, was Sam durchgemacht hatte.

Sie selbst hatte gerade eine ruhige Stunde *Waffenkunde* hinter sich gebracht und brannte darauf, einen Fluchtplan auszuhecken. Mit großen Schritten marschierte sie Sam voraus durch die Gänge des Bunkers.

»Ich habe nachgedacht«, sagte sie zu ihm.

»Echt jetzt?«, fragte Sam.

»Sehr witzig, Herr Smith. Pass auf, ich habe mir gedacht … Der Bunker ist doch größtenteils unter der Erde, oder?«

Sam nickte. »Stimmt.«

»Und der vordere Ausgang wird die ganze Zeit bewacht.«

Sam nickte erneut. Er fragte sich, worauf Daphné hinauswollte.

»Na ja, ich glaube, dass es noch andere Ausgänge geben muss. Es kann doch nicht sein, dass das der einzige Zugang ist, oder?«

Sam dachte eine Weile über Daphnés Worte nach. Der Bunker war sehr groß, da schien es eigentlich mehr als logisch, dass mehrere Eingänge vorhanden waren. Aber wo sollten die sein? Das fragte er auch Daphné.

»Das weiß ich auch nicht. Und deshalb brauchen wir Carolinas Hilfe. Wir können unmöglich versuchen, auf gut Glück eine Fluchtmöglichkeit zu finden!«

Daphnés Schlussfolgerung war wie immer ebenso einfach wie schlau. Die besten Pläne glänzen meist durch ihre Schlichtheit. Sam hoffte inbrünstig, dass das hier auch so ein Plan war.

Aber erst mussten sie Carolina so weit bekommen, dass sie mitmachte. Ob ihnen das gelang?

Sie sollten es schon bald erfahren, denn als sie wieder in einen Gang einbogen, entdeckten sie die Frau. Sie trat gerade aus einer Tür und drehte den Schlüssel im Schloss. Neben der Tür standen ein Eimer Wasser und ein Schrubber. Für eine Putzfrau allein war dieser riesige Bunker viel zu groß, aber das scherte Tommieboy sicher wenig.

»Carolina?«

Die Putzfrau erschrak, als sie Daphnés Stimme hörte. Offenbar hatte sie in diesem Teil des Bunkers niemanden erwartet. Bei Sams und Daphnés Anblick entspannte sie sich und lächelte.

»Hallo, Sam. Hallo, Daphné. Was machen ihr hier?«

»Hi, Carolina«, sagte Sam. »Wir wollen dich was fragen.«

»Mich fragen? Warum?«

Carolina war es offenbar nicht gewohnt, dass man sie etwas fragte. Vermutlich zählte ihre Meinung normalerweise so viel wie die der Spinnen, deren Netze sie entfernen musste.

»Es ist wichtig«, sagte Daphné und sah sich besorgt um, ob auch niemand sie hören konnte. »Wir haben etwas entdeckt.«

Carolina zog die Augenbrauen hoch.

»Etwas entdeckt? Was denn?«

»An diesem Trainingscamp hier ist was faul«, erklärte Sam. »Da stecken Gangster hinter!«

Carolina war nicht besonders beeindruckt und seufzte.

»Das ich schon lange wissen. Meine Kinder ...«

Sam und Daphné sahen sich schuldbewusst an. Sie waren erst aktiv geworden, als ihr eigenes Leben auf dem Spiel stand. Die Tatsache, dass Carolinas Kinder in Gefahr waren, hatten sie als notwendiges Übel des Lagers in Kauf genommen. Sie hatten es zwar schlimm gefunden, aber nichts unternommen.

Doch was hätten sie auch tun sollen? Sie wussten ja nicht einmal, wo die Kinder waren.

»Wir müssen hier weg, Carolina«, sagte Sam leise. »So schnell wie möglich.«

Carolina nickte. »Ist gut. Ihr viel Erfolg.«

»Aber wir kommen hier nicht so einfach raus«, fügte Daphné hinzu, als sie sah, dass Carolina nicht kapierte, was sie von ihr wollten. »Wir brauchen deine Hilfe.«

»Meine Hilfe? Warum?«

»Wir kennen das Gebäude nicht so gut«, erklärte Sam. »Wenn wir entkommen wollen, brauchen wir einen Plan von dem Bunker.«

»Ich nicht haben«, entschuldigte sich Carolina, die anscheinend nicht begriff, was das mit ihr zu tun hatte.

»Aber du kannst uns einen besorgen«, half Daphné ihr auf die Sprünge. »Du putzt doch alle Büros hier?«

»Ja, schon.«

»In Tommieboys oder Jeromes Büro liegt vielleicht irgendwo ein Plan«, sagte Sam. »Kannst du den nicht heimlich mitnehmen?«

Nun schüttelte Carolina energisch den Kopf. »Nein, nein! Ich nicht tun! Ist gefährlich!«

Daphné sah Sam enttäuscht an. Carolina war die Einzige, die ihnen helfen konnte. Aber wenn sie sich nicht traute ...

»Bitte, Carolina. Wir brauchen deine Hilfe wirklich dringend.«

Daphné setzte das mitleiderregendste Gesicht auf, das Sam je gesehen hatte. Ein trauriger Welpe war nichts dagegen.

»Nein! Ich erwischt werden. Gefährlich!«

Carolina packte demonstrativ Eimer und Schrubber.

»Und jetzt ich muss arbeiten! Tut leid.«

Zögernd entfernte sie sich. Doch Sam wollte nicht so schnell aufgeben. Er musste es anders versuchen.

»Carolina, was haben die mit uns vor? Sie führen etwas im Schilde, aber wir wissen nicht, was.«

»Tut mir leid, Sam. Ich kann nicht ...«

»Willst du immer so weitermachen? Jeden Tag mit der Angst leben, dass du deine Kinder nie mehr wiedersiehst? Wie lange ist es her, dass du sie zuletzt gesehen hast?«

Sam wusste genau, dass die Kinder Carolinas wunder Punkt waren. Er fand es mies von sich, ihr mit diesem Argument zu kommen, aber er hatte keine andere Wahl. Carolina drehte sich mit versteinerter Miene zu ihm um.

»Drei Wochen.«

»Drei Wochen? So kann das doch nicht weitergehen!«, rief Daphné empört. »Wenn wir hier rauskommen, können wir dafür sorgen, dass dir geholfen wird.«

Carolina sagte nichts. Ihr kamen offenbar Zweifel.

»Wir brauchen ja nur die Papiere«, sagte Sam. »Niemand wird bemerken, dass sie weg sind, weil sie sie wahrscheinlich gar nicht verwenden.«

Die Putzfrau senkte den Kopf, starrte zu Boden und sah Daphné und Sam schließlich wieder an.

»Ich weiß nicht ... Vielleicht ... Nein, tut mir leid.«

Damit drehte sie sich um und ging so schnell wie möglich davon. Daphné und Sam blieben mutlos zurück. Nun mussten sie wieder ganz von vorne anfangen.

13

Teile und herrsche!

Tommieboy und Emma kannten sich schon von Kindesbeinen an. Sie wohnten in derselben Straße und gingen auf dieselbe Schule. Sie hielten zusammen wie Pech und Schwefel. So gut wie nie spielten sie mit anderen Kindern, immer nur miteinander.

Das lag auch daran, dass Tommieboys und Emmas Spiele sich von denen anderer Kinder ein wenig unterschieden. Während die anderen Kinder Fangen, Verstecken oder Vater, Mutter, Kind spielten, bevorzugten Tommieboy und Emma Klauen, Einbrechen oder Überfall. Manchmal spielten sie auch Bewaffneter Überfall, das hing davon ab, ob sie ihren Kindergartenfreunden ihr Essensgeld mit oder ohne Stock abknöpften.

Klauen spielten sie in Geschäften. Das Spiel war ganz einfach: Wer das meiste stehlen konnte, ohne erwischt zu werden, hatte gewonnen. Wenn man erwischt wurde, aber noch weglaufen konnte, bekam man die Hälfte der Punkte. In dieser Disziplin gewann meist Emma. Mit ihren flinken Händen und ihrem unschuldigen Gesicht kam sie mit so manchem davon. Die meisten Ladenbesitzer, die gestohlene Süßigkeiten in ihren Taschen entdeckten, fragten nur, welcher Bengel ihr die wohl hineingesteckt hatte.

Beim Einbrechen war Tommieboy der Beste. Seine Stärke waren vor allem Autos. Aber auch in Häuser kam er blitzschnell hinein. Als Kind war er eher schmächtig und konnte sich überall hindurchwinden.

Und nun, dreißig Jahre später, lag Tommieboy mit Emma tief unten in einem Bunkerzimmer in einem Bett.

»Blöd, dass der Boss verboten hat, dass ich mir Sam Smith vorknöpfe«, brummte Tommieboy. »Ich hätte ihm so gerne gezeigt, wie süß Rache sein kann.«

»Mach dir mal keine Sorgen«, beruhigte ihn Emma. »Du bekommst deine Chance schon noch.«

»Meinst du?«

»Na klar. Sobald der Boss die Kinder nicht mehr braucht, wird es ihm doch piepegal sein, was mit ihnen passiert.«

Tommieboy überlegte. »Hm, da könntest du recht haben.«

Er lächelte bei dem Gedanken daran, was er mit Sam alles anstellen würde.

»Natürlich habe ich recht«, sagte Emma selbstsicher. »Ich habe doch immer recht.«

»Meistens, ja«, musste Tommieboy zugeben. Emma gab sich mit dieser Antwort allerdings nicht zufrieden.

»Meistens? Sag mir doch mal, wann es nicht so war.«

Tommieboy dachte lange nach, aber es wollte ihm einfach nichts einfallen. Emma deutete sein Schweigen als Zustimmung.

»Da hast du es. Ich habe sogar recht damit, dass ich immer recht habe. Und das geht nur, wenn es auch tatsächlich immer so ist.«

»Ja, ja, schon gut«, sagte Tommieboy, der wusste, wie gern Emma sich in solche Sachen hineinsteigerte. »Trotzdem würde ich Sam nur zu gerne schon jetzt ein wenig leiden sehen.«

»Na, das ist doch kein Problem«, sagte Emma, fest entschlossen, noch einmal recht zu behalten. »Schau, die Kids haben hier im Lager nur sich. Sie unterstützen sich gegenseitig, und das gibt ihnen Halt. Verstehst du?«

Tommieboy nickte bedächtig.

»So weit kann ich dir folgen. Sprich weiter.«

»Sorge dafür, dass Sam seine engsten Freunde verliert. Er wird davon nicht sterben, aber sein Aufenthalt im Lager wird dadurch sicher deutlich unangenehmer.«

Emma sah Tommieboy triumphierend an, stolz, weil sie sich das in so kurzer Zeit überlegt hatte.

Tommieboy dachte kurz darüber nach. Ein Plan reifte in ihm. »Ich geb das mal an Eve und Jerome weiter«, sagte er. »Meinst du, sie schlafen schon?«

Emma blickte auf die Uhr über der Zimmertür. Kurz vor Mitternacht. Ein dreckiges Grinsen erschien auf ihrem Gesicht.

»Ich denke schon. Los, ruf Jerome an!«

»Aufstehen! Aufstehen!«

Sam und Joe wurden durch lautes Pochen an der Tür geweckt. Wer machte denn so früh am Morgen so viel Krach?

»Aufstehen! Aufwachen, ihr Faulpelze!«

Sam rieb sich die Augen und sah Joe fragend an. Der zuckte verschlafen mit den Schultern. An seinen Augenringen erkannte Sam, dass es noch sehr früh sein musste.

»Aufstehen! In fünf Minuten vor dem Bunker! Wer zu spät ist, bekommt kein Essen!«

Das konnte nur einer sein: Ramón. Und das konnte nur eines bedeuten: dass sie sich wirklich beeilen mussten, denn Ramón machte mit Sicherheit keine Scherze – auch nicht so früh am Morgen.

Joe und Sam sprangen aus den Betten und angelten sich ihre Klamotten. Der Zeitplan erlaubte keine Dusche, nur eine kurze Katzenwäsche am Waschbecken. Sam schüttete sich eine Handvoll eiskalten Wassers ins Gesicht und zitterte.

»Sam!«

Joes Stimme klang aufgeregt. Was war denn? Sie hatten doch noch Zeit?

»Sam! Schau mal, was da an der Tür liegt.«

Sam sah auf. Joe lief zur Tür und hob etwas auf. Es war eine Plastikmappe mit einigen Papieren darin.

»Jemand muss das in der Nacht unter der Tür durchgeschoben haben«, sagte Joe und zeigte Sam seinen Fund.

Sam nahm die Mappe und begutachtete den Inhalt. Es handelte sich um Zeichnungen wie von einem Architekten. Sam traute seinen Augen nicht. Das musste der Grundriss des Bunkers sein!

»Sam, was ist das?«

Joe nahm ihm die Blätter aus der Hand und betrachtete sie, wurde aber nicht schlau daraus. Sam antwortete nicht. Er war in Gedanken bei Carolina. Dann hatte sie es also doch gewagt, ihnen zu helfen.

»Danke, Carolina«, murmelte er leise.

»Von wem sprichst du? Sam, was ist das für ein Gebäude?«

Joe sah mit einem Auge auf die Armbanduhr und wedelte nervös mit der Mappe. Sie durften auf keinen Fall zu spät kommen. Dabei fiel ein kleiner Gegenstand klirrend zu Boden.

Sam bückte sich und hob ihn auf. Es war ein Schlüssel.

»Wofür der sein mag?«, fragte Sam sich laut.

»Na ja«, hüstelte Joe. »Vermutlich, um ein Schloss zu öffnen, Sam. Du bist wohl noch nicht ganz wach?«

»Danke für die Aufklärung, Joe«, sagte Sam geduldig. »Dass ein Schlüssel nicht dazu dient, in meinem Ohr herumzustochern, ist mir auch klar. Aber zu welchem Schloss könnte er passen?«

»Oh.«

Joe tat so, als würde er über Sams Frage nachdenken, dabei schaute er in Wirklichkeit nur auf seine Uhr. Er wollte auf keinen Fall zu spät kommen.

»Ich habe, ehrlich gesagt, keine Ahnung, Sam, aber ich weiß, dass wir noch genau eine halbe Minute haben, um vor dem Bunker zu erscheinen. Ich schlage vor, wir beeilen uns.«

Noch ehe er zu Ende gesprochen hatte, stürmte Joe schon aus der Tür. Sam versteckte die Pläne und den Schlüssel unter seinem Kopfkissen und spurtete hinter ihm her. Beim Rennen fragte er sich, warum sie eigentlich solche Angst vor Ramón hatten. Immerhin hatte er bisher noch niemals einen Schüler bestraft. Zumindest hatte Sam nichts davon mitbekommen. Aber vielleicht war es besser, es nicht darauf ankommen zu lassen.

Sam hatte sich gerade noch ganz hinten in der Schülergruppe vor dem Bunker eingereiht, als Ramón seine Stoppuhr anhielt. Der Aufseher wirkte enttäuscht.

»Da seid ihr ja alle«, sagte Ramón. »Aber einigen von euch gefällt es offenbar, auf Risiko zu spielen.«

Dabei richtete er die Augen auf Sam und Joe. Die erwiderten seinen Blick, als wären sie sich keiner Schuld bewusst. Was sollte das? Sie waren doch pünktlich gewesen.

»Leider haben Sie es alle geschafft. Schade, aber kein Weltuntergang. Nächstes Mal verkürze ich die Zeit einfach um eine Minute!«

Entrüstetes Murren ertönte aus der Gruppe, das aber schnell wieder verstummte, als Ramón nun brüllte: »Ich bitte um Aufmerksamkeit für Jerome und Eve. Sie haben Ihnen etwas Wichtiges mitzuteilen.«

Jerome und Eve kamen aus dem Bunker geschlendert. Ihr müder Gesichtsausdruck ließ vermuten, dass diese frühe Schülerversammlung nicht auf ihrem Mist gewachsen war. Tommieboy und Emma hingegen waren nirgends zu sehen.

Jerome hob die Hände und gebot den Schülern zu schweigen – eigentlich unnötig, denn zu dieser Uhrzeit war keinem nach Reden zumute. Nachdem Jerome sich vergewissert hatte, dass alle ruhig waren, begann er mit lauter Stimme zu sprechen.

»Liebe Schüler! Ich bin sehr zufrieden mit Ihrem Reaktionsvermögen. Sie schaffen es offenbar mühelos, auf eine Notsituation umzuschalten, auch wenn Sie gerade aus tiefem Schlaf geweckt worden sind. Das wird Ihnen in Ihrem Leben als Geheimagenten noch sehr nützlich sein.«

Jerome hatte natürlich keine Ahnung, dass die meisten Schüler mittlerweile darüber im Bilde waren, dass mit dem Trainingscamp etwas nicht stimmte, und seinen Worten daher mit dem nötigen Misstrauen lauschten.

»Sie fragen sich, warum wir Sie heute in aller Frühe hier zusammenkommen lassen? Um unser Interesse an Ihnen zu beweisen. Ihr Tun und Treiben liegt uns am Herzen. In guten ebenso wie in schlechten Zeiten. Und meiner Meinung nach gibt es noch zu viele schlechte Momente bei Ihnen.«

Jerome machte eine Pause und musterte die Gruppe mit einem strengen Blick, was wenig bis gar keine Wirkung zeigte. Ob Jerome mit ihnen zufrieden war, kümmerte die Schüler wenig.

»Darum werde ich mit der schlechten Nachricht beginnen. Uns ist zu Ohren gekommen, dass drei Schüler sich nicht an die Regeln gehalten haben. Damit haben sie einen großen Fehler begangen. Und wer einen großen Fehler begeht, muss bestraft werden.«

Die Schüler sahen sich erschrocken an. Es war das erste Mal, dass so etwas passierte. Wen meinte er nur?

»Diejenigen, die ich gleich nenne, wissen, was sie getan haben. Protest ist zwecklos. Sie werden heute mit Ramón gehen müssen.«

Ramón trat breit lächelnd vor. Schon allein dieses dreckige Grinsen trieb den Schülern die Schweißtropfen auf die Stirn. Jerome zog einen Zettel aus der Tasche und räusperte sich.

»John Cole, Jill Roberts und Katie Lynn.«

Die Namen hallten durch die Morgenluft. Die drei Schüler blickten ängstlich und fragend zu ihren Mitschülern, doch die zuckten nur verzweifelt mit den Schultern, verärgert über das Unrecht, das man ihren Klassenkameraden antat, aber auch heilfroh, dass es nicht sie selbst traf. Jerome achtete nicht darauf und fuhr, ohne mit der Wimper zu zucken, fort.

»Glücklicherweise habe ich auch noch gute Neuigkeiten! Für seine bereitwillige Mitarbeit in einer delikaten Angelegenheit wird Sam Smith belohnt.«

Sam fiel aus allen Wolken – wie ein Fallschirmspringer ohne Fallschirm.

Eine Belohnung?, durchfuhr es ihn. Wofür das denn? Ich habe doch nirgends mitgearbeitet!

»Herr Smith erhält dafür einen Fernsehapparat und eine Spielkonsole, die in sein Zimmer gestellt werden. Diese Belohnung gehört jedoch nur ihm. Wer dabei erwischt wird, wie er unbefugt auf Sam Smiths Konsole spielt, kann sich auf einen kleinen Ausflug mit Ramón gefasst machen.«

Jerome rieb sich nochmals die Augen und starrte in die Ferne. Hätte er anstatt einer Schülergruppe eine

Herde Nashörner vor sich gehabt, wäre ihm das in diesem Moment noch nicht einmal aufgefallen.

»Das war es fürs Erste. Sie dürfen nun in den Speisesaal zum Frühstück gehen. Mit Ausnahme der drei Schüler, die mit Ramón gehen müssen, natürlich. Für sie gibt es heute kein Frühstück.«

Alle schauten auf die vier Schüler, die Jerome namentlich genannt hatte. Sam sah sich um und bemerkte böse Blicke und Zweifel in den Augen seiner Mitschüler. Dachten sie etwa …?

Er wusste doch auch nicht, warum er belohnt wurde. Er hatte nichts gesagt und nichts getan. Dennoch schienen die anderen einen Zusammenhang zwischen seiner Belohnung und der Bestrafung der drei anderen zu sehen. Sam wäre es vermutlich ebenso gegangen. Aber da gab es keinen Zusammenhang! Wie konnte er das den anderen klarmachen?

»Roberts, Cole, Lynn. Mitkommen!«

Die sonst so mürrische Stimme von Ramón klang zur Abwechslung freudig erregt. Jill, John und Katie sahen sich nervös an. Dass sie keine Ahnung hatten, was sie getan haben sollten, machte die Strafe gleich zehnmal schlimmer.

»Sam, was läuft hier eigentlich?«

Katies Stimme stach ihm ins Herz. Ihre unfassbar enttäuschten Augen schauten ihn an. Sam schüttelte den Kopf.

»Katie, ich weiß von nichts. Das schwöre ich!«

Sam wollte zu ihr gehen, doch sie wich zurück. Und mit ihr die anderen Schüler.

Missbilligend und misstrauisch sahen sie ihn an. Nur Daphné blieb an seiner Seite.

»Roberts, Cole, Lynn. Auf geht's!«

Langsam drehten sich die Opfer um und schlurften mit hängenden Schultern zu Ramón, voller Angst, was nun auf sie zukommen würde.

Sam wollte ihnen noch etwas hinterherrufen. Seine Unschuld hinausschreien. Katie sagen, dass er an sie dachte. Aber er wusste, dass nichts, was er sagen würde, die anderen von seiner Unschuld überzeugen könnte.

Die anderen Schüler gingen zurück zum Bunker. Katie folgte Ramón und sah sich noch einmal zu ihm um. Ihr niedergeschlagener Gesichtsausdruck sprach Bände. Sie fühlte sich von ihm betrogen.

»Daphné, ich schwöre, ich habe nicht ...«

Daphné legte ihm beschwichtigend die Hand auf die Schulter.

»Du brauchst dich nicht zu verteidigen, Sam.«

»Es stimmt aber. Ich habe keinen blassen Schimmer, was hier läuft!«

»Ich glaub dir ja, Sam«, sagte Daphné ruhig. »Beruhige dich doch erst mal.«

»Aber ich ... Wirklich?«

Sam sah seiner Freundin in die Augen. In seinem Innersten tobte ein Sturm. Er war wütend und traurig zugleich, doch Daphné war die Ruhe selbst. Sie war wie ein Leuchtturm, der die Schiffe durch den Sturm lotste.

»Natürlich glaube ich dir. Du würdest doch nie im Leben jemanden verraten!«

Sam lächelte erleichtert. Daphnés bedingungsloser Rückhalt tat ihm gut.

»Und erst recht nicht jemanden, den du so gernhast«, fügte Daphné leise hinzu.

Sam spürte, wie er rot wurde. Daphné hatte es also bemerkt! Er nahm sie bei der Hand und zog sie mit sich fort.

»Danke, Daphné. Jetzt musst du nur die anderen noch überzeugen. Sonst ist unser Fluchtplan in Gefahr. Komm, ich will dir was zeigen.«

»Und unser Frühstück?«

»Das kann warten.«

Sam ließ Daphnés Hand erst los, als sie vor seinem Zimmer standen. Mittlerweile war auch Daphné ganz aufgeregt vor Neugier. Und Sam überlegte immer noch krampfhaft, was da draußen eigentlich abgelaufen war.

»Was wolltest du mir zeigen?«, fragte Daphné.

Sam öffnete die Tür, ging zu seinem Bett und zog unter seinem Kissen die Pläne des Bunkers hervor.

»Was ist das?«

Statt zu antworten, reichte Sam Daphné triumphierend die Mappe.

Daphné erkannte mit einem Blick, was sie in den Händen hielt.

»Wie bist du denn da rangekommen?«, fragte sie.

»Dreimal darfst du raten.«

»Ramón hat die Nase voll von uns und will unbedingt, dass wir fliehen?«

»Knapp daneben.«

»Carolina?«

»Ich denke schon. Jedenfalls hat das jemand letzte Nacht unter der Tür durchgeschoben.«

Daphné lächelte und blätterte die Pläne durch.

»Super. Dass sie dieses Risiko für uns eingegangen ist!«

»Ja, sie ist echt cool«, stimmte Sam zu. »Wir müssen ihr auf jeden Fall helfen, wenn wir von hier weg sind.«

Daphné sah ihn zweifelnd an. Solch eine Unsicherheit kannte Sam gar nicht von ihr.

»Falls wir je von hier fortkommen ...«

Nun war es an Sam, Daphné wieder Mut zu machen. Eigenartig, was für einem Wechselbad der Gefühle man in diesem Camp ausgesetzt war.

»Wir kommen hier weg, Daphné! Bei den Papieren war sogar ein Schlüssel. Ich weiß nicht genau, für welche Tür, aber das werden wir noch herausfinden.«

»Hoffentlich.«

»Keine Sorge, wir schaffen das schon.«

Daphné seufzte und setzte sich auf Sams Bett.

»Vergiss nicht, dass unsere Klassenkameraden dich jetzt für einen Verräter halten, Sam. Meinst du, sie vertrauen dir, wenn du ihnen deinen Plan erklärst?«

Darüber hatte Sam auch schon nachgegrübelt. Und auf einmal fiel ihm auch eine Lösung für dieses Problem ein.

»Mir vielleicht nicht, aber dir schon. *Du* musst sie davon überzeugen, dass der Plan funktioniert. Und dass ich nichts mit der Bestrafung von Katie und den anderen zu tun habe.«

Daphné hatte da so ihre Zweifel. Nachdenklich drehte sie sich mit dem Finger Locken in ihr schwarzes Haar.

»Meinst du, sie glauben mir?«

»Warum sollten sie dir nicht glauben?«

»Weil ich deine beste Freundin bin und weil beste Freundinnen schon mal für ihre Freunde lügen.«

Sam sah nachdenklich zur Decke. Da hatte Daphné natürlich recht.

»Hm, ich glaube, sie wissen, dass du immer ehrlich bist. Wäre ich ein Verräter, würdest du mich bestimmt nicht verteidigen.«

»Und wenn sie denken, dass ich auch eine Verräterin bin?«

»*Auch?* Was willst du denn damit sagen?«, protestierte Sam überrascht.

»Sam, du weißt genau, wie ich das meine. Stell dir vor, sie denken, dass wir unter einer Decke stecken.«

Sam stellte den Fuß auf das Bett und zog die Schnürsenkel fest. Es war sinnlos, sich darüber noch länger Gedanken zu machen. Sie mussten endlich handeln.

»Dieses Risiko müssen wir eben eingehen, Daphné. Du gehst in den Speisesaal und sagst den anderen, dass wir heute Nacht Punkt zwölf aufbrechen.«

Daphné sah ihn argwöhnisch an. Sams bestimmter Tonfall gefiel ihr nicht.

»Und was genau hast du vor, wenn ich fragen darf?«

»Ich will herausfinden, was es mit dieser Operation Schwarzer Regen auf sich hat.«

»Was?«

»Wir müssen doch wissen, was Tommieboy vorhat. Wie soll ihn die *Spy School* sonst aufhalten?«

Daphné hielt sich entsetzt den Kopf. Sams Vorhaben war ihr viel zu wagemutig.

»Sam, das ist kein Spiel. Wir müssen hier weg, und zwar so schnell wie möglich!«

»Aber dann kommt der große Boss ja wieder davon.«

»Darüber können wir uns später Gedanken machen.«

»Daphné, du vergisst wohl, was für eine Ausbildung wir machen. Es ist unsere Pflicht, herauszufinden, was sie im Schilde führen. Sorg du dafür, dass die anderen heute Abend mit dabei sind. Ich sehe nur schnell in Jeromes Büro nach, mehr nicht.«

»Ach so, du siehst nur mal schnell nach!«, meinte Daphné sauer. »Und ich dachte schon, du wolltest dich in den verbotenen Trakt schleichen und dort in einem verbotenen Büro in verbotenen Papieren schnüffeln.«

Sam hatte seine Schnürsenkel fertig gebunden und ging trotz Daphnés Bedenken zur Tür.

»Das ist der perfekte Zeitpunkt dafür. Alle sitzen im Speisesaal, es kann nichts passieren.«

»Und ich kann dich nicht überreden, das sein zu lassen?«, fragte Daphné mutlos.

»Nein, tut mir leid«, antwortete Sam. Er sah Daphné ein letztes Mal an und machte sich dann auf den Weg. Daphné ließ sich mit einem Seufzer rücklings auf das Bett fallen.

Sams Ausflug dauerte keine Minute. Schon im nächsten Stockwerk packte ihn jemand von hinten an den Schultern.

»Wohin des Wegs?«

Die Stimme klang streng und tief. Es war also kein Schüler. Sam biss sich auf die Lippen, fluchte innerlich und drehte sich um. Vor ihm stand der Wachmann, den er aus dem Dschungel und von Frau Berettas Unterricht im Fach *Präzision* kannte.

»Ich will zum Speisesaal. Ich war noch auf dem Klo.«

Vielleicht half es ja, den Unschuldigen zu spielen. Doch der Wachmann ließ sich nicht zum Narren halten.

»Armer Kleiner, da bekomme ich ja richtig Mitleid mit dir«, höhnte er. »Aber wenn ich mich nicht irre, geht es hier *nicht* zum Speisesaal. Oder gibt es einen neuen Weg, den ich noch nicht kenne?«

»Puh, ich verlaufe mich hier immer«, spielte Sam seine Rolle weiter. »Wo muss ich denn hin?«

»Wag es ja nicht, mich für dumm zu verkaufen, Kerlchen«, schnauzte der Wachmann. »Du weißt doch, was dir blüht, wenn man dich in einem Trakt antrifft, in dem du nichts zu suchen hast?«

Sam tat so, als würde er nachdenken.

»Wahrscheinlich muss ich dann zu Ramón, oder?«

»Ganz genau, du musst zu Ramón. Und der kann sich bestimmt nichts Schöneres vorstellen, als sich jemanden vorzuknöpfen, der gegen die Regeln verstoßen hat. Ich rate dir, in Zukunft besser aufzupassen.«

Die Stimme des Wachmanns wurde auf einmal ganz leise.

»Nächstes Mal kommst du nicht so leicht davon.«

Er sah Sam an und winkte mit dem Gewehr.

»Los, mach, dass du wegkommst. Und diesmal schnurstracks zum Speisesaal!«

Sam ging zögernd einen Schritt rückwärts. War das alles? Keine Strafe? Kein Ramón? Er schaute den Wachmann argwöhnisch an. War er vielleicht krank?

»Soll ich es mir anders überlegen oder was?«, fragte der Wachmann und kam einen Schritt auf Sam zu.

Der schüttelte den Kopf. Das war ganz eindeutig nicht der richtige Moment zu widersprechen.

Sam sah zu, dass er das Weite suchte – und zwar so schnell wie möglich.

14

Bloß weg hier!

Sam schlich auf Zehenspitzen durch den stockdunklen Gang. Es war kurz vor Mitternacht und im Bunker herrschte eine unheimliche Stille. Das traf sich gut. Er hoffte nur, dass der Schein nicht trog. Leise klopfte Sam an jede Tür, bis er zum Ende des Ganges kam. Dort drückte er auf den Knopf, mit dem die Türschlösser geöffnet wurden, und wartete ängstlich. Er hatte Daphné den ganzen Tag über nicht mehr gesehen, weil sie keinen gemeinsamen Unterricht gehabt hatten. Sam hoffte, dass es ihr tatsächlich gelungen war, die anderen zu überzeugen.

Katie hingegen hatte er noch getroffen. John, Jill und sie waren den ganzen Vormittag in einem kleinen, dunklen Zimmer eingeschlossen worden. Das war an sich keine so schlimme Strafe, doch Ramón hatte ihnen verschwiegen, dass sie nur einen Vormittag in der Kammer bleiben mussten. Nach einigen Stunden hatten sie es mit der Angst zu tun bekommen, man könnte sie dort tagelang ohne Essen und Trinken schmoren lassen. Dieses Gefühl war schlimmer als der eigentliche Arrest. Zumal sie immer noch keine Ahnung hatten, was ihnen eigentlich vorgeworfen wurde.

Sams Mitschüler schlichen nun zu ihm auf den Flur. Ständig sahen sie sich um, aus Angst, ein Wachmann könnte auftauchen, weil Sam sie verraten hatte. Sam atmete erleichtert auf. Dass sie ihm nicht ganz vertrauten, war verständlich. Wichtig war nur, dass sie bei seinem Fluchtplan dabei waren.

Kurz darauf standen dreizehn Schüler im Gang. Dieselben dreizehn, die bei der ersten nächtlichen Versammlung in Sams Zimmer dabei gewesen waren. Also auch Jimmy Mortimer. Sam bemerkte, wie einige Schüler Jimmy argwöhnisch ansahen. Auch Sam fühlte sich nicht ganz wohl bei dem Gedanken, dass Jimmy mitkam, doch ihnen blieb nichts anderes übrig, als es zu akzeptieren.

Wenn sie mir die Chance geben, meine Unschuld zu beweisen, muss Jimmy auch eine bekommen, dachte Sam.

Dann wandte er sich der bevorstehenden Aufgabe zu. »Sind alle da?«, fragte er.

Die Schüler schauten sich um und nickten.

»Gut, dann schließe ich die Türen wieder und wir können los.«

Noch bevor Sams Hand das Knöpfchen berührte, wurde die Versammlung von einer schlaftrunkenen Stimme aufgeschreckt.

»Was habt ihr vor?«

Sarah Sawyer stand in der Tür ihres Zimmers, rieb sich die Augen und schaute überrascht auf ihre Mitschüler. Sie teilte sich das Zimmer mit Anne Johnson und war wahrscheinlich aufgewacht, als Anne aus dem Bett gekrochen war. Niemand sagte etwas, was Sarahs Neugierde nur noch vergrößerte. Sie wusste, dass sie ihre Mitschüler auf frischer Tat ertappt hatte.

»Warum steht ihr hier auf dem Gang? Und warum sind die Türen nicht abgeschlossen?«

Die Schüler sahen sich an. Ein paar Blicke genügten, um sich abzusprechen.

Das blieb auch Sarah nicht verborgen. Sie wich einen Schritt zurück, auf die Seite des Ganges, wo niemand stand, und wollte abhauen. Die Temperatur in dem kühlen Gang schien plötzlich jäh anzusteigen. Sarah öffnete den Mund und setzte zu einem Schrei an.

»Los!«, zischte Daphné plötzlich.

Sofort stürzten sich fünf Schüler auf Sarah. Joe Foster hielt ihr den Mund zu, die anderen griffen nach ihren strampelnden Armen und Beinen. Geräuschlos wurde Sarah in ihr Zimmer getragen. Dort band man sie mit einem Laken ans Bett und stopfte ihr einen Papierknebel in den Mund.

»Entschuldigung, Sarah«, flüsterte Daphné. »Aber wir müssen wirklich weg hier.«

Sarah konnte nur noch dumpfe Laute von sich geben. Wild zerrte sie an ihren Fesseln. Hilflos musste sie zusehen, wie sich die Tür ihres Zimmers wieder schloss. Ein leises Klicken zeigte ihr, dass sie erst am nächsten Morgen befreit werden würde.

»Wir müssen so schnell wie möglich los«, sagte Sam. »Ich habe den Plan des Bunkers. Darauf gibt es noch einen anderen Ausgang als den Hauptausgang. Den müssen wir möglichst rasch finden.«

Sams Selbstsicherheit machte Eindruck auf seine Mitschüler. Ihr Vertrauen zu ihm kehrte zurück. Trotzdem waren sie von diesem einfachen Plan nicht vollständig überzeugt.

»Und wenn der Ausgang verschlossen ist?«, wollte Jill wissen.

Sam kramte in seiner Hosentasche, zog den Schlüssel heraus, den er von Carolina bekommen hatte, und hielt ihn für jedermann sichtbar in die Höhe.

»Ich habe den Schlüssel für die Tür«, bluffte er.

Dabei wusste er eigentlich gar nicht, zu welcher Tür der Schlüssel passte. Es konnte ebenso gut Carolinas Haustürschlüssel sein, der ihr aus Versehen in die Mappe gerutscht war. Oder er passte zu irgendeiner Zimmertür und nicht zu diesem zweiten Ausgang. Doch dieses Risiko musste er eingehen. Er musste die anderen Schüler von seinem Plan überzeugen.

»Und was machen wir, wenn wir draußen sind?«, fragte Quentin Mills.

Seine Mitschüler nickten. Darüber hatten sie sich auch schon Gedanken gemacht. Diesmal entschied sich Sam für eine ehrliche Antwort. »Das weiß ich nicht. Wir lassen es auf uns zukommen. Das Wichtigste ist jetzt, dass wir hier rauskommen. Damit das klar ist: Wir machen hier keine Übung! Wem das Risiko zu groß ist, der soll lieber zurück in sein Zimmer gehen.«

Sam sah in die Runde.

»Ist hier jemand, für den ich die Tür wieder öffnen soll?«

Keiner meldete sich. Die meisten sahen aus Verlegenheit darüber, dass sie ihre Angst gezeigt hatten, auf den Boden. Dann hoben sich ihre Köpfe einer nach dem anderen wieder. Zu seiner Freude sah Sam am Ende ausschließlich streitlustige Gesichter vor sich. Niemand wollte alleine zurückbleiben.

»Gut, dann packen wir es«, flüsterte er und ging zum Treppenhaus. Dem Plan zufolge mussten sie zunächst einige Stockwerke tiefer gehen.

»Wenn das mal gut geht«, fügte Daphné leise hinzu. Das Zittern in ihrer Stimme verriet, dass sie nicht ganz überzeugt war.

Tommieboy und Jerome warteten auf eine Nachricht vom großen Boss. Die ließ allerdings auf sich warten, sodass die zwei Herren miteinander vorliebnehmen mussten. Keiner der beiden fand das besonders angenehm, und das ließen sie einander deutlich spüren.

Tommieboy streckte die Arme ganz lang aus und reckte sich. Dabei ächzte er ausgiebig. Jerome reagierte darauf, indem er durch Tommieboy hindurchsah, als wäre er Luft. Er hob den Kopf, als hätte er etwas gehört, guckte fragend und zuckte dann mit den Schultern. Er tat so, als wäre er ganz allein im Raum.

So saßen sie nun schon seit zehn Uhr herum. Mittlerweile war es fast Mitternacht. Tommieboy ließ immer wieder furchtbar laut seine Fingerknöchel knacken, und Jerome ließ ab und an eine Bemerkung fallen wie: »Pah, wie kann man nur im Gefängnis landen. Da musst du dich ja saublöd angestellt haben, wenn du dich erwischen hast lassen.«

Endlich signalisierte das bekannte Klingeln, dass der Boss sprechbereit war.

»Hier Tom, ich höre.«

»Jerome ist ebenfalls anwesend«, mischte sich Jerome hastig ein, was Tommieboy mit einem tadelnden Blick quittierte.

»Tommieboy, Jerome. Ich bin überhaupt nicht zufrieden mit der Situation bei euch«, drang eine schneidende Stimme aus dem Computer.

»Ich weiß, was Sie meinen«, sagte Tommieboy. »Mir geht Jerome auch gehörig auf die Nerven.«

Er verdrehte die Augen in Richtung Jerome, der entrüstet auf den Monitor starrte.

»Das meine ich ganz und gar nicht, Tommieboy!«, schnauzte die Stimme. »Ich meine, dass ihr die Operation Schwarzer Regen in Gefahr bringt. Und das stinkt mir gewaltig.«

Tommieboy und Jerome schluckten. Ihren großen Boss zu verärgern, war das Letzte, was sie wollten.

»Und … wie … was läuft denn schief?«, tastete Jerome sich vor.

»Nun, das werde ich euch gleich haarklein erklären.«

Der erste Teil der Flucht verlief reibungslos. Sam und seine Mitschüler schlichen von Gang zu Gang, als hätten sie so etwas schon tausendmal gemacht. Sam und Daphné gingen voran und studierten bei jeder Abzweigung sorgfältig den Plan. Sie wussten, dass sie keine Fehler machen durften.

Die meisten Gänge waren nicht beleuchtet, sodass die Schüler sich tastend vorwärtsbewegen mussten. Sam ließ die Hände an den Mauern entlanggleiten. Ab und zu spürte er mit den Fingerspitzen etwas Schleimiges. Jedes Mal stellten sich ihm die Nackenhaare auf. Er konnte von Glück sagen, dass es so dunkel war und er nicht wusste, was er da berührte.

Allmählich näherten sie sich ihrem Ziel. Sam blieb bei einer Abzweigung stehen und musterte die Karte. Joe leuchtete ihm mit dem Lämpchen seiner Uhr, trotzdem konnten sie die Karte nur mit Mühe lesen.

»Nach rechts«, flüsterte Sam.

Er hatte es mehr zu sich selbst gesagt als zu den anderen und bog nun als Erster in den Gang ein. Es war ein enger Durchgang, in dem sie hintereinander gehen mussten. Sam wurde zunehmend nervös. Seine Angst wuchs sogar noch, als er nach zwanzig Metern gegen etwas Hartes stieß. Er blieb stehen, wodurch die Schüler hinter ihm aufeinanderprallten.

»He, was ist denn los?«, fragte Daphné.

»Ich kann nicht weiter«, antwortete Sam. »Der Gang ist zu Ende, glaube ich.«

»Im Ernst?«

»Ne, Quatsch, ich mach nur Spaß. Ja, klar im Ernst. Joe, komm mal her.«

Joe schlängelte sich an den anderen vorbei.

»Kannst du mit deiner Uhr an die Mauer leuchten?«, fragte Sam.

Joe drückte auf ein Knöpfchen und im schwachen Lichtschein wurde der Umriss einer Tür sichtbar. Sam suchte die Türklinke und drückte sie nach unten. Die Tür bewegte sich keinen Millimeter.

»Mist! Sie ist abgeschlossen.«

»Was machen wir jetzt?«, fragte Daphné. »Umkehren und einen anderen Weg suchen?«

Sam dachte nach. Er nahm Joes Handgelenk und beleuchtete noch einmal den Grundriss.

»Es gibt keinen anderen Weg. Wir müssen hier durch.«

Sam rammte mit der Schulter gegen die Tür. Diese gab jedoch keinen Fingerbreit nach. Sam rieb sich die schmerzende Schulter und sah mutlos auf die Tür. Er war froh, dass die anderen sein Gesicht und die Verzweiflung darin nicht sehen konnten.

»Na, funktioniert wohl nicht mit roher Gewalt?«, fragte Daphné.

»Hast du vielleicht eine bessere Idee?«

»Klar. Gib mir mal den Schlüssel, den Carolina in die Mappe gesteckt hat.«

Sam kramte in der Hosentasche und gab Daphné den Schlüssel.

Die strich mit der Hand über die Tür, bis sie das Schlüsselloch gefunden hatte. Dann steckte sie den Schlüssel hinein. Er passte. Daphné drehte den Schlüssel und unter Quietschen und Knarzen öffnete sich die Tür.

»So. Mit Hirn kommt man oft weiter als mit Muskeln.«

Sam konnte Daphnés Gesicht nicht sehen, war sich aber so gut wie sicher, dass ein triumphierendes Lächeln auf ihren Lippen lag.

Warum habe ich bloß nicht mehr an den Schlüssel gedacht?, überlegte er. Aber egal: Hauptsache, die Tür war jetzt offen!

Die Freude verflog jedoch gleich wieder, als Richard sich in das Gespräch einmischte.

»Sam, du hast gesagt, du hast den Schlüssel für die Außentür. Aber wenn der Schlüssel zu dieser Tür passt, wie sollen wir dann nach draußen kommen?«

Die anderen hinter Richard fingen an zu murren. Diese Tür hatten sie geöffnet, aber wie würde es nun mit ihrer Flucht weitergehen? Sam beschloss, ihnen die Wahrheit zu sagen.

»Das weiß ich auch nicht, Richard. Wir können noch umkehren, wenn ihr wollt. Es ist eure Entscheidung.«

Im Gang wurde es mucksmäuschenstill. Alle spielten im Kopf sämtliche Möglichkeiten durch. Zurückgehen bedeutete, dass sie noch länger im Bunker eingeschlossen sein würden. Und keiner wusste, was Jerome und Tommieboy im Schilde führten. Aber weitergehen hieß nicht unbedingt, dass sie gerettet waren. Wenn sie nicht aus dem Bunker hinauskamen, wurden sie möglicherweise erwischt und mussten mit einer saftigen Strafe rechnen.

»Wir riskieren es«, beschloss Katie schließlich für die ganze Gruppe. Niemand widersprach, was Sam als Zeichen zum Weitergehen wertete.

»Gut, gehen wir. Noch ein wenig Geduld, es ist nicht mehr weit.«

Sam ging wieder voran. Im Gänsemarsch schlichen sie durch den engen Gang. Sie kamen nur langsam vorwärts und der Tunnel schien kein Ende zu nehmen. Doch wenn sie schneller gingen, würden sie zu viel Lärm machen.

Nach einer Weile bemerkte Sam einen schwachen Lichtschein. Das Ende des Tunnels! Ein Flüstern hinter ihm verriet, dass auch die anderen es sahen. Doch noch bevor sie erleichtert aufatmen konnten, hörten sie, wie hinter ihnen eine Tür ins Schloss fiel.

Sam blieb stehen. Hatte der Wind die Tür zugeknallt? Das war eigentlich unmöglich, weil im Gang kein Luftzug zu spüren war. Sam bemühte sich, ruhig zu bleiben. Keine Panik, vielleicht war es ja nur ein Tier.

»Wer ist ganz hinten?«, rief er leise.

»Ich«, flüsterte jemand.

»Wer ist ich?«, fragte Sam ungeduldig.

»Ann.«

»Hast du vorhin die Tür hinter dir zugemacht, Ann?«

»Ja.«

»Sicher?«

»Ganz sicher.«

Sam wurde kurz schwindlig. Ein nicht vorhandener Luftzug konnte die Tür weder öffnen noch schließen.

Und dass eine Ratte mal eben die Türklinke nach unten gedrückt hatte, war alles andere als wahrscheinlich. Eine dunkle Vorahnung beschlich ihn.

Sie durften auf keinen Fall zögern, sie mussten weiter. Was auch immer vor ihnen war – umzukehren war keine Option mehr.

»Los, schneller«, sagte er laut. »Wir müssen uns beeilen.«

Er machte einen Schritt vorwärts und blieb sofort wieder stocksteif stehen. Ein Scheinwerfer strahlte ihm plötzlich wie eine grelle Sonne ins Gesicht. Sam versuchte, das Licht mit den Händen abzuschirmen und etwas zu sehen. Vergeblich. Das weiße Licht blendete seine Augen und er konnte nur verschwommene Flecken erkennen.

In dem Moment leuchtete auch hinter den Schülern ein Lichtstrahl auf. Sie saßen in der Falle. Fliehen war sinnlos. An beiden Enden des Ganges lauerten hinter den Scheinwerfern bewaffnete Wachen. Sie würden ihnen in jedem Fall direkt in die Arme laufen.

Tommieboy und Jerome hörten sich die Strafpredigt ihres Bosses mit schamroten Wangen an.

»Und auch wenn der Fluchtversuch gar nicht gelingen konnte, darf das nicht noch einmal passieren! Ich verlange, dass ihr diesen Bockmist wieder in Ordnung bringt. Und wenn ihr mit einer Bande von Schulkindern nicht fertigwerdet, dann lasst es mich bitte wissen, damit ich für Ersatzleute sorgen kann, die ihre Arbeit ohne Fehler erledigen!«

Die beiden Herren nickten unterwürfig. Sie schwiegen aus Angst, ihren Boss noch mehr auf die Palme zu treiben.

Tommieboy studierte andächtig den Staub, der sich auf der Tastatur angesammelt hatte, und Jerome schnäuzte sich etwa zehnmal, obwohl er gar nicht erkältet war.

»Zuallererst müsst ihr den Schuldigen bestrafen.«

»Und wer soll das sein?«, fragte Tommieboy. Dass er das nicht wusste, sprach nicht gerade für ihn, doch das fiel ihm zu spät auf.

»Carolina natürlich.«

»Carolina?«, sagte Jerome überrascht. »Aber das ist doch ...«

»Die Putzfrau, ganz genau.«

»Hat sie ...?«

»Vertraut mir einfach. Sperrt sie ein paar Tage ein. Irgendwohin, wo die Kids sie sehen können. Dann werden sie es sich dreimal überlegen, noch einmal so eine Aktion zu starten. Außerdem müssen die Kids strenger bewacht werden. Ich will, dass immer Wachen in ihrer Nähe sind.«

»Ähm, Boss«, murmelte Tommieboy schüchtern und hob kurz den Kopf. »Dazu haben wir nicht genügend Wachmänner.«

»Das ist mir klar«, sagte die Stimme. »Ich habe ja nicht gesagt, dass überall Wachen stehen müssen. Ich will, dass immer ein Wachmann in ihrer Nähe ist. Es muss der Eindruck entstehen, als ob an jeder Ecke Wachen postiert sind. Die Männer müssen sich eben mit den Kindern mitbewegen.«

»Das sollte machbar sein«, sagte Jerome, der seine Chance witterte, sich beim Boss einzuschleimen. »Ich werde unsere Leute gleich nachher informieren. Ach was, jetzt sofort, meine ich!«

Tommieboy hatte jedoch seine Zweifel an dem Plan.

»Wird es ihnen denn nicht auffallen, dass sie immer von denselben Wachen bewacht werden?«

»Das macht nichts«, antwortete die Stimme, noch bevor Tommieboy zu Ende gesprochen hatte. »Hauptsache, sie wissen, dass sie beaufsichtigt werden. Dass sie nirgendwo hinkönnen, ohne gesehen zu werden. Operation Schwarzer Regen geht in die letzte Phase, meine Herren.«

Nun war Jerome an der Reihe, seine Bedenken zu äußern.

»Aber es sind noch nicht alle so weit. Es sind ein paar starke Persönlichkeiten dabei.«

Kurz verharrte die Computerstimme in Schweigen. Das hatten sie noch nicht oft erlebt. Aber lange dauerte das Schweigen nicht.

»Die bekommen wir schon noch klein. Und falls nicht, dann ziehen wir es eben mit einem weniger durch. Wir haben genug für einen erfolgreichen Verlauf der Operation.«

»Vielleicht sollten wir dann direkt ein paar aus dem Weg räumen«, schlug Tommieboy vor. »Die Unruhestifter. Dann kann so etwas wie heute Nacht nicht mehr passieren.«

In Gedanken stand ein Name schon groß und deutlich auf Tommieboys Liste.

»Hm, wir probieren es erst noch einmal so«, würgte die Stimme den Vorschlag ab. »Ich will nicht, dass wir am Ende zu wenige Schüler haben. So, das war's.«

Im nächsten Moment war der Monitor wieder schwarz. Tommieboy starrte darauf, während er unter dem Tisch die Hände zu Fäusten ballte. Warum ließ der Boss ihn nicht gewähren? Was machte schon ein Schüler mehr oder weniger aus?

Aber dann lächelte Tommieboy. Sam Smith brauchte ja nicht direkt aus dem Weg geräumt zu werden, er könnte auch einen schlimmen Unfall erleiden. Ein Unfall konnte immer passieren. Bedauerlich zwar, aber trotzdem tödlich.

15

Schlammbad

»Fünfzehn, sechzehn, siebzehn, achtzehn! Nicht aufhören, dahinten! Fünfundzwanzig Liegestützen, habe ich gesagt, und fünfundzwanzig Liegestützen werden gemacht!«

Ramóns Stimme hallte über den Platz. Die Hände auf dem Rücken verschränkt patrouillierte er zwischen den Schülern. Hin und wieder stupste er einen der Delinquenten mit einem langen Bambusstab an.

Sam und die Schüler um ihn herum legten sich für die letzten fünf Liegestütze mächtig ins Zeug. Der Regen rann ihnen übers Gesicht, ihre Kleider waren tropfnass. Sam drückte das Gesicht in den Matsch und stemmte sich wieder hoch. Viermal ging er noch auf und nieder, dann ließ er sich auf den durchweichten Boden fallen. Nass war er ohnehin schon, da kam es darauf auch nicht mehr an.

»Weiter so«, rief Ramón mit einem breiten Grinsen im Gesicht. »Wenn ihr so gut durchhaltet, seid ihr bestimmt noch nicht müde. Dann macht noch mal fünfundzwanzig dazu!«

Die Schüler würden für ihren Fluchtversuch lange büßen müssen. Jerome hatte ihnen letzte Nacht noch mitgeteilt, dass ihnen eine saftige Strafe blühe und dass sie sich solche Aktionen in Zukunft dreimal überlegen sollten.

Dann hatte er Ramón geholt und der hatte sie ins Freie geführt. Sam und die anderen waren nur mit Hose und T-Shirt bekleidet und es schüttete wie aus Eimern. Aber das war Ramón egal. Barfuß sollten die Schüler ein sportliches Strafprogramm absolvieren. Zuallererst mussten sie stundenlang – so zumindest kam es ihnen vor – um den Bunker laufen. Danach standen Sit-ups und Liegestütze auf dem Programm. Bis jetzt war alles noch machbar gewesen, doch Sam vermutete, dass Ramón noch einiges in petto hatte. Außerdem hatten sie die Nacht zuvor nicht gerade viel Schlaf abbekommen.

Eine Frage jedoch ließ ihn nicht los: Woher hatte Tommieboy gewusst, dass sie fliehen wollten? Hatte er sie zufällig erwischt oder waren sie verraten worden? Alle hatten sofort auf Jimmy geschaut. Sie hätten ihm von Anfang an nicht vertrauen dürfen. Aber warum war Jimmy dann selbst mitgekommen? Er hätte doch Tommieboy warnen und selbst gemütlich im Bett bleiben können. Vielleicht wollte er so den Verdacht von sich ablenken. Allerdings musste er nun auch die Strafe mit ihnen gemeinsam ausbaden ...

»Dann wollen wir doch noch ein bisschen Spannung in die Sache bringen«, brüllte Ramón den schwitzenden Schülern zu. »Ich kenne da ein kleines Spiel noch von meiner Zeit bei der Armee. Am Eingang des Bunkers steht ein kleiner Gong. Wenn ihr nicht mehr könnt, dürft ihr auf den Gong schlagen und aufhören. Aber …«

Sam wollte aufschauen, schaffte es aber nicht und beschloss, sich lieber nur auf die Liegestütze zu konzentrieren. Er schielte zu Daphné, die neben ihm verbissen versuchte, ihre fünfundzwanzig Liegestütze zu schaffen.

»Allerdings gibt es dabei einen Haken«, fuhr Ramón fort. »Jeder Gongschlag bedeutet eine Mahlzeit weniger für alle anderen. Derjenige aber, der aufgegeben hat, bekommt sein Essen sehr wohl. Überlegt es euch also gut, bevor ihr den Gong zum Einsatz bringt.«

Im selben Moment ließ Sam sich auf den Boden sinken. Nach fünfzig Liegestützen brauchte er eine Pause. Ramón jedoch war damit nicht einverstanden.

»Smith? Du hast es wohl nicht nötig, meine Anweisungen zu befolgen?« Ramón siezte die Schüler nicht gerne. Jerome hatte ihm das zwar nahegelegt, damit sie keinen Verdacht schöpften, doch darum scherte sich Ramón einen Dreck. Sam stemmte sich unterdessen mühsam wieder hoch.

»Doch, doch, Ramón, ich bin sogar schon fertig«, sagte er, so höflich er konnte.

»Du willst schon fertig sein? Das kannst du deiner Großmutter erzählen! Los, vorwärts, noch einmal fünfundzwanzig für dich!«

Sam strich sich eine schweißnasse Haarsträhne aus dem Gesicht und sah Ramón ruhig an. Innerlich jedoch brodelte es in ihm. Eine Strafe für Ungehorsam konnte er ja noch nachvollziehen. Doch dass er bestraft wurde, weil er genau das tat, was man ihm aufgetragen hatte – das war zu viel.

»Nein.«

Ramón, der sich schon wieder den anderen Schülern zugewandt hatte, erstarrte und drehte sich dann in Zeitlupe zu Sam um. Auch die anderen Schüler hielten inne und sahen verdutzt auf.

»Ich hab mich wohl verhört. *Was* hast du da gesagt?«, zischte Ramón.

»Nein. Ich habe getan, was Sie mir aufgetragen haben, also brauche ich nicht noch mehr machen«, antwortete Sam unverblümt.

Offenbar war da irgendeine Verbindung zwischen seinem Hirn und seinem Mund gekappt, denn Sam traute seinen eigenen Ohren kaum.

»Du meinst also, du kannst selbst entscheiden, was du tun musst und was nicht?«

Ramóns Mund war nun direkt neben Sams Ohr, und Sam spürte, wie Ramóns Spucke ihm gegen das Ohr spritzte. Er schauderte.

»Wir werden schon sehen, wie lange du durchhältst.«

Sam schwieg, denn ihm war klar, wie wenig seine Worte ausrichten würden. Ramón ließ sich nicht auf Diskussionen ein. Einem Kampf würde er sicher nicht aus dem Weg gehen, doch Sam wusste genau, dass er gegen einen hungrigen Jaguar mehr Chancen hätte als gegen den Aufseher.

»Unser Sam will den Helden spielen, Kinder«, rief Ramón den Schülern zu. »Mir soll es recht sein, dann kann er gleich zeigen, was in ihm steckt. Solange Smith sich weigert, seine zusätzlichen fünfundzwanzig Liegestütze zu machen, dürft ihr anderen euch weiterplagen!«

Das Stöhnen der Schüler übertönte den Donner, der über dem Lager grollte. Sam ballte die Fäuste. Nun saß er in der Zwickmühle! Wie er sich auch entschied, er war immer der Dumme. Entweder mussten die anderen seinetwegen büßen oder er musste vor Ramón einknicken. Der sah ihn triumphierend an, während er die anderen Schüler antrieb.

»Auf und nieder, immer wieder, auf und nieder ...«, brüllte er und stolzierte durch die Reihen. Er konnte es nicht lassen, hier und da mit dem Bambusstab nachzuhelfen.

Sam sah, wie Katie und Daphné sich im Matsch abmühten. Ihre Arme zitterten, und sie sahen ihn mit flehenden Blicken an, er möge doch seinen Stolz hinunterschlucken. Doch Sam wollte nicht. Nicht in diesem Lager. Ein letzter Rest Würde war ihm geblieben.

»So, so, Smith hat also immer noch keine Lust?«, rief Ramón boshaft. »Der lässt lieber andere für seine Fehler büßen! Kein Problem, dann geht es weiter, auf und nieder ...«

Ramóns Worte ließen ihn kalt. Sollte er doch den Bambusstab zum Einsatz bringen, er würde nicht nachgeben. Doch als Sam sah, wie Katies Arme einknickten und sie im Matsch liegen blieb, kapitulierte er doch.

»Okay, aufhören!«, rief er.

Langsam ging er auf die Knie, setzte die Hände auf den Boden auf und fing mit den Liegestützen an. Wütend biss er die Zähne aufeinander und verkniff sich jedes Wort. Die Schlacht hatte er verloren.

Ramón hatte sich neben ihn gestellt und trat mit dem Fuß gegen Sams Arm. Sam fiel in den Matsch.

»Hab ich dir schon das Startkommando gegeben? Ich bin hier der Boss, Smith, nicht du. Lieg nicht auf dem kalten Boden herum, das ist nicht gesund.«

Sam verkniff sich einen Kommentar und ging erneut in den Liegestütz.

»Gut, dann leg mal los. Vierzig Stück, weil du schummeln wolltest. Die anderen zählen mit. Und wenn du nicht mehr kannst, bleibt dir immer noch der Gong!«

Summers Büro lag verlassen da. Der Schreibtisch war unter Aktenstapeln begraben, das Resultat einer wochenlangen Suche nach den Schülern der *Spy School* und der CIA. Wichtige Dokumente und vollgekritzelte Zettel mit Einfällen, die zu nichts geführt hatten, türmten sich zu einem wackeligen Stapel. Ein Windhauch hätte ausgereicht, um den Papierberg über das ganze Büro zu verteilen.

Summers Computer lief noch. Er verzichtete auf einen Bildschirmschoner, weil der ihn im Notfall wertvolle Sekunden kosten könnte. Rechts unter der Menüleiste erschien eine Meldung:

Sie haben eine neue Mail von Quim Maselina.

Links daneben war ein rotes Ausrufezeichen. Das bedeutete, dass die Nachricht wichtig und dringend war. Summer fand diese Art der Kennzeichnung wichtig. So konnte man im Notfall sofort reagieren. Dass ungefähr neunundneunzig Prozent aller Nachrichten in seinem Postfach mit einem roten Ausrufezeichen markiert waren, tat dabei nichts zur Sache.

Kurz darauf klingelte Summers Telefon. Die Papierstapel auf dem Schreibtisch zitterten, doch sonst bewegte sich nichts im Zimmer. Sechsundzwanzigmal klingelte das Telefon, bevor es sich wieder in Schweigen hüllte. Einen Anrufbeantworter besaß Summer nicht. Seiner Meinung nach war es ohnehin oft schon zu spät, wenn man eine Nachricht abhörte.

Nach einer Weile durchbrach das schrille Pfeifen des Faxgeräts die Stille. Das Gerät entsprach zwar nicht mehr der neuesten Technik, doch Summer wollte auf keinen Fall darauf verzichten. Man wusste nie, wofür man es noch brauchen konnte. Und tatsächlich schob sich nun langsam ein Blatt Papier aus dem Faxgerät. Der Absender war Quim Maselina vom Geheimdienst in Costa Rica. Seine Nachricht lautete:

Sehr geehrter Herr Summer,

da Sie nicht auf meine E-Mail antworten und auch nicht ans Telefon gehen, nehme ich an, dass Sie nicht da sind. Meine Nachricht ist jedoch von höchster Dringlichkeit. Auf dem Flughafen in San José wurden zwei Piloten tot in einem Flugzeug aufgefunden. Die Schusswunden lassen auf Mord schließen. Ich teile Ihnen das mit, weil man bei den Toten Unterlagen der CIA gefunden hat. Die Piloten sind vermutlich schon vor einigen Wochen getötet worden. Um negative Schlagzeilen zu vermeiden, hat die Flughafendirektion die Leichen jedoch heimlich in einem Wald vergraben lassen. Glücklicherweise hat uns, wenn auch mit einiger Verspätung, ein Flughafenangestellter über den Vorgang informiert. Das Flugzeug befindet sich noch am Flughafen.

Bitte nehmen Sie so schnell wie möglich Kontakt mit mir auf.

Quim Maselina

Sam stöhnte so laut, dass ein Vogel in der Nähe prompt das Weite suchte. Sam hing an einer Art hölzernem Barren. Seine Armmuskeln versagten ihm eigentlich schon eine ganze Weile den Dienst. Er hing nur deshalb noch an dem Balken, weil seine Finger sich völlig verkrampft um das Holz krallten.

Neben Sam hingen noch neun Schüler da, allesamt am Ende ihrer Kräfte. Den ganzen Tag waren sie nun schon Ramóns Schikanen ausgesetzt. Schwere Kisten durch die Gegend schleppen, einen Jeep schieben, unter einem Stacheldrahtzaun hindurch durch den Matsch kriechen, immer wieder um den Bunker rennen ... Ramón hatte ihnen keine Pause gegönnt.

Mark Van Hamm, John Cole und Anne Johnson hatten aufgegeben. Dreimal hatte der Gong über das Gelände gehallt. Das bedeutete, dass die anderen drei Mahlzeiten weniger bekamen. Ein ganzer Tag ohne Essen! Um Schlimmeres zu verhindern, mussten sie nun durchhalten. Fünf Minuten am Balken hängen, hatte Ramón gesagt. Viereinhalb Minuten waren schon um.

Sam fühlte, wie seine Hände abglitten. Er durfte nicht fallen, nicht jetzt, wo die Zeit gleich ablief. Er versuchte, durch Umgreifen einen besseren Halt zu bekommen, doch auch das half nicht. Der Regen, der schon den ganzen Tag auf sie niedergeprasselt war, machte die Aufgabe auch nicht einfacher.

Ramón sah auf die Uhr. Langeweile stand ihm ins Gesicht geschrieben. Den ganzen Tag Schüler zu schikanieren, hatte offenbar auch ihn müde gemacht. Er konnte gerade noch ein Gähnen unterdrücken.

Der Schweiß auf Sams Händen wirkte wie ein Schmiermittel. Langsam, aber sicher rutschten seine Finger ab. Gleich würde er fallen und er konnte es nicht verhindern.

»Okay, Kinder!«, rief Ramón gerade noch rechtzeitig. »Ihr könnt loslassen. Eure Strafe ist beendet.«

Noch bevor Ramón zu Ende gesprochen hatte, lag Sam schon auf dem Boden. Auch den anderen Schülern konnte es nicht schnell genug gehen.

»Aber denkt daran: Das hier war erst der Anfang. Solltet ihr noch mal auf dumme Gedanken kommen, werden das einige von euch nicht überleben. Ab auf eure Zimmer. Ihr bekommt erst morgen Abend wieder etwas zu essen.«

Wie gerädert taumelten die Schüler zum Bunker. Alle Energie war aus ihren müden Körpern gewichen. Es war eine Ironie des Schicksals, dass es ausgerechnet in diesem Moment zu regnen aufhörte, als hätte Ramón auf einen Schalter gedrückt.

Katie, Daphné und Sam bildeten zusammen das Schlusslicht. Als sie durch den Haupteingang in den Bunker kamen, bemerkten sie, wie die Schüler vor ihnen langsamer wurden. An einer Tür im Gang schauten alle hinein und gingen dann mit bleichem Gesicht weiter.

Sam war ebenso entsetzt wie die anderen, als er die offene Tür erreichte. Das konnte doch nicht wahr sein! Daphné und Katie senkten den Blick, weil sie den Anblick nicht ertragen konnten.

Die Tür stand zwar offen, doch Gitterstäbe versperrten den Zugang. Das Zimmer war in eine Gefängniszelle umfunktioniert worden, die bis auf ein Bett völlig leer war. Und auf dem Bett saß Carolina und lehnte mit geschlossenen Augen an der Wand. Sie wirkte völlig apathisch.

»Carolina?«, fragte Sam.

Als sie ihren Namen hörte, öffnete die Putzfrau die Augen. Anscheinend war sie erschrocken und fürchtete das Schlimmste, weil sie normalerweise nur von den Wachmännern angesprochen wurde. Beim Anblick der Schüler hellte sich ihr erschöpftes Gesicht merklich auf.

»Hallo.«

Sie versuchte vergeblich zu lächeln.

»Ihr müde aussehen«, flüsterte sie, nachdem sie die Kinder gemustert hatte.

»Ramón hat uns heute ziemlich rangenommen«, antwortete Katie. »Den nächsten Fluchtversuch überleben wir nicht.«

Carolina nickte. »Ramón ist gemeiner Mann. Keine Witze machen!«

»Woher wissen sie, dass du uns geholfen hast?«, fragte Daphné.

Carolina zuckte mit den Schultern. »Ihr Papiere und Schlüssel habt gehabt. Jerome wissen, ich in sein Büro kommen. Hat geraten, denke ich.«

»Trotzdem vielen Dank, Carolina«, sagte Sam. »Es war so mutig, dass du das für uns getan hast.«

Noch nie hatte er solche Schuldgefühle gehabt. Die arme Putzfrau hatte es ohnehin schon schwer und nun saß sie ihretwegen noch tiefer in der Tinte.

»Wie lange musst du hier bleiben?«, fragte Daphné.

»Weiß nicht. Haben nicht gesagt.«

»Sie werden doch deinen Kindern nichts tun, oder?«, wollte Katie besorgt wissen.

Carolina schüttelte traurig den Kopf und wendete den Blick ab. »Ich nicht hoffen.«

Eine unangenehme Stille folgte und eine tiefe Niedergeschlagenheit machte sich breit. Sam und die Mädchen machten sich Vorwürfe, weil sie nicht an die Möglichkeit gedacht hatten, dass Carolinas Kinder vielleicht unter den Folgen ihres Tuns leiden mussten. Sie hatten ihre eigenen Sorgen über die von Carolina gestellt. Aber nun war es zu spät, und es brachte auch nichts, weiter darüber nachzugrübeln. Carolina sah das ebenso.

»Ihr nicht leidtun müssen. Ich gemacht, weil ich will.«

Sam sah sie dankbar an. Selbst in der Zelle dachte sie noch an andere. Eigentlich hätten sie Carolina aufmuntern müssen und nicht umgekehrt.

»Aber nun ihr wissen, was diese für Menschen sind. Nicht mit sie spielen«, warnte Carolina. Nacheinander sah sie ihnen tief in die Augen.

»Sind gefährlich. Tut, was sie sagen! Und jetzt weg, bevor sie euch sehen.«

Sam, Daphné und Katie nickten ihr zu und gingen dann langsam weiter. Dabei nahm Sam Katies Hand und drückte sie fest. Selbst dreckverschmiert fand er sie wunderschön. Sie antwortete mit einem müden Lächeln und einem Augenzwinkern.

Carolinas Worte spukten ihm noch im Kopf herum. *Tut, was sie sagen!* Doch ihre Worte bewirkten genau das Gegenteil von dem, was sie beabsichtigt hatte. Jeder normale Mensch hätte sich diese Worte zu Herzen genommen, doch bei Sam lösten sie nur neue Fluchtgedanken aus. Mehr denn je war er davon überzeugt, dass sie hier wegmussten. Und zwar so schnell wie möglich.

16

Operation Schwarzer Regen

Tief im Inneren des Bunkers huschten zwei Hände geschickt über die Tastatur von Jeromes Computer. Die Hände von jemandem, der dort nichts verloren hatte, der sich aber dennoch Zugang zu diesem Büro verschafft hatte. Der Unbekannte hatte soeben eine E-Mail geschrieben und bewegte den Cursor nun zum Schaltfeld *Senden*. »Eduardo Gavilanes«, stand in der Adresszeile der Mail. Und die letzten Sätze lauteten:

Diesmal klappt es hoffentlich. Die bescheuerte Internetverbindung funktioniert immer dann nicht, wenn ich sie brauche. Schon seit Wochen versuche ich zu mailen. Beschweren kann ich mich ja schlecht, denn wenn die wüssten, was ich hier mache … Los, Bruderherz, jetzt bist Du dran. Ich verlass mich auf Dich.

In der letzten Phase von Operation Schwarzer Regen mussten die Schüler ein *Reaktionstraining* nach dem anderen über sich ergehen lassen. Die Bilder wurden immer brutaler, die Injektionen immer stärker dosiert. Kaum hatten die Schüler das Zimmer, in dem das Training stattfand, verlassen, wussten sie nicht mehr, was mit ihnen geschehen war. Sie empfanden jedoch einen tiefen Hass in sich. Auf wen oder was, konnten sie nicht sagen, aber sie spürten eine richtige Mordlust. Zum Glück flachte dieses Gefühl nach einer Weile wieder ab, doch mit jedem *Reaktionstraining*, das sie absolvierten, blieb der Hass ein wenig länger. Die Schüler, deren aggressive Gefühle am stärksten und hartnäckigsten waren, wurden mit Spielkonsolen belohnt, auf denen sie sich mit blutrünstigen Games die Zeit vertreiben konnten.

Seit dem Fluchtversuch waren die Schüler in ihrer Freiheit stark eingeschränkt worden. Sie durften ihr Zimmer nur in Begleitung eines Wachmanns verlassen, und das auch nur zum Unterricht, zum *Reaktionstraining* oder zum Essen. Der Schülertrakt ähnelte immer mehr einem unterirdischen Gewölbe, in dem Zombies schliefen. Gespräche fanden kaum noch statt und Lachen hörte man überhaupt nicht mehr. Jeromes und Tommieboys Pläne gingen offenbar voll auf.

Sam saß auf seinem Bett. Zu seiner Überraschung war trotz ihres gescheiterten Ausbruchsversuchs bisher niemand auf die Idee gekommen, die Türverriegelungen zu überprüfen. Noch immer konnten Joe und er ihr Zimmer verlassen, wann immer sie wollten. Der

Kampfgeist, den er nach der Unterhaltung mit Carolina verspürt hatte, war in den letzten Tagen fast völlig verschwunden – eine Folge des *Reaktionstrainings*. Da seine Trainingseinheiten fast immer morgens stattfanden, bekam er meist erst am Abend den Kopf wieder frei. Dann kehrte auch die Erkenntnis zurück, dass sie fliehen mussten. Doch kaum hatte er begonnen, über eine Fluchtmöglichkeit nachzugrübeln, da war er auch schon erschöpft eingeschlafen.

Im Moment war er allein im Zimmer. Joe war beim *Reaktionstraining*. Sams Bett knarzte bei jeder Bewegung, was ihn zur Weißglut brachte.

Er stand auf und ließ sich auf Joes Schlafplatz fallen. Von dort aus betrachtete er sein eigenes Bett mit finsterer Miene. Er wollte es bestrafen, wusste aber nicht wie. Im Zimmer gab es nichts, womit er es zerstören konnte, und er konnte auch nicht raus und dort nach einem Knüppel suchen. Das heißt, er hätte schon rausgekonnt, da der Defekt an ihrem Türschloss ja immer noch nicht bemerkt worden war. Allerdings standen auf dem Gang Wachmänner und die wollten garantiert nicht bei der Zerstörung seines Bettes behilflich sein.

Während Sam noch darüber nachdachte, ging die Tür auf, und Joe kam hereingewankt. Ein Wachmann stieß ihn ins Zimmer, dann wurde die Tür zugeschlagen. Joe schaute überrascht zwischen seinem Bett, auf dem Sam saß, und dem leeren Bett hin und her, wusste aber offenbar nicht, wie er reagieren sollte. Schließlich entschied er sich für sein eigenes Bett. Sam konnte sich gerade noch zur Seite rollen, da plumpste Joe schon auf die Matratze. Im selben Moment hörten sie ganz in der Nähe einen gedämpften Knall. Der Eisenschrank, der an der Wand gestanden hatte, war umgefallen. Krachend zerschellte Sams Bett unter dem Aufprall. Teile des Gestells flogen durch das Zimmer. Eine Staubwolke sieg auf und ließ die beiden Jungen husten.

Mit einem Mal war Sam wieder munter. Etwas ging hier nicht mit rechten Dingen zu. Der Schrank war ganz sicher nicht von allein umgefallen, da steckte Absicht dahinter. Zum Glück hatte er nicht auf seinem Bett gelegen, als es geschehen war. Nur langsam dämmerte es Sam, was da hätte passieren können. Er packte Joe an der Schulter und schüttelte ihn.

»Joe!«, flüsterte er.

Joe zeigte eine überraschende Reaktion. Er begann zu würgen, wollte erbrechen, konnte aber nicht. Dafür lief ihm Speichel aus dem Mund. Sam wischte Joes Gesicht mit dem Laken sauber und half ihm wieder aufs Bett.

Sam setzte sich auf den Schrank und wartete. Langsam, aber sicher verschwand der Nebel aus seinem Kopf und so etwas wie ein Plan nahm Gestalt an. Kein ausgefeilter, raffinierter Plan, aber immerhin ein Plan.

Auch bei Joe wirkte sich der Schock positiv aus: Er kam schneller als gewöhnlich wieder zu Bewusstsein. Nachdem sie sich eine Stunde lang schweigend angestarrt hatten, stand Joe schließlich auf.

»Wir müssen hier weg, Sam. Keine Ahnung, warum und wie. Aber weg müssen wir.«

Sam lächelte. So kannte er Joe.

»Ich weiß zum Glück, warum«, sagte er. »Nur wie weiß ich noch nicht, aber da fällt mir schon etwas ein.«

Joe sah auf die Uhr.

»Wir müssen noch warten. Sie werden jeden Augenblick kommen, um uns zum Abendessen zu holen.«

»Warten?«, fiel Sam ein. »Das Abendessen ist der ideale Zeitpunkt, um abzuhauen.«

»Wie meinst du das?«, fragte Joe.

Bevor Sam antworten konnte, hörten sie Ramóns Stimme im Gang.

»Zeit fürs Abendessen, Kinder! Ich schließe die Türen auf, und ihr macht, dass ihr eure hübschen Gesichter hierherbewegt. Sonst werde ich dafür sorgen, dass sie bald nicht mehr so hübsch sind!«

Ramóns Worte wirkten wie eine brennende Fackel unterm Hintern. In null Komma nichts standen die Schüler im Gang. Auch Joe und Sam. An der Treppe wartete Ramón, flankiert von zwei Wachmännern. Er zählte die Schüler ab und schloss dann die Zimmertüren.

»Gut, alle da. Wunderbar, mir nach.«

Ramón und die Wachmänner drehten sich um und gingen zur Treppe. Nun war der richtige Moment.

»Jetzt«, flüsterte Sam.

Er packte Joe bei den Schultern und zerrte ihn grob wieder in ihr Zimmer. Dann schob er die Finger in den Türspalt, damit die Tür nicht zufallen konnte. Das Ganze hatte nur ein paar Sekunden gedauert. Auf der anderen Seite des Ganges schaute Ramón sich noch einmal um. Zu seiner Zufriedenheit sah er nur folgsame Schüler und geschlossene Türen.

Sam und Joe keuchten. Das Herz klopfte ihnen bis zum Hals – hoffentlich hörte es niemand! Das Adrenalin gab ihnen neue Energie.

Sie wussten genau, dass sie die Flucht wagen mussten, solange sie noch konnten.

Wer weiß, in welchem Zustand ich nach dem nächsten *Reaktionstraining* bin, dachte Sam.

Joe war deutlich schwächer als er. Er konnte kaum stehen, sodass Sam ihn stützen musste.

»Ruhig, Joe. Alles wird gut.«

Ungeduldig wartete Sam, dass Joe sich wieder fing. Nachdem Sam ihm ein wenig Wasser ins Gesicht gespritzt hatte, atmete Joe ein paarmal tief ein und aus, drehte den Kopf hin und her und blinzelte.

»Okay, es geht schon. Wir sollten uns lieber ranhalten.«

Joe ging zur Tür und hielt dann inne.

»Was machen wir jetzt eigentlich?«

»Wir durchsuchen Tommieboys Büro«, antwortete Sam ruhig, als wäre es das Normalste der Welt.

»Wir durchsuchen Tommieboys Büro?«

Joe zog ein komisches Gesicht, während er laut Sams Worte wiederholte. Mit hochgezogenen Augenbrauen ließ er die Worte in seinem Kopf nachhallen und sagte dann schulterzuckend: »Klar, warum nicht? Los, hauen wir ab. Du übernimmst die Führung. Ich fühle mich noch nicht so fit.«

Sam vermutete, dass Joe nicht ganz begriff, wie gefährlich das war, hütete sich aber, darauf hinzuweisen. Er war froh, nicht alleine zu sein. Sollte etwas schiefgehen, konnten sie sich wenigstens gegenseitig helfen.

Sam zögerte kurz und überlegte. War es nicht besser, einfach abzuwarten? Früher oder später würden die Leute von der *Spy School* sie schon hier rausholen. Nun riskierte er eine erneute Strafe. Und ob er erneut mit dem Leben davonkäme, stand in den Sternen.

»Wo bleibst du denn, Sam? Ich fühl mich schon ganz einsam.«

Joes Enthusiasmus überzeugte Sam. Nicht nachdenken, einfach loslegen. Sonst würde es ihm später noch um die verpasste Chance leidtun. Sam eilte in den Gang. Joe war schon beinahe an der Treppe.

Sam versuchte, sich zu erinnern, wo Tommieboys Büro war. Am besten suchte er erst einmal das Klassenzimmer, in dem sie im Fach *Kampftechniken* unterrichtet wurden. Von dort aus müsste er den Weg finden. Dachte er zumindest.

In dem Labyrinth der Gänge half es ihm gar nichts, dass er den Weg schon einmal gegangen war. Alles war so verwirrend wie beim ersten Mal. Auf gut Glück führte Sam Joe durch den Bunker. Joe war froh, dass Sam sich so gut auskannte, und folgte ihm brav.

Nachdem sie viele Male abgebogen und sich immer wieder instinktiv für die eine oder die andere Richtung entschieden hatten, beschlich Sam das Gefühl, dass ihnen jemand folgte. Er blieb stehen und spitzte die Ohren.

»Was ist los?«, fragte Joe.

»Psst.«

Sam legte den Finger auf die Lippen. Er lauschte angestrengt, hörte aber nichts. Joe sah sich um und lauschte ebenfalls. Aber auch er hörte nichts.

Sam versuchte, das Gefühl, verfolgt zu werden, von sich abzuschütteln und ging weiter.

Der Gang kam ihm bekannt vor. Hatte er sich hier nicht vor Jerome und Eve versteckt? Oder war das woanders gewesen? Er beugte sich vor und stützte die Hände auf die Knie. Warum sahen diese dunklen Gänge nur alle gleich aus?

Ein Poltern ließ die beiden Jungen aufschrecken. Woher kam das? Sie drehten sich um, konnten aber in der Dunkelheit nichts erkennen. Auf einen Schlag war es wieder still. Sams Hände wurden klamm. Nur ihre eigenen Atemzüge waren noch zu hören. Was es auch war, es war weg – oder hatte sich verdammt gut versteckt.

Sie gingen weiter. Nach kurzer Zeit hörte der Gang unvermittelt auf. Sam begriff das nicht. Er hätte schwören können, dass sie schon beinahe am Ziel waren. Auch Joe wirkte zunehmend verzweifelt, obwohl er sich alle Mühe gab, das zu verbergen.

»Wir sind fast da, du wirst schon sehen«, flüsterte er aufmunternd.

Sam konnte mit Mühe nicken und müde lächeln. Wie schön, dass Joe noch hoffen konnte, er selbst schaffte das nicht mehr. Vor allem nicht, als er über einen großen Haufen stolperte und sich die Hände an dem rauen Boden aufschürfte.

»Verdammt!«, fluchte er.

Sofort hielt er sich den Mund zu. Egal was geschah, sie mussten still sein. Wenn man sie erwischte, könnte das ihr Ende bedeuten. Sam hatte wegen seiner verwundeten Hand den salzigen Geschmack von Blut auf den Lippen.

»Sam!«

Joes Flüstern klang panisch. Sam sah auf.

Sein Freund starrte mit großen Augen auf den Haufen, über den Sam gestolpert war. Sam stockte der Atem. Ein Wachmann lag vor ihnen am Boden! Sein Brustkorb hob und senkte sich sanft, seine Augen waren geschlossen. Aus seiner unnatürlichen Haltung konnte man schließen, dass er nicht einfach nur schlief.

»Er ist bewusstlos«, flüsterte Sam, als sich sein Herzschlag wieder beruhigt hatte.

»Wie kann das denn sein?«, fragte Joe.

»Da fällt mir nur *eine* Möglichkeit ein«, antwortete Sam. »Jemand hat ihn betäubt – bewusstlos geschlagen oder so.«

Das klang logisch, war aber völlig unmöglich. Das wussten Sam und Joe genau.

»Aber wer soll das gewesen sein?«

Joes Frage hatte den wunden Punkt dieser These getroffen. Wer würde in diesem Bunker einen Wachmann niederschlagen? Oder was war hier sonst passiert?

Sam wollte sich nicht weiter den Kopf darüber zerbrechen. Je länger sie hier stehen blieben, desto größer war die Gefahr, dass sie erwischt wurden.

»Los, Joe, wir müssen weiter. Halt, warte …«

Sam tastete im Dunkeln nach der Pistole des Wachmanns und zog sie aus dem Halfter.

»Man kann nie wissen«, sagte er zu Joe, steckte sich die Pistole in den Hosenbund und ging los. Joe folgte ihm auf den Fersen.

Wie ein Spürhund flitzte Sam durch die Gänge. Er hatte die Beute gewittert und würde erst haltmachen, wenn er zuschnappen konnte.

Und tatsächlich. Kurz darauf kamen sie an die Tür von Tommieboys Büro. Sam seufzte erleichtert auf. Keine Sekunde zu früh.

Er legte die Hand auf die Türklinke und drückte sie nach unten, doch die Tür war abgesperrt. Er biss sich auf die Lippen. Dass er daran nicht gedacht hatte, war wirklich blöd. Natürlich duldete Tommieboy keine unerwünschten Besucher in seinem Büro.

»Abgeschlossen«, sagte er leise zu Joe.

Der zuckte mit den Schultern.

»Na und?«

»Wie, na und? Dann können wir uns den Plan abschminken.«

Joe schüttelte den Kopf. »Du machst dir wohl nicht gern die Hände schmutzig, oder?«

»Wie meinst du das?«

Statt zu antworten, trat Joe einen Schritt zurück. Er atmete tief ein und warf sich dann mit voller Wucht gegen die Tür. Die krachte, gab aber nicht nach. Immerhin war da jetzt ein Spalt, durch den man hindurchsehen konnte. Joe ging wieder einen Schritt zurück, stützte sich mit den Händen an den Wänden neben der Tür ab und versetzte seinem Gegner einen wohlplatzierten Tritt. Die Tür flog krachend auf.

»So meine ich das«, sagte Joe zufrieden.

Sam starrte zur Tür. Um das Schloss herum war das Holz abgesplittert.

»Sehr vernünftig, Joe. Wie aus dem Lehrbuch. Und so unauffällig. Tommieboy wird gar nicht merken, dass jemand in seinem Büro war.«

Trotzdem war er froh über Joes brachiales Vorgehen. Sonst hätten sie unverrichteter Dinge wieder abziehen müssen.

»Du gehst rein, Sam«, schlug Joe vor. »Ich stehe Schmiere.«

Sam dachte kurz nach und nickte dann.

»Gut. Wenn was ist, pfeifst du zweimal.«

»Mach ich. Los, beeil dich.«

Sam ging in das Büro. Als Erstes tastete er nach dem Lichtschalter an der Tür. Das Licht war unangenehm grell. Ansonsten hatte sich Tommieboy bei der Einrichtung seines Büros richtig Mühe gegeben.

Ganz vorne stand ein Schreibtisch mit einem Computer. An der Wand dahinter prangte ein Stahlschrank mit Schiebetüren, ihm gegenüber standen ein dunkelbrauner Sessel und ein kleiner Couchtisch. Tommieboy wollte seine Besucher offenbar mit Stil empfangen. Ein ungebetener Gast wie Sam konnte allerdings wohl kaum mit einem Glas Champagner rechnen. Eher mit einem kalten Pistolenlauf an der Schläfe.

Unter der Tastatur auf dem Schreibtisch lag eine Mappe. Sam schaltete zuerst den Computer an und zog dann die Mappe heraus. Er sah sich die Aufschrift an: *Operation Schwarzer Regen.*

Volltreffer! Endlich war das Glück mal auf seiner Seite. Nervös blätterte er die Unterlagen durch.

Es gab für jeden Schüler ein Dossier. Darin stand, wie oft der Betreffende jeweils das *Reaktionstraining* absolviert hatte und wie er sich dabei entwickelt hatte. Bei manchen Schülern hatte Tommieboy ein Pluszeichen vermerkt, bei anderen ein Minuszeichen. Was sollte das bedeuten?

Sam suchte nach seinem eigenen Dossier. Hinter seinem Namen prangten drei Minuszeichen. Er hielt das für ein gutes Zeichen, denn was für Tommieboy schlecht war, musste für Sam gut sein. Unten auf dem Blatt stand etwas Eigenartiges, eine Namensliste. Und es waren keine unbekannten Namen. Auf Sams Liste standen April, February, Washington und November. Danach kamen die Namen anderer Lehrkräfte der *Spy School* und der CIA. Auch Autumn, Summer und Spring waren aufgelistet. Zum Schluss folgten die Namen seiner Mitschüler.

Was hatte das zu bedeuten? Sam blätterte weiter. Nach den Dossiers kam ein Informationsblatt über die Operation selbst. Er ließ seinen Blick über den Text schweifen.

Jeder Schüler arbeitet seine Liste der Reihe nach ab. Wenn alles gut läuft und jeder Schüler seine Nummer eins erledigt, braucht sich nur noch die Hälfte an ihre Nummer zwei zu machen. Aber um jedes Risiko auszuschließen, hat jeder eine vollständige Liste bekommen. So werden etwaige Fehler von einem anderen Schüler aufgefangen.

Was meinten sie denn mit »abarbeiten« und »erledigen«? Sam schwante Schlimmes. Plötzlich wurde ihm klar, was es mit der Operation Schwarzer Regen auf sich hatte. Ängstlich las er weiter.

Beim letzten Reaktionstraining *ist es wichtig, dass jeder Schüler seine Opfer in der richtigen Reihenfolge präsentiert bekommt. Die Operation muss schnell und effizient verlaufen, daher dürfen niemals zwei Schüler hinter der gleichen Person her sein. Wir dürfen auf keinen Fall Misstrauen erregen. Jerome und Eve sorgen dafür, dass jeder Schüler seine Waffe im Gepäck hat. Sie kümmern sich auch um ein Flugzeug, mit dem die Schüler zurückkehren. Die Schüler werden ihren Auftrag innerhalb von vierundzwanzig Stunden nach ihrer Ankunft erledigen. Wenn sie das* Reaktionstraining *gut abgeschlossen haben, werden sie nicht ruhen, bevor ihr Auftrag erledigt ist. Sobald sie ihre erste Liste abgearbeitet haben, machen sie automatisch mit der zweiten Liste weiter. Letztlich wird also nur einer von ihnen als Mitwisser übrig bleiben. Nach zwei Wochen verlieren das Serum und die Tabletten ihre Wirkung, und dieser eine Schüler und eventuell weitere, die übrig geblieben sein sollten, werden sich an nichts mehr erinnern können. Dann hat die Gerechtigkeit gesiegt.*

Gerechtigkeit? Langsam ergaben die Puzzlestücke einen Sinn. Sam schüttelte verzweifelt den Kopf. Was für eine Katastrophe! Sobald das Flugzeug mit den Schülern wieder auf amerikanischem Boden landete, wäre es vorbei mit der *Spy School*. Und mit der Schule der CIA ebenfalls! Und er selbst wäre dafür mitverantwortlich!

Er musste etwas tun, solange er noch konnte. Bald würde auch er völlig unter der Kontrolle der Gangster stehen. April stand auf seiner Liste an Position eins. Er durfte gar nicht daran denken ...

Operation Schwarzer Regen ... Bald sollte es so weit sein und über Langley würde ein schwarzer Kugelregen niedergehen. Niemand würde ihm entkommen. Und die Täter wussten noch nicht einmal, was sie da taten.

Und das alles war seine Schuld. Er dachte an seine Zeit in der A-Klasse zurück, als er Tommieboy auf dem Dach betäubt und die Pläne von Tommieboys Boss durchkreuzt hatte. Darum waren sie nun hier. Darum sollten er und seine Mitschüler die eigenen Lehrer umbringen. Denn die Operation Schwarzer Regen hatte nur ein Ziel: Rache.

Der Computer war inzwischen hochgefahren und auf dem Monitor erschien ein Kästchen: *Geben Sie Ihr Passwort ein.*

Mist, natürlich war der Computer geschützt! Sam hatte Summer warnen wollen, aber das Passwort machte ihm einen Strich durch die Rechnung.

Zwei kurze Pfiffe schreckten ihn auf. Da kam jemand! Sam legte die Mappe hin und ging zur Tür. Gerade als er sie öffnen wollte, hörte er eine Männerstimme im Gang.

»Was hast du hier zu suchen?«

Erschrocken presste er sich an die Tür.

»Ähm, ich habe mich verlaufen«, hörte er Joe stottern.

Was mach ich jetzt nur?, überlegte Sam fieberhaft. Soll ich Joe zu Hilfe kommen? Aber wie?

»Verlaufen? Aber klar. Du solltest im Speisesaal sein!«

»Ich musste mal. Ramón hat es erlaubt. Aber dann habe ich nicht mehr zum Speisesaal zurückgefunden.«

Joes Stimme zitterte. Er wusste, dass der Wachmann ihm nicht glaubte, aber was blieb ihm anderes übrig?

»Bist du alleine hier?«

Sams Herz setzte kurz aus. Bitte, Joe, dachte er. Ich muss die anderen warnen können.

»Äh, ja«, antwortete Joe.

»Was hast du mit der Tür angestellt?«

Nun war alles zu spät. Joe war aufgeflogen. Der Wachmann wusste Bescheid. Ob er Joe wenigstens geglaubt hatte, dass er allein unterwegs war?

Für einen Augenblick war es still. Was war da los? Dann bewegte sich die Türklinke nach unten. Sam spürte einen leichten Druck im Rücken und stemmte sich gegen die Tür. Die Klinke ging wieder nach oben.

»Du bist also nicht reingekommen«, brummte die Stimme. »Zum Glück. Sonst wäre es aus mit dir. Obwohl du dir auch jetzt keine großen Hoffnungen machen solltest. Komm mit.«

»Bitte, ich hab doch nichts getan«, bettelte Joe, aber vergeblich.

»Los, Junge. Wehr dich nicht.«

Sam hörte, wie sein Freund mitleidslos weggezerrt wurde. Wenn Ramón davon erfuhr, steckte Joe ganz schön in Schwierigkeiten. Ob sie ihn tatsächlich umbringen wollten?

Sam stiegen Tränen in die Augen. Wie sollte er sich das jemals verzeihen, dass er seinen Schulkameraden in diese Situation gebracht und dann im Stich gelassen hatte? Mutlos sank er an der Tür entlang zu Boden. Joe würde das erste Opfer der Operation Schwarzer Regen sein – ganz ohne raffinierte Tricks. Ein übermütiger Plan von Sam hatte genügt.

17

Die Hoffnung stirbt zuletzt

Und nun? Sam war verzweifelt. Sollte er einfach hier im Zimmer sitzen bleiben? Nein! Damit würde er nur sein eigenes Todesurteil unterschreiben. Er wusste nun, was es mit der Operation Schwarzer Regen auf sich hatte. Das allein reichte, damit Tommieboy ihn aus dem Weg räumte. In den Augen seiner Entführer wäre er der faule Apfel, der den ganzen Korb verderben könnte. Aber war er das nicht ohnehin schon? Er dachte wieder daran, wie der Schrank auf sein Bett gefallen war. Direkt zuvor hatten sie einen Knall gehört. Jemand hatte ihn ermorden wollen. Tommieboy?

Sam saß noch immer im Büro des Feindes und spielte planlos an der Pistole herum, die er dem Wachmann abgenommen hatte. Er musste fliehen und Summer warnen, um jeden Preis! Aber was war mit den anderen? Und wie sollte er ganz allein von hier wegkommen? Die Gedanken schwirrten in seinem Kopf umher und lähmten sein Gehirn.

Sam stand auf. Es war ganz sicher ein Fehler, einfach hier sitzen zu bleiben. Er musste in Bewegung bleiben und durfte sich nicht erwischen lassen. Bestimmt hatten sie sein Verschwinden schon bemerkt. Bald würde man das ganze Gebäude nach ihm absuchen.

Mit der Pistole im Anschlag lief Sam durch die Gänge. Er hatte noch nie mit einer echten Pistole geschossen und hoffte, dass es auch nun nicht nötig sein würde. Diesmal fand er seinen Weg ganz schnell. Als er zur Treppe kam, seufzte er erleichtert. Die oberen Stockwerke des Bunkers waren nicht so verwirrend wie die Kellergeschosse. Da würde er sich zurechtfinden.

Als er die Treppe hinaufstieg, hörte er Stimmen. Er blieb stehen und lauschte. Es waren seine Mitschüler, die vom Essen kamen und nun auf ihre Zimmer zurückgebracht wurden. Sam stieg weiter die Treppe hoch, bis er direkt hinter dem letzten Wachmann war. Sie hatten beinahe schon das Stockwerk erreicht, auf dem ihre Zimmer lagen.

Die Gruppe bog in den Schlaftrakt ein. Sam folgte ihnen so dicht, dass er beinahe Teil der Gruppe war. Glücklicherweise konzentrierten sich die Wachmänner nur auf das Geschehen vor ihnen. Sam spähte um die Ecke. Er zählte nur zwei Wachmänner. Wo war Ramón?

Vor Nervosität konnte er kaum atmen. Ramón war nicht dabei, das war gut. Andererseits bedeutete das auch, dass der Aufseher jederzeit hinter ihm auftauchen könnte. Er musste sich entscheiden. Sollte er warten, bis die Wachmänner gegangen waren, oder sollte er gleich zuschlagen? Er hätte gerne eine hübsche Liste mit allen Vor- und Nachteilen angelegt, doch dafür blieb keine Zeit. Die Wachmänner öffneten die Zimmertüren. Sollte er nun, ja oder nein? Die Pistole zitterte in seinen Händen. Warten schien ihm die beste Lösung zu sein ...

Doch diesmal hatte er die Nase voll davon zu warten. Diesmal musste er etwas tun. Er würde ja sehen, wie weit er damit kam.

»Hände hoch! Alle!«

Möglichst selbstbewusst richtete er die Pistole auf die Schüler und die beiden Wachmänner, die ihn alle verblüfft anschauten.

»Hände hoch, habe ich gesagt! Auch die Schüler!«

Die Schüler sahen sich fragend an, reagierten aber nicht. Sam ließ den Blick hastig über die Gruppe schweifen und registrierte jede Bewegung. Langsam wurde ihm klar, wie absurd die ganze Situation war. Wie konnte er nur annehmen, er könnte ganz alleine eine so große Gruppe kontrollieren?

»Los, macht schon. Lasst eure Hände sehen!«

Seine Stimme klang schrill und panisch. Das war auch den Wachmännern nicht entgangen. Sam merkte, wie einer von ihnen dem anderen ein Zeichen gab.

Was bedeutete das? Die Antwort ließ nicht lange auf sich warten: Der Wachmann vor ihm ließ die Hand nach unten zu seiner Pistole gleiten.

Ein lauter Knall und eine Kugel, die haarscharf an seinem Kopf vorbeisauste, ließen ihn jedoch erstarren. Sam sah ihn verbissen an. Aus der Pistole in seiner Hand quoll heller Rauch. Sofort schnellten die Arme der Schüler und der erschrockenen Wachmänner in die Höhe.

»Schon besser«, brummte Sam. Er konnte kaum glauben, dass er tatsächlich geschossen hatte. Seine Hand zitterte jedoch nicht mehr und er hielt die Pistole so routiniert wie ein Profi. Die Kugel war genau dort gelandet, wo er sie haben wollte.

Sam wusste auch, wo er so schießen gelernt hatte. Hier, in diesem Trainingscamp. Tommieboy wollte kaltblütige Mörder aus ihnen machen, und genau das kam Sam nun zugute. Das sahen auch die Wachmänner. Sie wussten genau, dass Sam sie erschießen würde, sollten sie noch einmal Schwierigkeiten machen.

In Sams Innerem tobten widerstreitende Gefühle. Er hatte vielleicht die Automatismen eines Mörders verinnerlicht, aber noch lange nicht die Mentalität. Das jedoch durften die Wachmänner auf keinen Fall merken.

»Daphné, Mark und Katie. Nehmt ihnen die Waffen ab. Und auch die Handys oder Funkgeräte, falls sie so etwas bei sich haben. Die anderen halten weiter die Hände hoch!«

Die drei taten, was Sam ihnen aufgetragen hatte. Mit den Waffen in den Händen sahen sie Sam fragend an. Der hatte schon die nächste Anweisung für sie.

»Bringt nun jeden von ihnen in ein eigenes Zimmer, aber nicht in meines. Macht die Türen noch nicht zu und bewacht die beiden gut.«

Mit sanftem Druck führten Daphné und Mark jeweils einen Wachmann in ein Zimmer. Die beiden schauten ganz und gar nicht erfreut. Wie sollten sie das ihren Chefs erklären? Dann richtete Sam die Pistole auf einige Schüler.

»Okay, Chandler, Dana, Sarah, Vera, James, David und Ann: Ihr geht jetzt auch jeweils zu zweit in ein Zimmer. Wir holen euch später.«

Die genannten Schüler erschraken und sahen Sam verärgert an. Der aber ließ sich nicht erweichen. Er winkte mit der Pistole.

»Los, beeilt euch ein bisschen!«

Widerwillig gehorchten sie unter den wachsamen Augen der anderen Schüler.

»Und jetzt schließt die Türen zu«, befahl Sam.

»Sam, warte«, sagte John Cole. »Was ist mit Jimmy?«

Sam sah zu Jimmy, der regungslos dastand. John hatte recht. Konnten sie ihm wirklich vertrauen? Jimmy war nach der Fluchtaktion zwar auch bestraft worden, aber er zählte immer noch zu den Schülern, die sich am meisten verändert hatten. Und es war nicht auszuschließen, dass er ihre Flucht verraten hatte.

»Tut mir leid, Jimmy, wir können kein Risiko eingehen. Steckt ihn ebenfalls in ein Zimmer.«

Zu Sams Überraschung nickte Jimmy verständnisvoll und ging freiwillig. Es war eine schwierige Entscheidung, aber Sam hatte keine Wahl. Nur die Schüler, denen er absolut vertraute, durften ihn begleiten.

»Sind alle Türen geschlossen?«

Seine Freunde nickten. Sam drückte auf den Knopf und lauschte zufrieden dem Klicken der Schließanlage. Der erste Schritt war geschafft. Zwar wusste er noch nicht, wie es nun weitergehen sollte, aber das würden sie bestimmt bald herausfinden.

»Gut. Mir nach. Ich weiß, ihr habt keine Ahnung, was hier passiert, aber das erkläre ich euch noch. Bald könnt ihr wieder klar denken. Bis dahin macht einfach, was ich euch sage.«

Diese Worte waren nötig, weil sich noch nicht alle Schüler von ihrem letzten *Reaktionstraining* erholt hatten. Sam stieg die Treppe hoch und war froh, dass die anderen ihm folgten.

Noch ein Gang, dann waren sie im Freien. Die frische Luft würde ihnen hoffentlich guttun. Dennoch war Sam nervös, denn er hatte keine Ahnung, was sie draußen erwartete. Die Schüler stürmten wie ein Rudel hungriger Wölfe, die Blut gerochen hatten, zum Ausgang. Auf halbem Weg jedoch blieb Sam abrupt stehen und mit ihm die anderen Schüler, die alle aufeinanderprallten. Hinter den Gittern ihrer Zelle saß Carolina am Boden und starrte mutlos an die Wand.

»Carolina?«

Carolina sah erschrocken auf. Sie erschrak noch mehr, als sie die vielen Kinder vor ihrer Tür erblickte, die sie anstarrten, als wäre sie eine Attraktion in einem Zoo.

»Was macht ihr hier?«

»Wir konnten entkommen«, sagte Sam. »Und diesmal werden sie uns nicht aufhalten!«

Panik stieg in Carolinas Augen, als sie sah, dass es ihm ernst war. Fürchtete sie, dass man sie wieder für die Taten Sams und seiner Gefährten bestrafen würde? Das brauchte sie nicht. Die Schüler wollten sich nicht einfach aus dem Staub machen. Nun konnten sie sich endlich bei der Putzfrau revanchieren. Sie musste weg von hier. Man hatte sie lange genug ausgebeutet.

»Und du kommst mit«, sagte Sam.

»Wie denn? Ich hier festsitzen.«

Sam musterte das Schloss an der Tür. Das konnten sie so schnell nicht knacken. Außer ...

»Geh mal zur Seite, Carolina. Stell dich da an die Wand, dann kann dir nichts passieren.«

Sam richtete die Pistole auf das Schloss.

»Was? Was willst du …?«

»Tu es einfach.«

Gehorsam trat Carolina zur Seite und kauerte sich ängstlich an die Wand. Sam zielte und schoss. Der Schuss zerschmetterte mühelos das Schloss. Mit einem Finger stieß Sam die Gittertür auf.

»So, komm mit.«

Carolina huschte aus der Zelle und rannte mit den Schülern mit. Beim großen Tor blieb Sam wieder stehen.

»Weiß jemand, wie die Tür aufgeht?«, fragte er laut.

Niemand antwortete. Die Tür war immer offen gewesen, wenn sie rausmussten. Auch Carolina zuckte ratlos mit den Schultern. Ihre Arbeit beschränkte sich auf das Innere des Bunkers. Sam versuchte, die Finger in den Spalt zwischen den Türflügeln zu schieben und sie auseinanderzudrücken, doch vergeblich. Verzweifelt zog er die Pistole und richtete sie auf das Tor.

»Sam, warte!«, schrie Daphné.

In dem Moment, als er schoss, öffnete sich die Tür von selbst. Als hätte sie Angst vor dem Schuss gehabt. Die Kugel zischte durch die offene Tür und flog weit weg in den Dschungel.

»Hast du sie nicht mehr alle?«, sagte Daphné streng. »Schalte doch erst mal dein Hirn ein! Wenn die Kugel von der Tür abgeprallt wäre, hätte sie leicht einen von uns treffen können. Hier an der Wand ist ein Knopf, um die Tür zu öffnen. Hättest du erst einmal in Ruhe nachgesehen, wäre dir das aufgefallen. Du musst echt mal wieder ein bisschen runterkommen.«

Sam atmete tief ein und aus. Daphné hatte recht. Seit er Tommieboys Büro verlassen hatte, war er völlig überdreht. Er handelte erst und dachte dann nach. Manchmal dachte er auch gar nicht, so wie eben. Es war die Pistole, sie gab ihm ein Gefühl von Macht und Kontrolle. Es wurde Zeit, dass er damit aufhörte.

»Gib ruhig her, Sam«, sagte Carolina, die sah, wie sich seine Hand um die Pistole krampfte.

Sam reichte ihr automatisch die Pistole und verschränkte die Hände hinter dem Kopf. Während sich sein Herzschlag beruhigte, schaute er nach draußen. Der Platz vor dem Bunker war hell erleuchtet und leer. Offenbar waren alle Bewohner im Innern. Seltsam. Wurde das Lager denn gar nicht bewacht?

Die Schüler schlichen zögernd hinaus, ständig auf der Hut vor einer neuen Überraschung. Doch dann geschah etwas, womit sie im Leben nicht gerechnet hätten.

»Hände hoch. Hier ist euer Abenteuer zu Ende!«

Langsam drehte Sam sich um. Das war doch nicht möglich! Sollte das ein Scherz sein? Ein schlechter Scherz, aber trotzdem ...

Carolina hatte den Arm um Julia Stevensons Hals geklammert und drückte dem Mädchen die Pistole an die Schläfe. Julias Augen waren vor Schreck weit aufgerissen.

»Hände hoch, habe ich gesagt. Du auch, Smith!«

Sam hob kopfschüttelnd die Hände. Was sollte das? Hatte Carolina Angst um ihre Kinder?

»Ihr da«, schnauzte Carolina und nickte zu Daphné und Mark hinüber. »Lasst eure Waffen fallen und schiebt sie hier rüber.«

Die beiden gehorchten. Carolina tastete mit dem Fuß nach den Pistolen und beförderte sie mit einem Tritt hinter sich in den Bunker.

Sam war völlig verwirrt. Warum sprach Carolina auf einmal fließend Englisch, nachdem sie zuvor immer so herumgestottert hatte? Was lief da?

»Machst du das für deine Kinder?«, fragte Sam. »Hast du Angst, dass ihnen was geschieht, wenn du uns gehen lässt?«

Carolina warf den Kopf in den Nacken und lachte schallend. »Für meine Kinder? Ja genau, für die mache ich das, für meine lieben, armen Kinderlein. Wie naiv du doch bist, Smith.«

»Du hast gar keine Kinder?«, rief Sam. »Du hast uns die ganze Zeit was vorgelogen? Aber warum denn?«

Carolina lächelte mitleidig über so viel Gutgläubigkeit, behielt dabei aber alle ganz genau im Auge. Ihr Arm hielt noch immer Julias Hals umklammert. Die Ärmste lief allmählich rot an.

»Ach, Smith, das erkläre ich dir ein andermal. Jetzt gehen erst mal alle zurück nach drinnen! Und zwar zackig!«

Die Schüler zögerten. Wenn sie wieder in den Bunker gingen, waren sie verloren. Ramón hatte ihnen bereits beim letzten Mal gedroht, dass sie nicht noch einmal lebend davonkommen würden. Sam baute sich vor Carolina auf.

»Nimm mich und lass die anderen gehen. Die brauchst du nicht.«

Natürlich würde Tommieboy sie sehr wohl brauchen, weil sonst die ganze Operation Schwarzer Regen ins Wasser fiel. Aber vielleicht wusste die Putzfrau das nicht.

Carolina seufzte genervt.

»Glaubst du ernsthaft, ich würde mit dir verhandeln? Denk noch mal scharf nach!«

Carolina zog Julia noch enger zu sich her, was bei dem Mädchen einen heftigen Hustenanfall auslöste, nahm die Pistole von ihrer Schläfe und richtete sie auf Sam.

»Ich habe langsam die Nase voll, Smith. Ich hätte schon viel früher auf Tommieboy hören sollen. Du kannst einem in der Tat gewaltig auf die Nerven gehen. Überall musst du dich einmischen. Die Welt wird dankbar sein, wenn sie endlich von dir erlöst ist!«

Mit diesen Worten legte Carolina an und zielte auf seinen Kopf. Sam erstarrte. Er war nicht in der Lage, sich zu ducken oder irgendwie auszuweichen. Stattdessen starrte er Carolina ganz cool an. Lächelnd drückte sie ab. Sam schloss die Augen.

Klick.

Kein Schuss, kein Knall, keine Kugel, die sich in sein Hirn bohrte. Sam öffnete die Augen und sah, wie Carolina wütend die Pistole schüttelte. Doch diese weigerte sich standhaft, eine Kugel auszuspucken.

Julia nutzte die Gelegenheit, wand sich aus Carolinas Griff, der sich gelockert hatte, und stieß sie um.

Carolina fiel zu Boden und die Pistole landete schwer auf ihrem Magen. Sie fing laut an zu husten.

»Schnell, weg hier!«, rief Sam.

Das ließen sich die Schüler nicht zweimal sagen. Die meisten hatten inzwischen begriffen, was los war, und wussten, dass dies der Moment war, dem Lager Lebewohl zu sagen. Sie rannten wie besessen zum Zaun, während sich Carolina mühsam aufrappelte.

Sam blickte sich noch einmal um und sah vom grellen Licht der Scheinwerfer geblendet die schemenhafte Gestalt des Wachpostens oben auf dem Bunker. Der Wachmann stand hinter dem Scheinwerfer, hielt sie aber nicht durch Schüsse auf. Das war, gelinde gesagt, ziemlich seltsam.

Die ersten Schüler hatten den Zaun erreicht und stießen gegen das Tor, das von alleine aufging. Das traf sich gut. Wieder konnte Sam sich des Gefühls nicht erwehren, dass da etwas nicht stimmte. Die anderen Schüler achteten nicht darauf, sie waren fest entschlossen, das Lager hinter sich zu lassen und niemals zurückzukehren. So zumindest war der Plan.

Stinksauer stürmte Tommieboy in Jeromes Büro. Er stieß die Tür mit einem kräftigen Fußtritt krachend auf, stemmte beide Hände auf den Schreibtisch und beugte sich drohend zu Jerome vor.

»Kannst du die verdammten Gören nicht eine Minute im Zaum halten?«

Jerome fiel aus allen Wolken. Die Schüler wurden doch ständig von seinen Leuten bewacht. Wovon sprach Tommieboy?

»Was meinst du damit?«, fragte er vorsichtig.

»Ich meine, dass sie in mein Büro eingebrochen sind! Höchstwahrscheinlich sind sie nun über die Operation Schwarzer Regen im Bilde! Herzlichen Glückwunsch!«

»Warum lässt du deine Unterlagen auch offen im Büro herumliegen?«, konterte Jerome und merkte zu spät, dass diese Antwort nicht besonders schlau war. Tommieboys Gesicht lief noch röter an, falls das überhaupt möglich war.

»Willst du jetzt *mir* die Schuld in die Schuhe schieben? In Zukunft plane ich also ein, dass meine Gefangenen möglicherweise in mein Büro einbrechen könnten. Entschuldige bitte meinen Leichtsinn!«

Das vertraute Klingeln unterbrach die beiden Streithähne.

»Kannst du kurz warten?«, stotterte Jerome. »Der Boss …«

Er drückte auf eine Taste am Computer. Tommieboy atmete ihm ins Gesicht.

»Ja, hier Jerome.«

»Jerome, was hast du nur mit den Kindern angestellt?«, ertönte eine aufgeregte Stimme. »Sie sind gerade … krrr… ent…, ich … psss… weg … sehen … verd… Mist …«

Die Verbindung war gestört. Jerome und Tommieboy gaben sich alle Mühe, die knacksenden Geräusche zu verstehen, doch das war unmöglich. Nach einer Weile brach der Kontakt ganz ab.

»Ganz prima«, sagte Tommieboy wütend. »Den Computer hast du also auch geschrottet.«

Jerome warf Tommieboy einen verärgerten Blick zu, schwieg aber. Er freute sich auf den Tag, an dem er endlich von diesem unmöglichen Kerl erlöst war. Doch Tommieboy war nun mal ein enger Vertrauter des großen Bosses. Vorerst musste er sich also zusammenreißen.

»Was machen wir mit den Kindern, die den Einbruch begangen haben?«, wollte Jerome wissen.

»Das war nur einer«, antwortete Tommieboy. »Hoffe ich zumindest … Wenn es nach mir geht, gibt es nur eine Lösung, aber wir fragen lieber erst den Boss. Der braucht die Schüler ja noch.«

Im selben Moment erschien eine wütende Carolina in der Tür. Hätte Tommieboy nicht schon die Vorarbeit geleistet, hätte sie vor Wut ebenfalls die Tür aufgetreten. Stattdessen packte sie die Türklinke und knallte die Tür ein zweites Mal gegen die Wand. Tommieboy und Jerome sahen die Putzfrau verblüfft an.

»Wie kommst du hierher?«, fragte Jerome. »Du warst doch eingesperrt.«

»Und was glaubst du eigentlich, wer du bist?«, fügte Tommieboy hinzu. »Du hast wohl vergessen, wofür man dich eingestellt hat? Mach, dass du wegkommst, wir haben zu tun. Such dir irgendwo einen Gang zum Putzen!«

Carolina ignorierte Tommieboys Schelte und ging auf ihn zu. Verblüffend cool packte sie ihn am Kragen und hob ihn hoch, bis er nur noch mit den Zehenspitzen den Boden berührte.

»Halt den Mund, Tommieboy«, zischte sie. »Ich weiß, ihr habt viel zu tun. Schade nur, dass ihr eure Arbeit so unglaublich schlecht erledigt.«

Sie ließ Tommieboy los, der daraufhin kurz in sich zusammensackte. Carolinas Wut galt nun dem Computer auf Jeromes Schreibtisch. Mit einem kräftigen Hieb fegte sie den Bildschirm herunter. Krachend landete er auf dem Boden.

»Genau das wollte ich euch über den Dreckscomputer erklären«, fuhr sie fort. »Aber auf den ist genauso wenig Verlass wie auf euch. Ich frage mich, was ihr damit angestellt habt!«

Tommieboy und Jerome machten große Augen. Ihr großer Boss, derjenige, der ihnen immer die Befehle erteilt und sie königlich entlohnt hatte, war eine Frau? Und dann auch noch die Putzfrau des Lagers? Das konnte doch nicht wahr sein!

Carolina lächelte süffisant. »Ihr seid so unfähig, dass ich mir dachte, ich statte meinen Schätzchen mal einen Besuch ab.«

»Ähm«, keuchte Jerome. »Ich will die Sache ja nicht verkomplizieren, aber woher wissen wir, dass du, äh … dass Sie wirklich unser großer Boss sind?«

Carolina sah ihn giftig an.

»Nun, das wirst du mir einfach glauben müssen. Sonst kannst du nicht nur deinen Lohn in den Wind schreiben, sondern auch noch deinen Kopf aus der Scheiße ziehen!«

Sie nickte auffordernd in Richtung Tür und schnalzte mit den Fingern. Sogleich erschienen zwei weibliche Wachen in der Tür, beide bis an die Zähne bewaffnet und doppelt so breit wie Tommieboy und Jerome.

Carolinas persönliche Bodyguards, die sich bislang verborgen gehalten hatten, sahen so finster aus, dass jeder, der ihnen begegnete, freiwillig Geldbeutel und Armbanduhr ausgehändigt hätte.

Jerome schluckte und beschloss, Carolina zu glauben. Tommieboy wirkte überraschend ruhig bei dieser Machtdemonstration, nur sein Hemd wurde allmählich schweißnass.

»Es wird Zeit, dass ich mich um alles kümmere, denn eure Stümperei macht noch alles zunichte«, sagte Carolina. »Die Schüler sind geflohen!«

»Was?«, riefen Jerome und Tommieboy wie aus einem Munde.

»Ja, dass ihr davon keine Ahnung habt, hatte ich mir schon gedacht«, seufzte Carolina. »Zum Glück sind sie noch nicht alle weg. Ungefähr zehn haben sich aus dem Staub gemacht.«

»Und wo sind die anderen, Carolina?«, fragte Jerome untertänig.

Carolina wandte sich zu Jerome und lächelte zuckersüß.

»Mein lieber Jerome, eine Kleinigkeit noch: Ab sofort ist Schluss mit ›Carolina‹! Ich heiße Caroline, aber für euch Frau Moss, kapiert?«

Tommieboy und Jerome nickten heftig.

»Gut, nachdem wir das geklärt hätten ... Was habt ihr jetzt vor?«

»Ich werde sofort sämtliche Wachmänner losschicken«, schlug Jerome vor. Er wollte unbedingt bei Moss wieder gut dastehen. »Sie sollen die Kinder verfolgen und ausschalten. Das dürfte in ein paar Stunden erledigt sein.«

Moss schlug mit der Faust auf den Tisch.

»Hast du immer noch nicht kapiert? Die Kinder müssen am Leben bleiben, sonst fällt die ganze Operation Schwarzer Regen ins Wasser!«

»Was Jerome sagen will«, mischte sich Tommieboy ein, »ist, dass die Wachmänner sie mit einem Betäubungsmittel ausschalten werden. Wir haben spezielle Pistolen dafür, Frau Moss.«

Angenehm überrascht nahm Jerome Tommieboys Hilfe dankbar an.

»Ja, das habe ich eigentlich gemeint. Genau.«

Moss sah die beiden Männer argwöhnisch an und dachte nach.

»In Ordnung. Wir betäuben sie. Und danach macht ihr beide euch wieder wie der Blitz daran, sie für Operation Schwarzer Regen vorzubereiten. Es ist schon genug schiefgegangen.«

Moss wollte sich schon umdrehen, überlegte es sich aber doch anders.

»Eines noch. Bei Sam Smith könnt ihr eine Ausnahme machen. Bei ihm könnt ihr ruhig eine echte Pistole nehmen.«

Sogleich erschien ein breites Grinsen auf Tommieboys Gesicht.

Endlich!, dachte er und sagte laut: »Mit Vergnügen, Frau Moss. Darum werde ich mich persönlich kümmern.«

In diesem Moment ertönten schrille Stimmen im Gang. Moss, Jerome und Tommieboy drehten sich zur Tür um, wo gleich darauf Eve und Emma erschienen, die gackerten wie im Hühnerstall. Sie hatten offenbar Streit und brauchten ihre Männer als Schiedsrichter.

»Tommieboy, diese Schnepfe klaut mir ständig die Haarbürste aus dem Zimmer«, begann Emma. »Damit könnte ich sogar noch leben – ich bin ja ein friedfertiger Mensch –, aber sie kann mich doch wenigstens vorher fragen! Und das Schlimmste ist, dass sie jedes Mal vergisst, sie wieder zurückzubringen. Und dann muss ich mit ungekämmten Haaren zu ihrem Zimmer marschieren und sie mir wiederholen!«

Tommieboy wusste nicht gleich, was er darauf sagen sollte. Angesichts der Probleme, mit denen er es zu tun hatte, ließ dieser Kinderkram ihn völlig kalt.

»Pah, wozu brauchst du überhaupt eine Bürste?«, spottete Eve leise, aber doch laut genug, dass jeder es hören konnte. »Dein Haar sieht sowieso immer ungekämmt aus.«

In diesem Augenblick entdeckte Emma Caroline Moss und konnte ihre Überraschung nicht verbergen.

Mit einem Schlag hatte sie das andere Problem vergessen.

»Was hast du denn hier zu suchen? Willst du uns belauschen oder was? Mach dich vom Acker! Geh eine Runde putzen, im Bunker gibt es noch genügend Stellen, die vor Dreck nur so starren!«

Die warnenden Gesichter von Tommieboy und Jerome, die heftig mit dem Kopf schüttelten, sah sie leider zu spät. Genau wie Carolines Faust.

Die geflohenen Schüler lagen dicht nebeneinander im feuchten Gras. Weil sie kaum noch etwas sehen konnten, hatten sie beschlossen, sich erst einmal auszuruhen und ihre Flucht am nächsten Tag fortzusetzen. Alle waren wieder bei vollem Bewusstsein und fest entschlossen, sich durch den Wald zu kämpfen. Sie würden Hilfe holen, um auch ihre Klassenkameraden aus dem Lager zu retten. Abwechselnd wollten sie bis zum Morgen Wache halten. In der Dunkelheit konnten sie nicht genau sehen, was sich um sie herum bewegte, aber das war vermutlich auch besser so.

18

Gestatten, Javier Gavilanes

Sam drückte auf ein Knöpfchen. Vor ihm erschien ein großer Teller mit einem beinahe ebenso großen Hamburger in einem See von Pfeffersoße. Sein Magen jauchzte begeistert. Wenn es nach ihm ginge, sollte das Kauen auf ein Minimum beschränkt werden, damit das Fleisch so schnell wie möglich bei ihm landete.

Um sich herum hörte Sam seltsame Geräusche. Dieses Trillern und Summen gehörte nicht eben zu den alltäglichen Klängen in der *Spy School.* Und was machte er eigentlich in der *Spy School?* War die nicht zerstört worden?

Sam öffnete die Augen. Der Wald war erwacht und begrüßte ihn. Bunte Vögel hüpften pfeifend von Ast zu Ast, ein Waschbär schnupperte an den seltsamen Besuchern, und ein längliches, klebriges Insekt kroch über Sams Hose. Erst erschrak er, doch dann beschloss er, vor so einem kleinen Tier keine Angst zu haben. Wie eigenartig, dass Menschen so große Abscheu vor winzigen Tierchen hatten. Obwohl sie hundertmal größer waren, kletterten viele Menschen beim Anblick einer Spinne oder eines Tausendfüßlers voller Panik auf einen Stuhl.

Vorsichtig setzte Sam seinen Besucher ins Gras und reckte sich. Er hatte die letzte Wache übernommen, war aber am Ende doch eingeschlafen. Zum Glück hatte es niemand bemerkt.

Sein Magen knurrte. Er hatte Hunger. An einem Strauch in der Nähe sah er kleine Früchte hängen. Doch er hielt sich zurück – schließlich könnten sie giftig sein.

Das Sonnenlicht weckte nun auch die anderen Schüler. Gähnend erhoben sie sich. Eben hatten sie noch in der sicheren Welt ihrer Träume geruht, nun waren sie wieder in die bittere Wirklichkeit zurückgekehrt. Die meisten rieben sich die hungrigen Bäuche, die leider nicht so schnell gefüllt werden würden.

Es dauerte nicht lang und sie waren wieder auf dem Weg. Darüber gab es keine Diskussionen, alle wollten so schnell wie möglich weg aus diesem Wald. Seit Sam den anderen erzählt hatte, was es mit der Operation Schwarzer Regen auf sich hatte, konnte ihnen allen die Flucht nicht schnell genug gehen. Aber die Gefahr war noch längst nicht gebannt. Wenn es ihnen nicht gelang, schnell Hilfe zu holen, könnte die Operation Schwarzer Regen noch immer durchgeführt werden. Schließlich gab es im Lager noch Schüler, die man dafür einsetzen konnte.

Die Entkommenen gingen im Gänsemarsch und so schnell, wie es das Gelände zuließ. Immer wieder sahen sie sich aufmerksam um. Sie wollten nicht von jemandem aus dem Lager überrascht werden. Ein Schüler hatte vorgeschlagen, zu der Straße zu laufen, auf der sie ins Lager gekommen waren, doch der Vorschlag wurde einstimmig abgelehnt. Dort wären sie eine viel zu leichte Beute.

Nach einer Weile löste sich Katie aus der Reihe und ging neben Sam.

»Wie lange wir wohl noch laufen müssen?«, fragte sie.

»Keine Ahnung. Wie es aussieht, kommen wir langsam aus dem Wald heraus.«

Katie lächelte, was sie in Sams Augen nur noch hübscher machte.

»Weißt du, eigentlich gehe ich gerne im Wald spazieren, aber das hier ist einfach zu viel des Guten.«

»Da hast du recht«, stimmte Sam zu. »Einen entspannten Spaziergang kann man das kaum nennen.«

Sie schwiegen wieder. Katie sah immer wieder heimlich zu Sam hinüber und übersah deshalb eine Wurzel am Boden. Sie blieb mit dem Fuß daran hängen und stolperte. Sam konnte sie gerade noch an der Hand packen und mit einem kräftigen Ruck vor einem Sturz bewahren. Die Schüler hinter ihnen blieben stehen.

»Geht's?«, fragte Daphné.

Katie nickte. »Ja, klar. Keine große Sache, ich habe nur nicht aufgepasst. Gehen wir weiter.«

Die Schülerkolonne setzte sich wieder in Bewegung. Noch immer achteten sie genau auf die Umgebung. Katie ließ Sams Hand nicht mehr los, sie diente ihr sozusagen als Stütze bei weiteren Unebenheiten. Sam ließ sich das gerne gefallen.

Die Wanderung zog sich und zog sich.

Wie lange mochte es wohl dauern, bis sie aus dem Wald heraus und in die Zivilisation kamen? Die Schüler wurden müde und hatten Hunger. Eine Kombination, die leicht zu Frustration führte. Dennoch hielten sie durch. Sie konnten nicht anders. Ab und zu hörten sie in der Ferne eigenartige Geräusche. Dann blieben sie stehen und suchten Schutz hinter den Büschen. Wenn sie meinten, die Gefahr sei gebannt, gingen sie weiter.

Da es nicht immer ganz einfach war, sich den Weg durch das Dickicht zu bahnen, wechselten sie sich an der Spitze ab. Wer vorne ging, hatte den anstrengendsten Part, während der Weg durch den Wald für die Nachfolgenden bedeutend einfacher war. So waren sie nun schon seit Stunden unterwegs, bis Ann Dent, die den kleinen Trupp gerade anführte, auf einmal stehen blieb. Sie drehte sich um und bedeutete den anderen, sie sollten sich ducken. Sofort zogen alle den Kopf ein. Dann geschah erst mal nichts.

Sam sah, wie die Schüler nach vorne schauten und miteinander flüsterten. Was war denn los? Er schlich zu Ann und John.

»Was ist denn los?«

Ann deutete auf eine Stelle vor ihnen.

»Hier war jemand. Schau mal, das Gras ist ganz platt gedrückt. Wahrscheinlich die Wachleute.«

»Sie sind in der Nähe«, flüsterte John ängstlich.

Sam musterte die grüne Fläche vor ihnen. Die deutlichen Spuren verrieten, dass hier Menschen gewesen waren. Doch dann dämmerte es ihm. Er kannte diesen Ort. Langsam stand er auf und stapfte weiter durch das Gras.

»Sam!«, rief Ann aufgeregt. »Was machst du denn da?«

Doch Sam hörte nicht auf sie. Er war sich ganz sicher: Hier waren tatsächlich Menschen gewesen, aber nicht etwa die Wachleute. Wie sollte er das den anderen nur beibringen? Sie würden furchtbar enttäuscht sein.

»Kommt«, sagte er zu den anderen, aber niemand bewegte sich. »Das waren keine Wachen. Schaut euch mal gut um. Hier haben wir heute Nacht selbst geschlafen.«

Es dauerte eine Weile, bis das bei allen ankam. Dann standen die meisten völlig niedergeschlagen auf. So ein Mist.

»Das heißt also ...«, murmelte Daphné. »Das heißt, wir sind im Kreis gelaufen!«

Sam nickte mutlos.

»Wie kann denn das sein?«, fragte Katie.

Niemand wusste eine Antwort. Die ganze Anstrengung war vergeblich gewesen, sie würden nie aus diesem verdammten Wald herauskommen. Sofort knurrten ihre Mägen noch lauter. Sie begriffen, dass sie noch eine Weile auf Essen verzichten mussten, und das gefiel ihnen ganz und gar nicht. Stöhnend ließen sich die Schüler auf den Boden sinken. Vielleicht sollten sie doch die Straße suchen? Aber wo war sie denn?

Nur Daphné ließ sich nicht entmutigen.

»Hört mal«, sagte sie verärgert. »Wollt ihr hier hocken bleiben, bis Proviant vom Himmel fällt?«

Als Antwort bekam sie nur mutloses Murren zu hören.

»Wir können hierbleiben und verhungern, oder wir holen uns dort was zu essen, wo es mehr als genug davon gibt.«

Nun erntete sie doch ein paar neugierige Blicke.

»Und wo genau soll das sein?«, wollte Richard wissen. »Kennst du ein gutes Restaurant hier in der Gegend?«

»Ja, genau. Ist nicht gerade erstklassig, aber zumindest nahrhaft. Ich rede vom Bunker!«

Die Neugierde schlug sofort in Ungläubigkeit um. Der Hunger hatte Daphné offenbar das Hirn vernebelt.

»Ich glaube nicht, dass wir dort was bekommen«, spottete Richard. »Wir haben keinen Tisch reserviert.«

»Ach, Ramón teilt sein Essen sicher gern mit uns«, setzte Ann noch eines obendrauf. »Ihr kennt ihn ja.«

Sam hatte sich inzwischen Daphnés Plan durch den Kopf gehen lassen. Er war gar nicht so dumm, wie die anderen dachten. Im Gegenteil, er war sogar genial.

»Daphné hat recht«, sagte er. »Im Bunker gibt es genug zu essen. Aber es geht nicht nur darum – wir haben einfach keine andere Wahl. Aus diesem Wald finden wir alleine nie hinaus und auf Hilfe können wir uns vorerst auch nicht verlassen. Also bleibt uns nur eines: den Bunker zu erobern.«

Den anderen fielen beinahe die Augen aus dem Kopf. Nun hatte Sam völlig den Verstand verloren!

»Du willst also nicht nur Essen klauen, sondern gleich auch noch den ganzen Bunker einnehmen?«, fragte Richard.

Sam nickte. »Damit rechnen sie am allerwenigsten.«

Er ließ seinen Kameraden kurz Zeit, um darüber nachzudenken. Der Hunger und die ausweglose Situation würden sie schon überzeugen. Und so ganz allmählich schienen sich auch die anderen mit dem Plan anzufreunden. Daphné wollte keine Zeit verlieren und fuhr mit ihrer Erklärung fort.

»So, wie wir Tommieboy und Jerome kennen, sind die jetzt wahrscheinlich völlig am Rotieren. Und was machen sie dann? Sie hetzen uns sämtliche Wachmänner auf den Hals und befehlen ihnen, nicht mit leeren Händen zurückzukommen.«

»Das heißt, im Lager sind so gut wie keine Wachen«, fügte Katie hinzu.

»Genau«, sagte Daphné. »Sie glauben, dass wir so weit wie möglich wegwollen. Tja, und wir tun genau das Gegenteil.«

»Und was machen wir, wenn wir wieder im Lager sind?«, fragte Jill. »Ich mein ja nur ... ins Lager zurückkommen ist ja schön und gut, aber habt ihr eine Vorstellung, was wir dann tun sollen?«

»Wir versuchen, an Waffen zu kommen«, schlug Sam vor. »Die Schränke im Klassenzimmer für *Waffenkunde* sind voll damit!«

Er wusste, dass das einfacher klang, als es tatsächlich war, aber er musste die anderen von dem Plan überzeugen, sonst hatten sie keine Chance.

»Und bis wir die in Händen halten, nehmen wir selbst gebaute Waffen. Aus Stöcken, Pflanzen und was uns sonst noch einfällt. Wenn wir alle zusammenhalten, können wir sie schlagen.«

Sein Enthusiasmus wirkte ansteckend. Die Schüler begriffen allmählich, dass ihnen nichts anderes übrig blieb. Und was hatten sie auch zu verlieren? Einer nach dem anderen standen sie auf und sprachen sich selbst Mut zu.

»Prima«, schloss Daphné. »Dann auf zum Bunker!«

Summer stand wie eine Salzsäule in seinem Büro. Das Fax von Quim Maselina in der Hand schaute er auf seinen Computer, wo eben eine neue E-Mail von Maselina auf dem Monitor erschien. Nach der Nachricht über die toten Piloten hatte der Geheimdienst von Costa Rica noch mehr herausgefunden. Über einen ihrer Agenten hatten sie zwei gesuchte Verbrecher lokalisiert. Sie waren vor nicht allzu langer Zeit in Costa Rica angekommen und versteckten sich in einem der zahlreichen Wälder des Landes.

Normalerweise hätte das Summer kaum interessiert. Schließlich konnte er nicht jedem Verbrecher, der rund um den Globus sein Unwesen trieb, hinterherjagen. Doch dies war etwas anderes. Laut der Quelle handelte es sich um einen Mann, der sich Tommieboy nannte und in Begleitung einer Frau war. Summer zweifelte keinen Augenblick daran, dass es sich bei der Frau um Emma Block handelte.

Er glaubte nicht an Zufälle. Das war der Durchbruch in seinen Ermittlungen. Alle anderen Spuren waren bisher ins Leere gelaufen, aber diesmal lag er richtig, das spürte Summer in seinem kleinen Zeh – und der hatte ihn noch nie getäuscht.

»Ich habe sie«, sagte er energisch und streckte dabei triumphierend die Faust in die Höhe. Spring, der gerade das Büro betrat, sah ihn erstaunt an.

»Was ist denn hier los?«, fragte er.

Summer nahm seine Jacke und zog sie an.

»Los, auf geht's, Spring. Du hast eine Minute, um deine Sachen zu packen.«

»Wohin soll's denn gehen?«, wollte Spring überrascht wissen. Er hatte Summer schon lange nicht mehr so unternehmungslustig und voller Energie gesehen.

»Nach Costa Rica«, antwortete Summer. »Wir müssen da dringend für Ordnung sorgen!«

Sam beobachtete den Platz vor dem Bunker. Niemand war zu sehen. Dann drehte er sich um und zeigte Ann Dent und John Cole seinen erhobenen Daumen. Sie hatten als Späher vor dem Bunker gelauert und die anderen sofort gewarnt, als eine Gruppe Wachmänner aus dem Bunker in den Wald gerannt war.

Nun sollten Sam, Katie und Daphné herausfinden, ob im Lager tatsächlich keine Wachen mehr waren. Ihre Mitschüler hatten noch etwas Bedenken, wieder in den Bunker einzudringen. Sam jedoch war sich ziemlich sicher, dass kaum noch Wachposten da sein würden. Auch die Lehrkräfte – oder was auch immer sie eigentlich waren – hatte er schon eine ganze Weile nicht mehr gesehen. In den letzten Tagen hatte außer dem *Reaktionstraining* kein Unterricht mehr stattgefunden. Wahrscheinlich waren die meisten Lehrer nach Hause gereist. Das hoffte er zumindest.

Vor Ramón freilich mussten sie auf der Hut sein. Nicht zu vergessen Carolina, die vermeintliche Putzfrau. Und auch Tommieboy und Jerome liefen bestimmt irgendwo herum.

»Los«, gab Daphné das Kommando.

Sie schlüpften aus ihrem Versteck und rannten zum Zaun. Ringsherum blieb es still. Das Tor stand noch immer offen, deshalb liefen sie direkt zum Bunker weiter. Ein seltsames Gefühl, freiwillig an den Ort zurückzukehren, von dem sie gerade erst geflohen waren.

Drinnen war es unheimlich still, sodass ihre Schritte umso lauter klangen. Sie gingen auf Zehenspitzen, trotzdem schien es ihnen noch viel zu laut. Das Klassenzimmer für *Waffenkunde* befand sich im obersten Stockwerk. Vor der Tür blieben sie stehen und starrten auf das Türschloss. Daphné drückte die Klinke nach unten.

»Mist, zugesperrt.«

Wieder einmal stand Sam vor einer verschlossenen Tür. Warum erwartete er eigentlich immer, dass alle Türen einfach offen waren? Und diesmal war kein Joe dabei, der die Tür mit Gewalt öffnen könnte.

Allerdings brauchten sie sich über dieses Problem nicht lange den Kopf zu zerbrechen, weil sich bald schon ein viel größeres Problem präsentierte. Es war Tommieboy, der mit einem Wachmann und Frau Beretta hinter ihnen auftauchte.

»Na sieh mal einer an. Wenn das nicht Sam Smith ist«, sagte Tommieboy und grinste entzückt. »Lange nicht gesehen. Hattest du Sehnsucht nach mir?«

Sam wollte sich nicht einschüchtern lassen, wusste aber auch, dass er in der Falle saß.

»Nicht mehr als nach anderen Dingen, die kein Mensch braucht.«

»Na, na, na, was für hässliche Worte!«, sagte Tommieboy gespielt entrüstet. »Das ist nicht sehr nett. Bestimmt bist du überrascht, mich hier anzutreffen.«

Sam zuckte mit den Schultern. »Eigentlich nicht. Ich wusste schon eine ganze Weile, dass du hinter alldem steckst.«

Tommieboy musste laut lachen und schlug dem Bewacher auf die Schulter. Dieser begriff offenbar nicht, was daran so lustig sein sollte, und blickte weiterhin mürrisch drein. Sam erkannte ihn nun wieder.

Es war der Wachmann, dem er schon einige Male begegnet war.

»Weißt du, Sam Smith, das schätze ich an dir«, sagte Tommieboy. »Du hast Mumm. Wärst du nicht so ein nervtötender Schnüffler, würde ich dir glatt einen Job anbieten und dich zu meinem Komplizen machen.«

»Danke«, sagte Sam. »Aber lieber ein Schnüffler als ein Gangster wie du.«

»Ach ja, das hatte ich ganz vergessen. Du wirst ja später mal ein Geheimagent«, spottete Tommieboy und zog dabei eine Pistole aus seiner Tasche. »Da habe ich allerdings eine schlechte Nachricht für dich. Ich glaube nämlich, dass du deine Ausbildung nicht zu Ende bringen wirst!«

Erst jetzt begriff Sam den Ernst der Lage. Tommieboy hatte nicht vor, ihn am Leben zu lassen. Wusste das sein großer Boss? Der brauchte sie doch für die Operation Schwarzer Regen.

Sam sah zu Daphné und Katie hinüber, doch die waren ebenso hilflos.

»Jetzt ist dir das Lachen vergangen, was?«, sagte Tommieboy. »Diesmal hast du keinen Giftpfeil im Kragen!«

Selbst ein Giftpfeil würde Sam nun nichts nützen. Auch wenn es ihm gelänge, Tommieboy auszuschalten, wären noch immer Beretta und der Wachmann übrig. Die einzige Waffe, die er hatte, war ein kurzer, spitzer Stock aus dem Wald. Seine Hand kroch zu seiner Hosentasche, obwohl es dafür eigentlich längst zu spät war.

»Mädels, dreht euch mal kurz um. Ihr solltet das besser nicht mitansehen«, sagte Tommieboy langsam und überprüfte das Magazin seiner Pistole.

»Nein! Du Mistkerl!«, schrie Daphné und wollte auf Tommieboy losgehen. Doch Beretta hielt sie grob zurück. Daphné trat wild um sich, konnte sich aber nicht aus Berettas Griff befreien.

Sam umklammerte seinen Stock. Aus dem Augenwinkel erkannte er, dass auch Katie etwas in der Hand hielt und sich auf einen Angriff vorbereitete. Irgendwas mussten sie schließlich tun. Lautlos zählte Sam: Drei, zwei, eins. Los!

Bum.

Ein dumpfer Schlag und Tommieboy brach zusammen. Erst fiel seine Pistole auf den Boden, gleich danach sein Körper. Seine Augen blickten überrascht, dann verlor er das Bewusstsein. Sam und Katie hielten ihre Stöcke schlagbereit in den Händen, doch sie hatten sie nicht gebraucht. Hinter Tommieboy stand der Wachmann mit erhobenem Arm, in der Hand den Lauf seiner Pistole. Tommieboys Schädel hatte gerade unsanft Bekanntschaft mit dem Griff der Waffe gemacht. Sofort drehte der Wachmann die Pistole um und richtete sie auf Beretta.

»Lass sie los!«

Beretta löste ihren Griff und schaute kopfschüttelnd von dem Wachmann zu Tommieboy. In diesem Moment beschloss sie, dass das Unterrichten nichts für sie war, vor allem nicht an Schulen außerhalb der Stadt.

»Ich will Ihre Hände sehen«, herrschte der Wachmann sie an. »Das heißt: Hände hoch!«

Nervös streckte Beretta die Hände nach oben.

»Ist es so gut?«, fragte sie. »Wenn Sie wollen, kann ich sie auch noch höher halten. Das ist zwar etwas unbequem, aber ...«

»So ist es in Ordnung«, antwortete der Wachmann überrascht, weil er nicht wusste, ob Beretta ein Spielchen mit ihm spielte.

»Sind Sie sicher?«, fragte Beretta erneut. »Denn es würde schon gehen. Ich meine nur. Sie sind der Geiselnehmer, also ...«

»Es ist in Ordnung!«, beruhigte der Wachmann sie.

»Gut, und hätten Sie dann gerne, dass ich Sie ansehe oder lieber nicht? Manche Menschen können das ja gar nicht leiden.«

»Schauen Sie einfach weiter her.«

Der Wachmann wirkte genervt.

»Und darf ich ab und zu meine Hände etwas nach unten sinken lassen? Ich werde sie auch gleich wieder heben, aber wissen Sie, ich leide unter ...«

Bevor Beretta den Satz beenden konnte, ertönte ein gedämpfter Knall. Der Wachmann hatte sie einfach niedergeschossen! Entsetzt sahen Sam, Katie und Daphné den Mann an. Der lächelte beim Anblick ihrer verängstigten Gesichter.

»Keine Sorge, sie ist nur betäubt. Wir haben Pistolen mit Betäubungsmittel für die Jagd auf euch bekommen. Frau Beretta wird bald wieder aufwachen.«

Die Schüler sahen ihn abwartend an. Warum tat er das? Was hatte er mit ihnen vor? Der Wachmann begriff, dass er ihnen eine Erklärung schuldete, und streckte die Hand aus.

»Wie unhöflich von mir, ich habe mich ja noch gar nicht vorgestellt. Gestatten, Javier Gavilanes, Geheimdienst von Costa Rica. Ich arbeite hier seit einiger Zeit als Undercoveragent.«

Sam zögerte kurz. Konnten sie ihm wirklich vertrauen? Sagte er die Wahrheit? Seit Carolinas Verrat war er voller Misstrauen.

Daphné hingegen hatte weniger Bedenken und ergriff die ausgestreckte Hand. Sam beschloss, es ihr nachzutun. Der Mann hatte ihnen schließlich gerade das Leben gerettet, das sprach eindeutig für ihn.

»Das sind Sam Smith und Katie Lynn, ich bin Daphné Wickman«, stellte Daphné sie vor. »Vielen Dank für Ihre Hilfe. Wir wollten uns zwar gerade selbst befreien, aber man kann ja nie wissen.«

Daphné schenkte Gavilanes ihr süßestes Lächeln. Sam musterte den Geheimagenten eingehend. Sein sonst so mürrisches Gesicht sah auf einmal viel freundlicher aus, wodurch er jünger und attraktiver wirkte. Vertraute Daphné ihm, weil er ihnen geholfen hatte oder weil er gut aussah? Auch Katie schien auf seinen Charme hereinzufallen. Zumindest wurde sie rot, als sie ihm die Hand schüttelte. Höchste Zeit für einen Themenwechsel, fand Sam.

»Wenn Sie Betäubungsmunition haben, warum haben Sie dann Tommieboy niedergeschlagen?«, fragte er kritisch.

»Ich hatte mich einfach schon so lange darauf gefreut, ihm mal so richtig eins überzubraten«, antwortete Gavilanes.

»Hm, ja, das kann ich verstehen.«

Sam deutete mit einem Kopfnicken auf die Tür des Klassenzimmers und fragte: »Können Sie die aufmachen? Wir brauchen Waffen.«

»Kein Problem, ich habe den Schlüssel.«

Gavilanes zog einen Schlüsselbund aus der Tasche, suchte den passenden Schlüssel und schloss auf. Er ging direkt zum Schreibtisch und drückte auf einen Knopf. Die Wände glitten auf und die Waffenschränke kamen zum Vorschein. Sam, Katie und Daphné wollten sofort möglichst viele Waffen zusammenraffen und zu ihren Klassenkameraden bringen, doch Gavilanes hielt sie auf.

»Ich schlage vor, dass auch wir Pistolen mit Betäubungsmunition verwenden«, sagte er. »Die Wachmänner arbeiten hier nur wegen des Geldes. Sie sind gar nicht so übel, wie sie aussehen, wir sollten sie also nicht töten.«

Sam ließ die Waffen wieder fallen, Daphné und Katie taten es ihm nach. Ein metallisches Klirren hallte durch den Raum.

»Darf ich darum bitten, dass Sie so still wie möglich sind?«, mahnte Gavilanes. »Wir haben es noch lange nicht geschafft.«

Er ging zu einem Schrank, holte zwei große Säcke heraus und warf sie Daphné und Katie zu.

»Packen Sie so viele Pistolen und Munition ein, wie Sie tragen können.«

Daphné nickte. Sie war nach wie vor ganz hingerissen von ihm, wusste aber, dass für Schwärmereien keine Zeit war.

»Wo sind die Pistolen und die Munition, die wir nehmen sollen?«

Gavilanes zeigte es ihnen. In diesem Moment dröhnte Ramóns Stimme knarzend durch die Lautsprecher des ganzen Lagers. Es musste bis weit in den Dschungel schallen.

»Hallo, Kinderchen! Na, spielen wir heute ein wenig Verstecken? Mir soll's recht sein, aber nur nach meinen Spielregeln!«

Sam sah Daphné und Katie erschrocken an. Woher wusste Ramón, dass sie im Lager waren? Oder bluffte er nur? Ramón fuhr fort.

»Ich habe hier jemanden bei mir. Er würde euch gerne Hallo sagen. Wie heißt du, Junge?«

Stille, dann hörten sie eine Ohrfeige.

»Los, nun sag schon deinen Namen, aber flott!«, hörte man Ramóns Stimme im Hintergrund.

Wieder Stille, dann erklang eine heisere Stimme: »Joe.«

Sam zuckte zusammen. Ramón hatte Joe in seiner Gewalt!

»Also, ihr habt es gehört. Joe ist hier bei mir und wir machen es uns gemütlich. Solltet ihr in einer halben Stunde nicht alle vollständig wieder hier im Lager sein, wird es alles andere als gemütlich für ihn werden. Ich wiederhole, ihr habt eine halbe Stunde Zeit. Wenn dann noch jemand fehlt, ist es aus mit Joe!«

Danach herrschte wieder Stille. Sam biss sich so fest auf die Lippen, dass er beinahe blutete. Was sollten sie nun machen? Sie mussten sich ergeben. Joe durfte auf keinen Fall seinetwegen ...

»Wir müssen es tun«, stammelte er. »Wir haben keine Wahl.«

Daphné sah ihn ungläubig an und packte dann weiter Pistolen in den Sack. Katie tat dasselbe mit der Munition.

»Denk doch mal nach, Sam! Was wird passieren, wenn wir uns ergeben? Ramón lässt uns bestimmt nicht am Leben.«

»Das wird er wohl müssen«, sagte Sam. »Sonst klappt Operation Schwarzer Regen nicht.«

»Das ist Ramón doch egal«, meinte Daphné. »Und auf einen mehr oder weniger kommt es ohnehin nicht an, oder?«

Sam wusste, dass sie recht hatte, aber er wollte nicht riskieren, dass Joe etwas passierte. Er durfte sich nicht aus der Verantwortung stehlen.

»Das stimmt schon, Daphné«, sagte er mit zitternder Stimme. »Aber ich gehe trotzdem. Ich werde Joes Platz einnehmen.«

»Sam, nein, tu das nicht«, flüsterte Katie erschrocken und hörte auf, die Munition einzupacken. Auch Daphné sah Sam mit großen Augen an.

»Er wird ihn nicht austauschen, Sam«, sagte sie beschwörend. »Er wird euch einfach beide umbringen. Geh nicht!«

»Bleib hier, Sam«, murmelte Katie und sah ihn eindringlich an.

Aber Sam ließ sich nicht umstimmen und wandte sich mit Tränen in den Augen ab. Er war fest entschlossen, Joe zu retten.

»Gut, Sam, du vernagelter Dickschädel«, seufzte Daphné. »Wenn du gehst, geh ich auch.«

»Und ich auch«, sagte Katie resolut.

Die Mädchen ließen ihre Säcke fallen und traten zu Sam. Gavilanes sah sie überrascht an. Als die drei das Klassenzimmer verlassen wollten, stellte er sich ihnen in den Weg.

»Meine Damen, mein Herr. Wir sollten vor allem einen kühlen Kopf bewahren«, sagte er. »Und unser Gehirn einschalten.«

Er deutete auf die Säcke mit den Pistolen.

»Die Pistolen und die Munition bringen Sie Ihren Mitschülern. Nehmen Sie auch genügend Handschellen mit, um die Wachmänner anzuketten. Und vergessen Sie die beiden draußen vor dem Eingang nicht.«

»Aber Joe ...«, widersprach Sam. Gavilanes unterbrach ihn sofort.

»Darum kümmere *ich* mich. Ich weiß, wo Ramón steckt. In null Komma nichts ist Joe wieder bei Ihnen.«

Sam war erleichtert, dass Gavilanes einen Plan hatte. Er traute dem Geheimagenten zu, dass er Joe rettete. Der einzige Wermutstropfen war, dass Daphné und Katie aussahen, als würden sie vor lauter Bewunderung fast in Ohnmacht fallen. Sam hingegen wurde von so viel Machogehabe einfach nur schlecht.

19

Die Jagd ist eröffnet

Caroline Moss lief wie eine Raubkatze in Jeromes Büro hin und her. Sie knirschte so laut mit den Zähnen, dass man Angst haben musste, sie könnten ihr jeden Moment ausfallen. Jerome, Eve und Emma saßen gelangweilt auf ihren Stühlen, durften jedoch auf Moss' Befehl hin das Büro nicht verlassen.

»Warum gibt es keine Neuigkeiten?«, rief sie.

Die anderen taten so, als sei diese Frage nicht an sie gerichtet, und studierten aufmerksam ihre Fingernägel.

»Ich habe euch was gefragt: Wo bleibt die Nachricht, dass man diese verfluchten Kinder wieder gefangen hat?«

Jerome, Eve und Emma schauten nun zur Decke und auf den Fußboden und mieden den wütenden Blick von Moss. Daraufhin stellte Moss konkrete Fragen.

»Emma, wo ist denn dein Kerl? Es wird ihm doch nichts passiert sein?«

Emma erschrak bei dem Gedanken, dass etwas schiefgelaufen sein könnte. Diese Möglichkeit hatte sie noch gar nicht in Erwägung gezogen. Ihre Augen wurden groß und füllten sich allmählich mit Tränen. Je länger sie darüber nachdachte, desto wahrscheinlicher erschien ihr dieses Szenario.

»Mein Zuckerschnäuzchen? Das kann doch nicht sein! Er wird doch nicht … Sie haben recht, da stimmt was nicht. Sonst wäre er schon längst hier. Das muss es sein. Was ist nur passiert? «

Statt einer Antwort bekam sie eine Ohrfeige von Moss.

»Reiß dich zusammen, blöde Kuh«, brummte Moss. »Heul nicht schon los, bevor du weißt, was geschehen ist. Es wird schon eine logische Erklärung geben. Das hoffe ich zumindest, sonst mache *ich* Hackfleisch aus ihm!«

Nun mischte sich auch Jerome in das Gespräch ein.

»Bestimmt hat er die ganze Sache total verbockt«, sagte er, ohne nachzudenken. »Das würde mich jedenfalls nicht wundern.«

Daraufhin verlor Emma vollends die Beherrschung und schluchzte laut. Eve hatte nicht die Absicht, sie zu trösten. Dafür hatte Emma sie viel zu oft genervt. Stattdessen posaunte sie nun auch ihre Sicht der Dinge heraus.

»Ramóns kleiner Trick wird schon funktionieren. Die Kids haben schreckliche Angst vor ihm, die kommen garantiert zurück.«

»Das bezweifele ich«, entgegnete Moss. »Dann hätten sie schon da sein müssen und ich habe noch nichts von Ramón gehört. Und auch nicht von den Wachleuten. Was treiben die überhaupt?«

Sie trat gegen den Computerbildschirm, der immer noch am Boden lag.

»Was ist eigentlich so schwierig daran, eine Kindermeute in einem Wald aufzuspüren und auszuschalten?«

Moss reagierte ihren Frust an der schluchzenden Emma ab und gab ihr noch eine Ohrfeige, mit dem Erfolg, dass diese nur noch lauter heulte.

Jerome beugte sich vor, drückte Emma grob ein Taschentuch in die Hand und wandte sich an Moss.

»Der Wald ist ziemlich groß. Vielleicht brauchen die Wachmänner noch Hilfe ...«, sagte er über Emmas nun gedämpftes Schluchzen hinweg.

»Gute Idee«, antwortete Moss. »Die Waffen sind im Klassenzimmer im obersten Stock. Bleibt zusammen, sonst schießen die Wachen euch am Ende noch versehentlich nieder.«

Jerome wartete geduldig, bis seine Chefin fertig war. Er wollte sie nicht zu schnell berichtigen, da sie ihm das übel nehmen könnte.

»So habe ich das eigentlich nicht gemeint.«

»Nun sag schon, was du meinst, und verschwende nicht unsere Zeit!«

Moss musste sich sehr bemühen, nicht die Beherrschung zu verlieren. Jerome rutschte nervös auf seinem Stuhl hin und her. Die Computerstimme war ihm lieber gewesen. Aus dem Computer war nie eine Hand gekommen, die Ohrfeigen verteilte.

»Ich meine, dass wir noch mehr Jäger haben, die wir einsetzen können. Schließlich haben wir die Schüler, die nicht entkommen sind, mittlerweile ganz unter unserer Kontrolle.«

Moss fuhr zu ihm herum und durchbohrte ihn mit Blicken. Vor Schreck wäre er fast vom Stuhl gekippt.

»Das«, sagte sie, »ist eine sehr gute Idee.«

Jerome strahlte, doch die Freude währte nicht lange. Denn anders als erhofft, war das Aushecken dieses Plans nicht genug.

»Ihr zwei«, befahl Moss ihren Leibwächterinnen, »ihr bringt Jerome zu den Zimmern der Schüler. Sorgt dafür, dass er ungestört seine Arbeit tun kann.«

Die beiden Leibwachen nickten und knallten die Hacken zusammen. Doch das bemerkte Moss schon nicht mehr. Sie kniete sich nieder und tastete die Unterseite von Jeromes Schreibtisch ab. Auf einmal klickte es, eine Seitenwand öffnete sich, und ein Geheimfach wurde sichtbar. Moss holte ein Glasfläschchen mit kleinen, weißen Pillen heraus und warf es Jerome zu, der es gerade noch fangen konnte.

»Gib das den Schülern zur Sicherheit. Dann gehorchen sie bestimmt. Und jetzt Abmarsch.«

Widerwillig erhob sich Jerome und verließ das Büro, flankiert von zwei Frauen, die allein im rechten Arm mehr Muskeln hatten als er im ganzen Körper. Moss folgte ihnen.

»Wartet mal. Ihr zwei macht euch danach auch auf die Suche nach den Schülern. Ich habe kein gutes Gefühl, wenn ich mich nur auf diese Stümper verlassen soll …«

Die beiden Frauen brummten etwas Unverständliches und machten sich auf den Weg, überzeugt, dass sie die Schüler ohne Probleme wiederfinden würden.

Dann kam jedoch alles anders. Zunächst brachten die Wächterinnen Jerome zu den Schülern und sorgten dafür, dass alle die Tabletten schluckten. Danach gingen sie in die Waffenkammer und teilten die Waffen aus. Weil sie sich in der Schule nicht auskannten, fiel ihnen nicht auf, wie wenig Betäubungsgewehre noch im Schrank lagen. Es waren gerade noch genug für die Schüler, deshalb beschlossen sie zufrieden, dass sie selbst normale Gewehre benutzen würden.

Als sie feststellten, dass die geflohenen Schüler ebenfalls über Waffen verfügten, war es bereits zu spät.

Da strömte schon das Narkosemittel durch ihre Adern. Ihr Fluchen scheuchte so manches Urwaldgetier zurück in seinen Bau.

Die Schüler kämpften wie echte Guerillakämpfer. Sie hatten ein Basislager außerhalb des Trainigscamps errichtet, wo sie die Gefangenen hinbrachten und an den Bäumen festketteten. Dieses Lager wurde sorgfältig bewacht, um böse Überraschungen zu verhindern. Die überwältigten Wachmänner sowie die zwei Leibwächterinnen lagen bereits schlafend dort. Tommieboy und Beretta waren in einem Klassenzimmer eingesperrt, und Ramón lag in der Hütte oben auf dem Bunker, wo er sich mit Joe verschanzt hatte. Nun waren dort auch Katie und Daphné postiert und beobachteten, wer in den Bunker hinein- und hinausging.

Sam war im Basislager. Er hatte erleichtert von Gavilanes erfahren, dass es Joe gut ging. Weil er noch so benommen war, hatte Gavilanes ihn noch in der Hütte gelassen, wo er ihn aus Ramóns Klauen befreit hatte. Außerdem konnte man von dort perfekt das ganze Lager überblicken.

Gavilanes hatte erst den Schülern Waffen gebracht und war dann zum Bunker zurückgekehrt. Er hatte angeboten, die gesamte Anlage zu durchkämmen und jeden Feind, der noch dort war, zu überwältigen. Oder vielmehr, er hatte ihnen mitgeteilt, dass er nun Rambo spielen wollte. So zumindest hatte es sich für Sam angehört. Trotzdem war er froh über die Hilfe des Geheimagenten. Ohne ihn wären sie verloren gewesen.

Die Schüler hatten die Waffen genommen und im Gebüsch auf vorbeikommende Wachmänner gelauert. Die meisten hatten schon einige Zeit nach den Kindern gesucht und rechneten offenbar nicht mehr mit ihnen. Diese Unaufmerksamkeit machten sich die Schüler zunutze. Mit gut gezielten Schüssen hatten sie schon sechs erwischt. Laut Gavilanes gab es nur zehn Wachmänner, also fehlten ihnen nicht mehr viele.

Sam lag neben Julia, die ihn anstupste. Er spähte durch die Blätter und sah einen nichts ahnenden Wachmann vorbeilaufen. Er hatte die Pistole am Gürtel hängen und wischte sich die Stirn mit einem Taschentuch ab. Sam erkannte ihn sofort: Es war der Mann mit den verfaulten Zähnen. Den würde er mit Vergnügen umlegen.

Sam legte die Pistole an und zielte. Das war die perfekte Gelegenheit für einen Schuss. Er musste unbedingt treffen, damit der Mann nicht wegrannte und die anderen warnte. Sonst wäre es um ihren großen Vorteil in diesem Kampf geschehen: die Unwissenheit des Gegners.

Noch ehe Sam den Abzug ziehen konnte, sackte der Wachmann in sich zusammen. Sam grinste; jemand war ihm zuvorgekommen. Das war ihm nur recht: Je schneller die Kerle ausgeschaltet wurden, desto besser.

Richard kam aus den Büschen und schleifte den Wachmann davon. Er zerrte ihn zu den anderen Gefangenen und kettete ihn an. Sam hoffte, dass sie noch lange schlafen würden, das würde ihren Kampf um einiges einfacher machen.

»Richard, pass auf«, flüsterte Julia. »Hinlegen!«

Sie legte sich den Zeigefinger ans Ohr. Sam lauschte und hörte es sofort: Jemand lief durch den Wald in ihre Richtung. Angestrengt blickten sie in die Richtung, aus der das Geräusch kam, und hielten ihre Pistolen bereit. Sams Zeigefinger lag am Abzug.

Zum Glück konnte er sich beherrschen, denn es war Ann Dent, die da durchs Gebüsch rannte. Die anderen Schüler atmeten erleichtert auf.

»Ann, was machst du hier?«, fragte Sam. »Du solltest doch den Bunker im Auge behalten. Jetzt sitzt John da alleine.«

»Ich weiß«, keuchte Ann. »Aber ich musste euch warnen.«

Sie stützte sich keuchend gegen einen Baum und sah aus, als wäre sie vor einem Puma davongerannt.

»Daphné und Katie wurden überwältigt.«

Die Nachricht traf Sam wie ein Faustschlag Daphné und Katie überwältigt? Sein Selbstvertrauen schwand sofort. Er hätte sie nie dort zurücklassen dürfen.

»Wer war das?«

»Es sind noch mehr Jäger aus dem Bunker gekommen«, fuhr Ann fort. »Und diesmal kennen wir sie sogar. Sie haben unsere Klassenkameraden auf uns gehetzt!«

»Was?«

Sam konnte es nicht fassen. Ihre eigenen Klassenkameraden sollten sie niederschießen? Sie hatten sich wirklich völlig verändert im Lager.

»Jetzt kommt's hart auf hart«, murmelte Richard. »Es wird nicht einfach, aber wir dürfen kein Mitleid zeigen.«

»Wir schießen sie ja auch nicht tot, sondern betäuben sie nur«, beschwichtigte Julia.

»Äh, darf ich noch kurz was sagen?«, sagte Ann. »Daphné und Katie haben ein paar erwischt, aber die anderen sind schon auf dem Weg zu uns. John versucht, sie aufzuhalten, aber alleine schafft er das nicht. Hoffentlich haben sie ihn noch nicht erwischt.«

»Und Joe?«, fragte Sam.

»Das weiß ich nicht«, antwortete Ann. »Jetzt müssen wir wirklich los. Wer geht mit?«

Julia und Quentin meldeten sich. Damit blieben fünf Schüler zurück, um das Lager zu bewachen. Sie gingen erneut im Unterholz in Deckung. Drei Wachmänner liefen auch noch frei herum, die durften ihnen keinen Strich durch die Rechnung machen.

Sams Gedanken waren bei den beiden Mädchen. Es war noch nichts verloren, sie waren ja nur bewusstlos, aber dennoch ...

Sam schreckte aus seinen Gedanken auf, als dicht neben ihm ein Körper niedersackte. Ein Wachmann! Er lag in einer unnatürlichen Haltung mit geschlossenen Augen am Boden. Kurz darauf schleifte Richard ihn weg.

»Aufpassen, Sam!«, rief er ihm zu.

Er musste sich konzentrieren und durfte nicht mehr an Daphné und Katie denken. Es würde schon alles gut werden.

Ihr Lager glich allmählich einem Elefantenfriedhof. So, wie Elefanten zum Sterben einen bestimmten Ort aufsuchten, kamen Wachmänner hierher, um abgeschossen zu werden. Wenig später sah Sam in der Ferne erneut zwei Paar Stiefel in ihre Richtung kommen. Ihre Falle schien großen Anklang zu finden.

Er sah zu Richard und deutete in die Richtung, aus der sich die Wachmänner näherten. Dann streckte er zwei Finger hoch und drehte fragend beide Handflächen nach oben. Was sollten sie tun?

Richard winkte Anne Johnson und Jill Roberts herbei. Sie sollten mitkommen. Das war zwar riskant, weil Mark sich in der Zwischenzeit allein um das übrige Lager kümmern musste. Doch wenn sie nicht beide Wachmänner gleichzeitig erwischten, könnte einer entkommen. Mark gab durch Zeichen zu verstehen, dass er alles unter Kontrolle hatte, und Anne und Jill setzten sich in Bewegung.

Sam hörte, wie die Wachmänner sich unterhielten. Waren sie schon so sorglos geworden? Als sie näher kamen, wurde schnell deutlich, dass sie sehr wohl auf der Hut waren. Sie hielten die Gewehre im Anschlag und sahen ängstlich um sich. Sam hob die Hand und signalisierte den anderen, noch nicht zu schießen. Die Wachmänner mussten erst noch näher kommen.

Sam schwitzte vor Anspannung. Diesmal war er hoch konzentriert, beinahe zu sehr. Die Pistole glitt in seiner Hand hin und her. Endlich waren die Männer nah genug. Mit den Fingern seiner freien Hand zählte er ab. Drei, zwei, eins. Schuss!

Aus allen Richtungen flogen die Betäubungsgeschosse. Die Schüsse machten beinahe keinen Lärm, ebenso wenig wie der Wachmann, der gleich darauf zusammensackte. Auch der andere Mann, der verdutzt neben seinem betäubten Kollegen stand, blieb mucksmäuschenstill. Sam sah die anderen panisch an. Wer hatte danebengeschossen?

Alle machten verblüffte Gesichter. Da Sam auch keinen Einschlag von einem Fehlschuss gehört hatte, konnte es nur eine Erklärung geben: Sie hatten alle vier auf denselben Mann geschossen.

Dessen Kollege hatte wenig Lust, ihnen eine zweite Chance zu geben, und rannte davon. Sam konnte sich nicht mehr zurückhalten. Die Wut darüber, was mit Katie und Daphné geschehen war, saß zu tief. Auch wenn der Wachmann damit vermutlich nichts zu tun hatte, sollte er dafür büßen.

Sam sprang auf und setzte zur Verfolgung an. Die anderen versuchten noch, ihn zurückzuhalten. Es war gefährlich, ihre Taktik aufzugeben, aber Sam war so erregt, dass er mit solchen Argumenten nicht mehr zu erreichen war.

Der Wachmann legte ein schnelles Tempo vor und ließ sich auch von Hindernissen im Wald nicht aufhalten. Sam blieb nichts anderes übrig, als es ihm gleichzutun. Zweige zerkratzten ihm das Gesicht, Baumwurzeln und Steine standen ihm im Weg. Trotzdem würde er nicht aufgeben.

Plötzlich spürte Sam ein Geschoss an seinem Kopf vorbeisausen. Der Wachmann feuerte im Laufen einige Schüsse auf ihn ab. Nun wurde es ernst. Automatisch zog er den Kopf ein, auch wenn das wohl kaum helfen würde.

Der Wachmann wurde langsamer und Sam bekam ihn ins Visier. Er hob die Pistole und schoss. Daneben. Der Wachmann lief einfach weiter. Sam hatte keine Ahnung, wie viel Munition er noch hatte; er sollte besser sparsam sein.

Langsam, aber sicher bekam Sam Oberwasser. Sie näherten sich dem Trainingslager und der Wald wurde lichter. Jetzt durften nur nicht noch mehr Jäger auftauchen.

Kurz kam ihm der Gedanke, wie absurd diese Situation doch war. Er war einem Wachmann auf den Fersen, vor dem er die vergangenen Tage und Wochen furchtbare Angst gehabt hatte und der nun vor ihm davonrannte.

Sam setzte erneut zum Schuss an, als er wieder nahe genug herangekommen war. Doch seine Hand zitterte so stark, dass er die Pistole mit beiden Händen halten musste. Er nahm die Linke zu Hilfe, zielte ...

... und stürzte zu Boden.

Was ihn zu Fall gebracht hatte, konnte er nicht sehen, aber wegen des Schwungs rollte er richtig über den Waldboden. Einige Pflanzen pikten ihn schmerzhaft, dann stand er direkt aus dem Rollen heraus wieder auf und rannte weiter, als wäre nichts geschehen. Der Wachmann war noch in Sichtweite, hatte aber an Vorsprung gewonnen.

Fluchend machte Sam sich an die Verfolgung. Er war schon ziemlich außer Atem. Seine Kondition hatte sich im Lager nicht gerade verbessert. Aber er durfte nicht aufgeben.

Glücklicherweise war auch der Wachmann kein professioneller Marathonläufer und wurde ebenfalls müde. Sam konnte sich wieder näher heranarbeiten. Der Wachmann bemerkte das, drehte sich um und feuerte einige Schüsse auf ihn ab, die Sam aber glücklicherweise verfehlten.

Sam fand, dass nun er an der Reihe war. Er zielte mit der Pistole und feuerte zweimal. Die Betäubungspfeile schlugen in die Bäumen neben dem Wachmann ein. Sam war ihm nun ganz dicht auf den Fersen und blieb stehen. Im Stehen sollte er es schaffen. Alles oder nichts. Sam hob die Pistole ans Auge und schoss das ganze Magazin leer. Der Wachmann stürzte zu Boden und rollte davon, bis ein Baum ihn bremste. Treffer!

Keuchend stapfte Sam zum reglosen Körper des Mannes. Die Verfolgungsjagd war zu Ende und nun war auch der letzte Wachmann ausgeschaltet. Hoffentlich war es auch seinen Klassenkameraden gelungen, ihre von den Gangstern gelenkten Mitschüler zu überwältigen. Sobald sie das geschafft hatten, gehörte der Bunker ihnen.

Das heißt, da gab es ja noch Jerome und Eve. Und Emma war vermutlich ebenfalls dort, auch wenn Sam sie noch nicht gesehen hatte. Ihr großer Boss sähe es sicher nicht gerne, wenn sie sich einfach ergaben. Zu blöd, dass der nicht auch da war. Am Ende würde er wahrscheinlich wieder entkommen, dabei hätte Sam ihn nur zu gern erwischt.

Sam sah den Wachmann an, der in einen tiefen Schlaf gesunken war. Dummerweise hatte er keine Handschellen dabei. So blieb ihm nichts anderes übrig, als den Mann mit ins Basislager zu schleifen. Sam bückte sich und wollte den Mann gerade unter den Achseln packen, da spürte er den kalten Stahl eines Pistolenlaufs im Nacken.

»Lass den mal schön hier liegen. Der liegt hier gut. Da können ihn die wilden Tiere zerfleischen!«, ertönte eine ihm wohlbekannte Frauenstimme. »Und jetzt steh langsam auf. Hände hoch. Diesmal keine Faxen mehr.«

20

Aus die Maus

Eve inspizierte die Kleider in ihrem Schrank. Auf dem Bett lagen zwei große Koffer. Einer war schon vollgestopft mit Klamotten und Schmuck.

»Beeil dich doch«, brummte Jerome.

Er selbst hatte kaum etwas dabei. Nur eine kleine Sporttasche voller Geld und einen Laptop, auf dem alle Dokumente für Operation Schwarzer Regen gespeichert waren. Obwohl er die Operation nicht für erfolgreich hielt, wollte er irgendwann auch etwas in der Art auf die Beine stellen. Seiner Meinung nach ließ sich damit viel Geld verdienen. Er war sicher, dass es genug zwielichtige Gestalten auf der Welt gab, die an einem derartigen Verfahren interessiert waren.

»Du glaubst doch nicht etwa, dass ich diese zwei Koffer für dich mitschleppe?«, fragte Jerome.

»Du glaubst doch nicht etwa, dass ich all die schönen Dinge einfach hierlasse?«, konterte Eve.

»In dieser Tasche ist genügend Geld, um dir einen ganzen Kleiderschrank neuer Klamotten zu kaufen«, sagte Jerome. »Komm jetzt.«

Eve reagierte nicht und wählte weiter Kleider aus. Nachdem ein solches Chaos ausgebrochen war, hatten Eve und Jerome beschlossen, nicht mehr länger im Trainingslager zu bleiben. Sie wollten kein Risiko eingehen, sondern lieber schnellstmöglich mit dem Auto abhauen. Caroline Moss würde toben, aber Jerome fand, dass man es eben nicht jedem recht machen konnte. Da war es wichtig, es vor allem sich selbst recht zu machen, und genau das hatten sie vor. Emma war verschwunden und suchte irgendwo im Bunker hysterisch nach Tommieboy. Was mit den beiden geschah, ließ Jerome und Eve völlig kalt. Zwischen den vier war es von Anfang an nicht gut gelaufen.

»Fertig!«

Eve sah Jerome erwartungsvoll an und machte keine Anstalten, auch nur einen der beiden schweren Koffer anzuheben. Ihr Gefährte seufzte, hängte sich die Laptoptasche über die Schulter und warf Eve die Reisetasche zu.

»Da, nimm du die«, sagte er.

Er ging zum Bett und hob mühsam die Koffer an. Allerdings brauchte er sie nicht allzu weit zu tragen, auch wenn er sich vermutlich nicht wirklich darüber freute. Als Eve die Zimmertür öffnete, blieb sie erschrocken stehen. Javier Gavilanes versperrte ihr den Weg und richtete eine Pistole auf sie.

»Na, kleine Reise geplant?«, fragte er grinsend.

In der Bredouille sitzen. Ich sitze in der Bredouille – du sitzt in der Bredouille – er, sie, es sitzt in der Bredouille – wir sitzen ...

Sam hatte sich als kleiner Junge manchmal über diesen Ausdruck gewundert. Was um Himmels willen war eine Bredouille? Und wie konnte man darin sitzen? Musste man eine Bredouille erst öffnen und dann hineinkriechen oder saß man darin wie in einem Sessel?

Als Sam in einem Wald in Costa Rica die Arme hob, hatte er noch immer keine Ahnung, was genau eine Bredouille war. Doch er wusste nur allzu gut, dass er in diesem Moment ganz tief in einer saß.

Caroline Moss hielt ihm eine Pistole an den Kopf. Ihr Blick war eiskalt. Sie glich kein bisschen mehr der Carolina, die Sam kennengelernt hatte. Das war keine hilflose Putzfrau, die von gemeinen Verbrechern erpresst wurde. Sam fragte sich, wer oder was sie wirklich war.

»Carolina, warum tust du das?«, fragte er sie.

Heimlich sah er sich um, doch vergebens. Er war Carolina ganz und gar ausgeliefert.

»Hör auf, mich Carolina zu nennen«, schnauzte Moss ihn an. »Ich *hasse* diesen Namen. Er erinnert mich an eine spanische Nutte.«

Was Sam schon am Tag zuvor aufgefallen war, bestätigte sich nun. Carolina, oder wer auch immer sie war, konnte in Wirklichkeit sehr gut Englisch sprechen. Wie eine Muttersprachlerin.

»Und wer bist du dann?«, wollte Sam wissen.

Moss überlegte kurz. Ihr Finger strich über den Abzug der Pistole. Sam beobachtete es. Ob sie auch mit Betäubungspfeilen geladen war?

»Also gut«, begann Moss. »Dir kann ich es ja sagen. Weil du im Lager so nett zu mir warst. Außerdem kannst du es sowieso keinem mehr weitererzählen!«

Sam schluckte. Kein Betäubungsmittel also.

»Caroline Moss, angenehm«, sagte Moss lächelnd. »Aber du kannst einfach Frau Moss zu mir sagen.«

»Guten Tag, Frau Moss«, sagte Sam bitter. »Aber warum diese Maskerade? Warum haben Sie sich als Putzfrau demütigen lassen?«

Moss sah um sich. Offenbar hatte sie etwas gehört. Sie spähte durch das Grün, bis sie sicher war, dass keine Gefahr drohte. Erst dann antwortete sie.

»Ihr solltet mir vertrauen. Und das hat ja geklappt! Du hast mir netterweise eure Pläne verraten. Hättest du gewusst, dass ich es war, die euch gefangen hält, hättest du das wohl kaum getan, oder?«

»*Sie* haben uns gefangen gehalten?«, rief Sam erschrocken. »Aber dann ...«

Er war davon ausgegangen, dass Moss lediglich zu Tommieboys und Jeromes Helfern gehörte, die die Schüler im Auge behalten sollten.

»Dann bin ich der große Boss«, nickte Moss stolz. »Nicht übel für eine Putzfrau, oder?«

Fast hätte Sam sich jetzt die Haare gerauft. Gerade noch rechtzeitig fiel ihm ein, dass Caroline Moss wahrscheinlich schießen würde, wenn er seine erhobenen Hände herunternehmen würde.

Wie hatte er nur so dumm sein können? Zweimal hatte er sich und seine Mitschüler ins Verderben rennen lassen. Der erste Fluchtversuch war von Anfang an zum Scheitern verurteilt gewesen, und als ihnen dann beinahe wirklich die Flucht geglückt wäre, hatte er Moss aus ihrer Zelle befreit und mitgenommen. Doch wie hätte er das auch ahnen können?

»Aber warum haben Sie uns dann den Grundriss vom Bunker zugespielt?«, fragte er. »Damit hätten wir doch wirklich entkommen können.«

»Weil ich so zumindest euren Weg kannte. Wenn ihr es ohne Plan versucht hättet, wäre es euch am Ende vielleicht sogar gelungen.«

Moss grinste kopfschüttelnd.

»Wie beim zweiten Mal. Irgendwie habt ihr es ja geschafft, diese nichtsnutzigen Wachen abzuschütteln. Doch dann hatte Herr Smith ja glücklicherweise die brillante Idee, mich zu befreien! Wenn die blöde Pistole ordentlich funktioniert hätte, wärst du jetzt nicht hier.«

»Ich vielleicht nicht, aber die anderen hätten Ihnen schon einen Strich durch die Rechnung gemacht«, entgegnete Sam cool, obwohl er innerlich voller Angst war.

»Tja, wer weiß, wer weiß«, lachte Moss. »Aber bitte, lassen wir die Vergangenheit ruhen. Ich denke nur sehr ungern daran zurück, wie du schon einmal meine Pläne durchkreuzt hast.«

Langsam fügten sich die Puzzleteile zusammen. Schon vorher hatte Sam so eine leise Vermutung gehabt und nun war er sich völlig sicher. Moss steckte auch hinter dem Anschlag auf den Premierminister vor fast dreieinhalb Jahren. Dank Sam war dieser Anschlag misslungen. Tommieboy und Emma hatte man gefasst, aber ihr Auftraggeber war spurlos verschwunden. Wahrscheinlich war Moss all die Jahre auf Rache aus gewesen und hatte deshalb diesen Plan entwickelt.

»Dann war das alles nur, um Rache zu nehmen?«

»Nicht nur aus Rache«, antwortete Moss. »In meinem Beruf wäre eine Welt ohne Geheimdienste eine feine Sache, verstehst du? Als Tommieboy und Emma letztes Jahr aus dem Gefängnis entkommen sind, habe ich mir überlegt, wie ich einiges wieder in Ordnung bringen könnte. Und mit der Operation Schwarzer Regen kann ich zwei Fliegen mit einer Klappe schlagen.«

Sam bezweifelte, dass die Operation Schwarzer Regen noch gelingen würde. Wenn alles nach Plan gelaufen war, hatten seine Mitschüler das Trainingslager mittlerweile erobert. Aber das half ihm in seiner Situation auch nicht weiter. Carolina war ganz scharf darauf, zumindest eine von zwei Fliegen zu erwischen. Und eine dieser Fliegen war bedauerlicherweise Sam.

Carolina – der große Boss – würde zum zweiten Mal entwischen. Ihr Plan war zwar nicht aufgegangen, aber wahrscheinlich mussten nur Tommieboy, Jerome und ihre Frauen dafür geradestehen, genau wie beim letzten Mal. Sam suchte krampfhaft nach einer Fluchtmöglichkeit. Doch mit einer Pistole an der Schläfe war das gar nicht so einfach.

»Woher wussten Sie denn, mit welchem Flugzeug wir fliegen würden?«, fragte Sam, um etwas Zeit zu gewinnen. Doch in seinem tiefsten Innern war ihm klar, dass er mit all seiner Fragerei das Ende nur kurz hinauszögern konnte.

»Weil ich weiß, wie eure Organisation funktioniert. Glascock ist doch der typische Flughafen für die CIA. Als ich von einem ganz speziellen Flug von dort erfuhr, wusste ich, dass der richtige Moment gekommen war.«

Mit leuchtenden Augen erklärte Moss Sam ihren Plan, ohne dass ihre Wachsamkeit dabei auch nur einen Augenblick nachließ.

»Ich weiß, was du vorhast, Smith«, fuhr sie fort. »Aber das wird dir nicht gelingen. Gleich werde ich abgeholt, ich habe also noch ein bisschen Zeit zu plaudern. Alleine warten mag ich nämlich nicht. Dann ist aber endgültig Schluss für dich.«

Sam wurde immer verzweifelter. Moss meinte es ernst, daran gab es keinen Zweifel. Wenn er versuchte, einfach loszurennen, wäre er spätestens nach einem Schritt von Kugeln durchlöchert.

Es muss doch *irgendetwas* geben, was ich tun kann, dachte er panisch.

»Woher wussten Sie, dass wir in dem Flugzeug sitzen würden?«

»Es hieß Schüler und eine Begleitperson«, erklärte Moss. »Die Chancen standen also gut, dass es die Abschlussklassen sind, weil die anderen Klassen ja normalerweise keine Klassenfahrten machen. Und schon gar nicht mit nur einer Begleitperson. Ganz genau wusste ich es natürlich nicht, aber letztlich hat es ja gestimmt.«

Eines begriff Sam immer noch nicht.

»Aber woher wussten Sie, dass auch Schüler von der *Spy School* dabei sein würden?«

Moss schüttelte mit hochgezogenen Augenbrauen den Kopf.

»Für wen hältst du mich eigentlich, Smith? Du unterschätzt mich immer noch. Als ob ich nicht wüsste, was in England mit der *Spy School* geschehen ist! Es ist dir vielleicht nicht bewusst, aber eigentlich sind wir Kollegen.«

»Kollegen?«, fragte Sam entsetzt.

»Ja genau, du hast schon richtig gehört.« Moss genoss es, Sam auf die Folter zu spannen. »Ich habe auch die Ausbildung zur Geheimagentin genossen, weißt du. Das einzige Problem war, dass ich Geheimagenten doof fand. Deswegen habe ich aufgehört.«

»Sie sind eine ... Geheimagentin?«

Sam konnte es kaum glauben. Moss konnte keine Geheimagentin sein, sonst hätte Summer sie doch schon längst durchschaut.

»Aber wenn Sie eine Geheimagentin sind, warum wollen Sie dann den Geheimdienst auslöschen?«

In diesem Moment wurde ihr Gespräch vom Lärm eines Hubschraubers gestört. Sam und Moss schauten kurz nach oben, konnten den Hubschrauber aber nicht sehen. Moss sah auf die Uhr und nickte zufrieden.

»Du verstehst das falsch, Smith. Ich bin als Geheimagentin ausgebildet worden, aber das heißt noch lange nicht, dass ich auch eine Geheimagentin *bin!*«

»Dann sind Sie eine Verräterin!«, platzte es aus Sam heraus.

Moss seufzte. »Wenn du es unbedingt so nennen willst. Ich selbst bevorzuge die Bezeichnung ›Individualistin‹. Ich habe darüber nachgedacht, was mir am meisten liegt, und mich dann entschieden.«

»Sie haben sich für Verrat entschieden!«, sagte Sam höhnisch.

Moss erhob die Hand. »Nicht für Verrat. Sondern für mich und für das Geld. Als Geheimagent hat man diese Wahl nicht. Man arbeitet immer für seine Auftraggeber. Und reich wird man dabei auch nicht. Wer ist also schlauer?«

»Sie mit Sicherheit nicht«, brummte Sam.

»Es reicht!«

Moss musste inzwischen gegen das Motorendröhnen anschreien. Dem Lärm nach zu urteilen, mussten es mehrere Hubschrauber sein.

»Zeit zu gehen, Smith. Für mich auf eine exotische Insel, für dich ins Jenseits.«

Moss' Zeigefinger glitt zum Abzug. Da ertönte auf einmal das Knacken von Ästen und sie hielt inne. Sofort richtete sie die Pistole auf das verdächtige Gebüsch neben ihr. Gleichzeitig behielt sie Sam im Auge. Sobald sich seine Arme auch nur einen Zentimeter nach unten bewegten, hätte sie ihn direkt wieder im Visier.

»Wer ist da? Rauskommen!«, befahl Moss.

Das Erste, was sie zu sehen bekamen, war der Lauf einer Pistole. Das machte Moss ziemlich nervös.

»Waffe runter! Sofort!«

Doch die Pistole blieb, wo sie war. Aus dem Gebüsch kam Jimmy Mortimer, der gar nicht daran dachte, Moss zu gehorchen. Allerdings hielt er die Pistole auf Sam gerichtet und nicht auf Moss.

»Gibt's Probleme, kann ich helfen?«, fragte er untertänig.

Der Funke Hoffnung, den Sam kurz verspürt hatte, löste sich in nichts auf. Kurz hatte er auf Rettung gehofft. Kurz hatte er geglaubt, seine Mitschüler seien gekommen, um ihn zu befreien. Leider vergeblich. Jimmy war zwar ein Mitschüler, aber nicht der richtige.

Moss entspannte sich und ein breites Grinsen erschien auf ihrem Gesicht.

»Na, wenn das keine schöne Überraschung ist. Wo kommst du denn so plötzlich her, Junge?«

»Das Lager ist wieder in unseren Händen«, sagte Jimmy ruhig, ohne den Blick von Sam abzuwenden. »Bis auf einen Schüler liegen alle bereits betäubt in ihren Zimmern. Und dieser eine wird sich gleich zu den anderen gesellen.«

In Sam brodelte es, als er Jimmy so eiskalt reden hörte. Diesen zukünftigen Geheimagenten hatte man gnadenlos in einen kaltblütigen Verbrecher verwandelt. Einen Moment lang dachte er, dass er lieber tot wäre, als so zu werden wie Jimmy. Aber das stimmte nicht ganz: In diesem Moment wollte er vor allem nicht sterben.

Doch weglaufen war zwecklos. Immerhin waren zwei Pistolen auf ihn gerichtet.

»Vielleicht bleibe ich noch eine Weile hier«, sagte Moss. »Dann bringen wir eben Operation Schwarzer Regen doch zu Ende.«

Daran hatte Sam noch gar nicht gedacht. Jimmys Nachricht bedeutete, dass ihr Einsatz vollkommen sinnlos gewesen war. Moss konnte mit ihrer Operation fortfahren, und das wäre dann das Ende des Geheimdienstes.

»Ah, aber dann brauchen Sie doch alle Schüler«, versuchte Sam, seinen Kopf aus der Schlinge zu ziehen. »Sonst fällt ja gleich auf, dass etwas nicht stimmt.«

Sam hoffte, dass er Moss noch ein paar Knüppel zwischen die Beine werfen konnte, wenn sie ihn am Leben ließe. Dummerweise durchschaute diese das sofort.

»Netter Versuch, Smith, aber keine Chance. Mit einem weniger wird die Operation auch gelingen.«

Moss bereitete sich auf den Gnadenschuss vor. Sie fand sichtlich Gefallen daran, dass sie nun endlich diese lästige Laus in ihrem Pelz loswurde. Doch dann überlegte sie es sich anders.

»Weißt du, was? Ich will mir die Hände nicht schmutzig machen. Was könnte es Schöneres geben als einen Geheimagenten, der von einem anderen Geheimagenten kaltgemacht wird?«

Sie zeigte mit der Pistole auf Jimmy.

»Du da. Wenn du fünfmal mit deiner Waffe schießt, kriegt er so viel Betäubungsmittel ab, dass es ein Nashorn umhauen könnte.«

Sam sah noch einmal zu Jimmy, der gehorsam seine Waffe hob, um die tödliche Ladung abzufeuern.

»Jimmy, tu es nicht!«, bettelte Sam. »Ich bin auf deiner Seite! Hör nicht auf sie!«

Doch Jimmy verzog keine Miene. Er begriff nicht, was er da tat, sein Gehirn war ganz auf Töten gepolt.

»Gib dir keine Mühe, Smith«, sagte Moss. »Er hat vorhin noch eine Tablette bekommen, die ihm den Verstand vernebelt. Er kann nur noch an die Befehle von Jerome denken. Und rate mal, wie die lauten!«

Moss ließ ihre Pistole sinken und sah Sam mit festem Blick an.

»Mach's gut, Sam Smith. Hier endet unser Kampf. Jimmy – so heißt du doch? –, mach deine Arbeit. Töte ihn!«

Ohne mit der Wimper zu zucken, feuerte Jimmy. Er schoss nicht fünfmal, sondern nur einmal. Und es war ein Treffer.

Sam traute seinen Augen nicht, als Caroline Moss vornüberkippte. Sie sah noch einmal voller Überraschung von Jimmy zu Sam, dann fielen ihr die Augen zu, und ihr Kopf schlug auf dem Boden auf. Jimmys Blick war noch immer verbissen, aber sein Körper entspannte langsam.

»Was meinst du, Sam«, fragte er, »sollen wir mal testen, ob unsere Frau Moss hier ein Nashorn ist?«

Sam schüttelte den Kopf.

»Dann wären wir genauso mies wie sie, Jimmy. Auch wenn sie es verdient hätte ...«

Sam starrte auf die bewusstlose Caroline Moss. Er konnte noch gar nicht fassen, dass er davongekommen war.

»Jimmy, wie …? Du hast so anders gewirkt. Hast du keine Tablette geschluckt?«

Jimmy holte eine kleine, weiße Tablette aus seiner Tasche.

»Meinst du die hier? Eine Tablette in den Mund stecken heißt ja nicht, sie auch zu schlucken. Daran hat Jerome nicht gedacht.«

»Danke, Jimmy«, sagte Sam aus tiefstem Herzen.

Im selben Augenblick ertönte ein lautes Gepolter im Wald um sie herum. Sie sahen auf und erblickten zehn schwarz gekleidete Männer mit Sturmhauben, die auf sie losstürmten. Bei Sam und Jimmy angekommen, blieben sie stehen und inspizierten die Umgebung. Nachdem sie sich vergewissert hatten, dass keine Gefahr drohte, ließen sie die Pistolen sinken. Einer von ihnen zog sich die Mütze vom Kopf. Es war Summer. Das also waren die Helikopter gewesen, die Sam gehört hatte. Summer sah seine Schüler besorgt an.

»Herr Smith, Herr Mortimer, es wird alles gut. Wir sind hier, um Sie zu befreien.«

Sam und Jimmy sahen einander an und brachen in lautes Gelächter aus. Es war ein hysterisches, aber befreiendes Lachen, das die Spannung von ihnen abfallen ließ.

»Danke, Herr Summer«, sagte Sam. »Sie kommen glücklicherweise gerade pünktlich.«

21

Na endlich!

»Sam?«

»Hm?«

»Du bist so abwesend. Woran denkst du?«

»An nichts.«

»Na klar. Du bist viel zu abwesend, um an nichts zu denken. Eine Chance geb ich dir noch.«

»Na gut, ich dachte gerade daran, dass es seltsam sein wird, die Schule zu verlassen.«

»Ja, eigentlich geht es jetzt erst richtig los.«

Sam und Katie saßen verlegen nebeneinander auf einer Bank im Innenhof der *Spy School*. Genau genommen war es gar kein Innenhof mehr wie bei ihrem früheren Schulgebäude. Es war eher ein großer Platz, so wie bei der CIA-Ausbildungsstätte in Amerika. Der neue Komplex war überhaupt stark an sein amerikanisches Gegenstück angelehnt, aber, wie Autumn immer wieder gerne erwähnte, schöner, besser und moderner. Trotzdem nannten die Schüler der *Spy School* diesen zentralen Platz noch immer Innenhof. Ein bisschen Nostalgie musste sein.

Auch wenn eigentlich schon tiefster Winter herrschte, war es ein überraschend milder Tag. Und ein besonderer Tag noch dazu, denn die offizielle Abschlussfeier der D-Klasse stand auf dem Programm. Wegen der Geschehnisse in Costa Rica fand sie später statt als gewöhnlich, denn eigentlich hatte das neue Schuljahr bereits begonnen. Dafür aber war der neue Schulkomplex außerhalb von London nun fertig und die Schüler konnten ihren Abschluss im heimatlichen England feiern. Autumn hatte auch die CIA-Schüler dazu eingeladen. So trafen die Schüler sich noch einmal.

»Weißt du«, sagte Sam. »Es fühlt sich immer noch an wie die *Spy School*, auch wenn es ein ganz anderes Gebäude ist. Ich hatte gedacht, der Abschied wäre weniger schwer, nachdem unsere alte Schule zerstört wurde.«

»Es ist doch kein Abschied für immer«, tröstete Katie ihn. »Du wirst noch oft hierher zurückkommen. Wer weiß, vielleicht eines Tages sogar als Lehrer!«

Das war ihr erstes Wiedersehen seit Costa Rica.

Nachdem Jimmy Caroline Moss überwältigt hatte, war Sam sofort zum Bunker gerannt. Dort hatte er Daphné und Katie tief schlafend gefunden. Sie waren nicht die Einzigen: Auch John Cole und Quentin Mills waren bewusstlos und dazu sämtliche Schüler, die während des Lagers zu Attentätern umgepolt worden waren.

Sam hatte an Katies und Daphnés Betten gewacht, bis sie abtransportiert wurden. Niemand wusste, womit die Schüler betäubt worden waren, daher mussten sie so schnell wie möglich medizinisch versorgt werden. Die Hubschrauber flogen die Schüler zum Flugplatz, wo sie unverzüglich in ein Flugzeug verfrachtet wurden. Diesmal allerdings mit mehr als einer Begleitperson. Summer wollte kein Risiko mehr eingehen.

In Langley wurden die Opfer auf die Krankenstation gebracht.

Es dauerte einen ganzen Tag, bis die betäubten Schüler wieder zu Bewusstsein kamen. Und auch dann durften sie noch eine ganze Zeit keinen Besuch empfangen. Sam war jeden Tag zur Krankenstation gegangen, aber nie hineingelassen worden. Vom Wachpersonal hatte er immerhin erfahren, dass es den Schülern gut ging.

Auch die Schüler, die nicht betäubt worden waren, mussten sich regelmäßig untersuchen lassen. Im Lager waren ihnen verschiedenste Substanzen gespritzt worden, die dafür gesorgt hatten, dass die Schüler Gewalt gut fanden und völlig gefühllos wurden. Natürlich mussten sie diese Stoffe so schnell wie möglich aus ihrem System bekommen. Erst nach einer Woche strenger Beobachtung erklärte January sie endgültig für gesund.

Zu Sams Ärger beschloss Autumn nach dieser Woche, dass die *Spy School* nach England zurückgehen und ihr neues Quartier beziehen sollte. Er fand, die D-Klasse sollte ihre Erlebnisse besser in der Heimat verarbeiten. Und ehe sie sich's versahen, saßen Sam und seine Mitschüler schon im Flugzeug nach England. Sam hatte sich nicht einmal von Katie verabschieden können.

»Als Lehrer? Was sollte ich den Kindern denn beibringen können? Ich weiß nur, wie man sich in Schwierigkeiten bringt«, lachte er.

»Ohne Schwierigkeiten braucht man keine Geheimagenten«, sagte Katie und strich sanft über Sams Arm. »Und Menschen wie du wissen, wie man aus den Schwierigkeiten auch wieder herauskommt!«

Es war eine Heidenarbeit gewesen, das Lager der Gangster auszuräumen. Zum Glück hatte auch der Geheimdienst von Costa Rica geholfen. Javier Gavilanes hatte seinen Bruder Eduardo, der ebenfalls Geheimagent war, über die Praktiken im Lager informiert, worauf der costa-ricanische Geheimdienst gemeinsam mit Summer einen Angriff vorbereitet hatte. Leider war er für die Schüler ein wenig zu spät gekommen.

Javier Gavilanes war schon eine Weile undercover im Lager tätig gewesen. Er hatte sich von Eve und Jerome anwerben lassen. Im Prinzip waren die beiden nur kleine Fische. Sie schmuggelten Waffen und hatten auch sonst bei der einen oder anderen Sache ihre Finger im Spiel, aber insgesamt waren sie keine Schwerverbrecher. Doch dann waren die Schüler ins Lager gekommen. Daraufhin wurde Gavilanes neugierig und beschloss, noch eine Weile im Lager zu bleiben. Allerdings war es schwierig, an Informationen zu kommen, weil dem Wachpersonal nicht viel erzählt wurde. Nach und nach fand er heraus, was es mit der Operation Schwarzer Regen auf sich hatte, und informierte seinen Bruder.

Unterdessen versuchte er, die Schüler so gut wie möglich zu beschützen – natürlich ohne aufzufallen. Sam hatte hinterher erfahren, dass er es Gavilanes zu verdanken hatte, dass seine Softairpistole wieder aufgetaucht war. Der Agent hatte sie im Wald gefunden, als Sam vor ihm weggelaufen war. Und das war nicht sein einziger Einsatz als Schutzengel. Als Sam und Joe in Tommieboys Büro eingebrochen waren, hatte sie ein anderer Wachmann bemerkt. Glücklicherweise war Gavilanes in der Nähe gewesen und hatte ihn niedergeschlagen, bevor er Alarm schlagen konnte. Gegen den Wachmann, der Joe erwischt hatte, hatte er allerdings nichts unternehmen können.

»Wann fängt die Feier an?«, fragte Katie.

»In einer Viertelstunde«, antwortete Sam. »Autumn erwartet uns in der Aula.«

Die Aula war eine detailgetreue Nachbildung der ehemaligen Aula im alten Schulgebäude. Autumn war der Meinung, Gutes sollte beibehalten werden.

Sam hatte ein komisches Gefühl im Bauch. Er war froh, Katie wieder zu treffen, wusste aber gleichzeitig nicht, wie er sich verhalten sollte. Nachdem er sie eine Weile nicht gesehen hatte, war er sich ihrer Gefühle nicht mehr sicher. War sie wirklich in ihn verliebt? Oder war das nur den Umständen im Trainingslager zuzuschreiben gewesen?

Auch Katie benahm sich anders. Sie war nervöser als früher. Was ging wohl in ihrem Kopf vor? Sam traute sich nicht zu fragen. Er hatte Angst vor einer Antwort, die er nicht hören wollte. Also plauderten sie einfach so miteinander.

»Sam?«

»Ja?«

»Ach, nichts.«

Katie sah ihm kurz in die Augen und wandte den Blick dann ab. Verträumt kaute sie auf ihrer Unterlippe.

Ablenkung kam in Gestalt von Daphné, die fröhlich auf sie zuhüpfte. Sie grinste breit, weil sie auf diesen Moment so lange gewartet hatte. Sie hatte ihre Zeit an der *Spy School* sehr genossen, konnte es aber kaum erwarten, eine richtige Agentin zu sein.

»Hallo, ihr Turteltäubchen. Nanu, wieso sitzt ihr denn so weit auseinander?«

Sofort liefen Sam und Katie tomatenrot an. Unangenehme Situationen waren häufig gerade noch erträglich, solange sie niemand beim Namen nannte. Aber Feingefühl war nun mal nicht Daphnés Stärke. Wenn es nach ihr ginge, sollten sich Sam und Katie entweder küssen oder es bleiben lassen. Aber dieses Herumeiern war nicht ihr Ding.

»Dann habt ihr sicher nichts dagegen, wenn ich mich zwischen euch setze?«

Ohne eine Antwort abzuwarten, ließ Daphné sich auf die Bank plumpsen, sodass Sam und Katie zur Seite rutschen mussten. Sam lachte. Er fand es toll, wie Daphné auf seine Gefühle für Katie reagierte. Früher waren er und Daphné unzertrennlich gewesen und nun musste sie ihn vielleicht mit Katie teilen. Trotzdem war sie überhaupt nicht eifersüchtig oder sauer. Im Gegenteil, sie freute sich für Sam. »Dann läufst du wenigstens nicht mehr die ganze Zeit hinter mir her«, hatte sie gesagt.

»Krass, dass Caroline Moss hier auch mal Schülerin war, oder?«, begann Daphné ein neues Gespräch. »Sie ist genau wie wir jedes Jahr zu den Winterspielen nach Amerika geflogen. Daher kannte sie sich auch mit der Schule der CIA so gut aus.«

Katie nickte. »Kein Wunder, dass sie so gut wusste, wie der amerikanische Geheimdienst funktioniert und was die CIA tun würde. Solche Verbrecher sind wirklich die gefährlichsten!«

Sam konnte das nur bestätigen. Schon damals in der A-Klasse hatte er, ohne es zu wissen, mit Caroline Moss zu tun gehabt. Da hatte sie den Geheimdienst unter Druck gesetzt, indem sie geheime Dossiers als Lösegeld verlangte. Nur hatte Sam damals nicht geahnt, wer seine Gegnerin war, weil sie alles über Tommieboy und Emma geregelt hatte. Am Ende hatte Moss dann ihre Helfer fallen gelassen und sich aus dem Staub gemacht.

Aber diesmal war sie dran. Sam hoffte, dass sie den Rest ihres Lebens hinter Gittern verbringen musste. Auch Tommieboy und Emma hatten mit einer harten Strafe zu rechnen. Sie hatten nicht nur bei der Entführung der Schüler mitgeholfen, sondern mussten sich auch für die Flucht aus dem Gefängnis verantworten.

»Wisst ihr noch die Rede, die Jerome zu Beginn des Trainingscamps gehalten hat?«, murmelte Sam kopfschüttelnd. »Moss hat Autumns verqueren Stil wirklich gut hinbekommen. Ich habe echt geglaubt, dass die Rede von Autumn war.«

»Tja, man kann ja nicht bei allem misstrauisch sein«, sagte Daphné. »Wenn man alles in Zweifel zieht, kann man nicht mehr normal leben.«

»Das ist wahr«, stimmte Katie zu. »Sonst müssten wir uns jetzt fragen, ob das hier wirklich die *Spy School* ist oder nicht doch irgendein illegales Trainingscamp. Und so geht es dann immer weiter.«

In der Ferne sahen sie Jimmy vorbeilaufen. Als er sie erkannte, winkte er kurz und ging dann weiter. Sam bemerkte, wie Daphné dem Jungen mit den Augen folgte, bis er aus ihrem Blickfeld verschwunden war. Das war nicht das erste Mal, dass Daphné bei Jimmys Anblick verstummte. Sam lächelte. Daphné ging es also ähnlich wie ihm, nur würde sie es ganz bestimmt nicht zugeben.

»Der wird mal ein guter Geheimagent«, sagte Sam und zeigte auf den Amerikaner. »Wie der im Lager seine Rolle durchgezogen hat ...«

»Er wusste schon lange vor uns, dass was faul war«, sagte Daphné mit leuchtenden Augen. »Und von da ab hat er die ganze Zeit so getan, als hätte er sich verändert. Undercover bei den eigenen Klassenkameraden, das soll ihm mal einer nachmachen.«

Sie zog einen Zettel aus der Tasche und kritzelte etwas darauf. Dann faltete sie ihn zusammen und steckte ihn unauffällig in Sams Hand. Zumindest versuchte sie es, aber Katie war das nicht entgangen.

»Was ist das?«

»Äh, das ist für Sam«, murmelte Daphné verlegen. »Das musste ich ihm noch geben ...«

»Aha.«

Katie bohrte nicht weiter nach und schaute in die andere Richtung, um zu zeigen, dass es ihr egal war, was auf dem Zettel stand. Sam faltete den Brief auf und erschrak beim Lesen. Da stand nur ein einziger Satz:

Nun küss sie doch endlich, du Depp!

Sofort kehrte die Schamesröte wieder zurück, die sich gerade erst verzogen hatte. Diesmal sollte sie länger bleiben. Sam wollte den Zettel sofort zerknüllen, aber er hatte nicht mit Katie gerechnet. Sie griff hinter Daphnés Rücken vorbei und stibitzte ihm den Brief aus den Händen.

»Nein, nicht«, protestierte Sam noch, aber Katie war mit dem Zettel schon auf und davon.

»Ich möchte zu gerne mal wissen, was ihr ...«

Sie warf einen kurzen Blick auf das Stück Papier und verstummte. Nun färbten sich auch ihre Wangen rot. Es folgte eine peinliche Stille.

Daphné begriff, dass das ein dummer Schachzug gewesen war, und kratzte sich verärgert am Hals. Sam malte eifrig mit den Füßen Kreise auf den Boden und Katie zupfte an ihrer Hose herum. Sie hatte einen winzigen Fleck gefunden, den sie nun mit Spucke wegzureiben versuchte.

Sam traute sich nicht aufzusehen. Das Blöde war, dass Daphné recht hatte. Er wollte Katie so gerne küssen. Warum tat er das nicht einfach? Aber nun war es zu spät, denn wenn er jetzt einen Versuch startete, würde das viel zu gezwungen rüberkommen.

Das Piepsen von Daphnés Armbanduhr erlöste sie aus ihrer Verlegenheit.

»Oh, schon so spät? Wir müssen zur Aula.«

Froh über die Ablenkung sprangen die drei auf und machten sich auf den Weg zur Aula.

»Autumn findet es bestimmt nicht witzig, wenn wir zu spät kommen«, sagte Sam.

»Wir kommen schon noch pünktlich«, beruhigte ihn Katie. »Eine Minute haben wir noch.«

Sie rannten weiter und waren tatsächlich gerade noch pünktlich. Die anderen Schüler waren schon da und unterhielten sich leise miteinander. Überall sah man strahlende Gesichter, die Schüler waren stolz auf die Ausbildung, die sie nun abgeschlossen hatten.

»Seltsam«, sagte Sam, nachdem er sich umgesehen hatte. »Es sind gar keine Lehrer da.«

Daphné und Katie schauten sich ebenfalls um und fanden Sams Beobachtung bestätigt. Daphné zuckte mit den Schultern.

»Die werden schon noch kommen, oder? Vielleicht bereiten sie noch was vor.«

»Vielleicht ...«, antwortete Sam. »Obwohl, wenn ich so darüber nachdenke, habe ich den ganzen Tag noch keinen einzigen Lehrer zu Gesicht bekommen.«

Katie und Daphné überlegten.

»Ich eigentlich auch nicht«, bestätigte Katie schließlich.

»Stimmt«, nickte auch Daphné.

Beunruhigt sahen sie sich an. Sicher gab es eine logische Erklärung dafür, aber seit Costa Rica waren die meisten Schüler ein bisschen paranoid. Aus der Operation Schwarzer Regen hatten sie gelernt, dass nichts im Leben sicher war. Obwohl ihnen klar war, dass sie nicht alles anzweifeln durften, taten sie es unbewusst doch. Sam sah das positiv: Vorsicht war eine gute Eigenschaft für einen Geheimagenten. Indem sie alles anzweifelten, hatten sie bessere Chancen, ihre Operationen erfolgreich zu beenden und vor allem ihr eigenes Leben zu schützen.

Die Operation Schwarzer Regen war noch immer das Gesprächsthema Nummer eins auf der *Spy School*. Die Schüler begriffen sehr gut, was alles hätte passieren können. Und nicht nur sie waren einer Katastrophe nur knapp entkommen. Der gesamte Geheimdienst wäre zerstört worden, wenn die Operation zu Ende gebracht worden wäre. Caroline Moss hatte die Schüler zu Mördern machen wollen, die ihre eigenen Lehrer umbringen sollten. Hoffentlich würde so etwas nie wieder passieren.

Auf einmal ging das Licht aus und die Türen der Aula fielen krachend ins Schloss. Sofort wurde es mucksmäuschenstill. Was war das? Leichte Panik breitete sich im Saal aus. Im Dunkeln spürte Sam Katie neben sich. Sie hatte den Arm um seine Taille geschlungen, worauf er ebenfalls den Arm um sie legte. Was auch geschah, sie würden beieinanderbleiben und einander helfen.

»Tür auf! Was soll denn das?«, schrie jemand, doch Sam konnte nicht erkennen, wer das war.

Die Anspannung im Saal stieg. Alle möglichen Katastrophenszenarien spielten sich in den Köpfen der Schüler ab. Fast alle Szenarien drehten sich um Caroline Moss. Aber das war unmöglich, Moss saß in einem Gefängnis in den USA. Oder?

Daphné wollte sich umsehen, doch ihre Augen hatten sich noch nicht an die Dunkelheit gewöhnt. Sie ging einen Schritt nach vorne und stieß mit einem anderen Schüler zusammen.

»He, was machst du da?«, erklang eine ängstliche Stimme.

»Tut mir leid. Ich bin's, Daphné«, flüsterte sie.

Ein Lichtschein an der Rückwand der Aula zog ihre Aufmerksamkeit auf sich. Aus dem Nichts erschien ein Satz an der Wand:

Gesunder Menschenverstand ist eine wichtige Eigenschaft für einen Geheimagenten.

Was sollte das denn heißen? Wer hatte diesen Satz dorthin projiziert? Blitzschnell zuckten diese Fragen durch Daphnés Kopf, und sie war sich sicher, dass es nicht nur ihr so ging. Es war still im Saal. Keiner wusste, was zu tun war.

Und dann, als die Unsicherheit schon beinahe in Panik umschlug, ging das Licht wieder an. Daphné sah sich um. Bei der Tür stand Jimmy mit der Hand am Lichtschalter. Daphné seufzte. Das meinten sie wohl mit gesundem Menschenverstand. Wenn das Licht ausging, musste man es eben wieder anschalten.

Auch den anderen Schülern wurde nun klar, dass sie überreagiert hatten. Sie mussten Operation Schwarzer Regen endlich vergessen. Auf dem Bildschirm erschien Autumns Kopf. Daphné lächelte. Das hatten die Lehrer schlau eingefädelt. Der Schockeffekt hatte funktioniert. Operation Schwarzer Regen war vorbei, das Kapitel war abgeschlossen. Ein neues Leben lag vor ihnen und darauf mussten sie sich jetzt einlassen. Alles andere war unwichtig.

»Herzlichen Glückwunsch, liebe Schüler und Schülerinnen der D-Klasse«, sagte Autumn feierlich. »Sie haben nun ganz offiziell Ihren Abschluss in der Tasche.«

Jubelgeschrei erhob sich und die Erleichterung war groß. Die Schüler applaudierten sich selbst. Ausgelassen drehte Daphné sich um.

»Hast du gehört, Sam? Wir …«

Doch Sam interessierte sein Abschluss in dem Augenblick ganz und gar nicht. Und wenn die Königin selbst ihm einen Orden hätte anheften wollen, hätte ihn das kaltgelassen. Er hatte die Arme um Katie geschlungen, und ihre Lippen pressten sich aufeinander, als wären sie miteinander verschmolzen. Es war ihm egal, wer zu ihm sprechen wollte und welche Leistungen er vollbracht hatte. In diesem Augenblick wollte er nur eines. Und das bekam er auch.

Jonas Boets

Spy School

Zu Beginn der Serie ist der 12-jährige Sam Smith ein ganz normaler, eher unauffälliger Junge. Aber genau das qualifiziert ihn als Schüler der internationalen Agentenschule in London, denn, wem nützt schon ein Geheimagent, der jedem sofort auffällt? Und so findet sich Sam plötzlich im aufregensten Abenteuer seines Lebens wieder, lernt Verfolgungs- und Vermummungstechnik, Bombendemontieren und Wie-befreie-ich-mich-aus-einer-verzwickten-Lage-Taktiken. Und erweist sich natürlich als genau das große Agenten-Talent, das seine Mentoren hinter dem Jungen schon immer vermutet haben.

Band 1, In geheimer Mission
288 Seiten, ISBN 978-3-570-22322-2

Band 2, Diamantenfieber
256 Seiten, ISBN 978-3-570-22347-5

Band 3, Giftige Dosis
288 Seiten, ISBN 978-3-570-22504-2

Band 4, Operation Schwarzer Regen
352 Seiten, ISBN 978-3-570-22516-5

40231_4

cbj

www.cbj-verlag.de